KB151524

對北韓 先制攻擊 프로젝트

작전명 가라 모세

대북한선제공격 프로젝트 : 작전명 가라 모세

초판발행 | 2014년 6월 17일
지은이 | 장윤석
발행인 | 박찬우
편집인 | 우 현
펴낸곳 | 파랑새미디어
디자인 | 실비아 박

등록번호 | 제313-2006-000085호
서울특별시 마포구 서교동 357-1 서교프라자 318
전화 | 02-333-8311
팩스 | 02-333-8326
메일 | adam3838@naver.com

가격 : 11,000원
ISBN : 979-11-5721-000-8 03810

對北韓 先制攻擊 프로젝트

作戰名

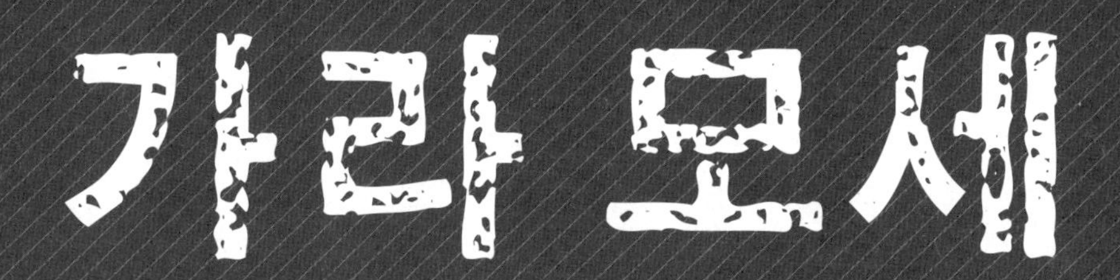

장윤석 長篇小說

파랑새미디어

1

한국인에게 해란강이나 일송정 혹은 용정이라는 지명은 어떠한 의미를 갖고 있는 것일까?

아마도 대부분은 독립군이나 독립운동을 생각하게 될 것이다.

경제대국이라는 명칭을 붙여도 그리 어색하지 않은 나라로 성장한 지금, 오래전 나름대로 국가 터전을 이루었던 이곳의 지명과 그로 인해 연상되는 과거는 그리 나쁘게 기억되지 않을 것이다.

경우에 따라서는 낭만적인 시절로 묘사될 수도 있지 않을까 싶다. 하지만 북한의 주민에게 있어서 접경지역이란 또 다른 의미를 가질 수밖에 없고 그들을 잘 모르는 우리에게 있어서도 낭만적이지 않으리라는 정도는 알 수 있을 것이다.

지명으로만 용정이지 주변 변두리의 농가에 간신히 은신처를 마련하고 먹을 것을 찾아 나선 김경숙이 너무도 어렵게 먹을 것을 구해 농가 주변에 도착하였을 때는 이미 어둑어둑할 시점이었다.

그리고 날씨에 비해 더욱 어두침침한 분위기는 그래도 오늘은 먹을 수 있다는 그리고 먹일 수 있다는 기쁨에 다 무시될 수 있는 것이었다. 하지만 등성이를 넘어 그녀의 은신처에 들이닥친 공안들이 은주를 끌어내는 모습은 국경을 넘어 처음으로 무언가를 같이 먹어보려는 모녀의 작은 소망을 송두리째 뭉개고 있었다.

탈북자들에게 있어서의 공안의 존재란?

혹은 그들에게 끌려간다는 것의 의미란?

따듯한 난방에 배불린 사람들에게 그것을 납득시킨다는 것은 셰익스피어가 살아나더라도 결코 쉬운 문제가 아닐 것이다.

기겁을 하며 달려드는 경숙을 간신히 숙희가 막았다.

혼이 나간 사람을 정신이 있는 사람이 제지한다는 것은 혼신의 힘으로는 모자라고 초인적인 능력을 요구한다. 하지만 몇 번에 걸친 수용소의 경험은 이러한 초인적인 능력을 불러오는 것에 그리 어려움을 느끼지 못하게 한다. 그들이 떠나는 모습을 지켜보며 울부짖는 경숙과 그를 제지하는 숙희의 몸부림 어느 것 하나 처절하지 않은 것이 없겠지만 숙희가 이긴 것으로 보아 어쩌면 숙희의 몸부림이 더 처절했는지도 모른다.

그들이 떠나고도 진정하는 데 많은 시간이 걸렸지만 사실 진정한 진정은 영원히 불가능할 것이다.

병든 딸내미 때문에 결심하고 실행한 탈북에서 딸내미를 놓쳤는데 진정을 한다는 것이 무슨 의미가 있으며 왜 무엇을 위해서 진정을 해야 하겠는가?

탈북이라는 것이 자기 한 몸 돌보기도 힘들다. 아니 힘들다는 표현은 너무나도 부족하다. 인생의 모든 것 즉 생명을 걸고 시도하는 행위이지만 성공 확률은 얼마 되지 않는다. 언어도 모르고 지리도 모르고 돈도 없고 먹을 것도 없는 그들이 스스로 힘으로 한국의 대사관을 찾아간다는 것이 쉬운 일인가?

거기에다가 철통같이 지키는 공안들의 장벽을 뚫고 들어간다는 것이?

스스로 돌보기도 힘든 여정에 경숙의 옆에서 숙희가 헌신적으로 돌보기는 하지만 한계가 있을 수밖에 없고 특히 모든 희망을 잃고 자포자기한 친구를 끌고 이 험난한 여정을 함께한다는 것은 그 발상 자체가 무모함을 넘어서는 일이었다. 그래도 꿈만은 자유일 텐데 추위와 배고픔 속에 쓰러진 그들도 달콤하고 행복한 꿈을 꿀 수 있다는 것을 보여준 몇 안 되는 소중한 시간을 혹한의 추위보다 더 차가운 금속성의 소리가 빼앗아 가고 말았다.

그들이 눈을 뜨자 공안들이 둘러싸 있었다. 그것이 어떤 의미인지 한국인들을 이해시키기는 앞에서 말한 대로 어려운 일이다. 미란다의 원칙이나 인권, 혹은 법적 권리라는 단어를 한 번이라도 들어본 사람들에게는 아무리 이해시키려 해도 이해시킬 수가 없는 상황이고 현실이고 사건이었다. 그들이 마주하게 될 상황을 이미 경험한 바 있는 그녀들에게는 차라리 자살이 쉬운 것이라는 생각이 끊임없이 그녀들을 괴롭혔다. 그녀들은 기억하기도 싫은 지난 북송 때의 참혹한 고문을 다시 한 번 몸부림치며 떠올려야만 했다.

그녀의 경험에 의하면 북송되면 대체로 몇 가지 절차가 있다.

첫날에는 발가벗겨진 채 몸속에 숨긴 귀중품을 수색하고 자연스레 몸 밖에 나오게 하기 위해 일명 뽐뿌질을 시킨다. 손바닥을 위로하고 끊임없이 앉았다 일어섰다를 탈진할 때까지 반복시키는 것이다. 또한 무차별적인 몽둥이질, 손을 뒤로 묶고 60cm 높이의 쇠창살에 수갑을 채워놓고 앉지도 일어서지도 못하게 만드는 비둘기 고문이 자행된다. 이 고문이 시작되면 어깨근육이 굳고 가슴뼈가 새가슴처럼 앞으로 튀어나오면서 몸 전체가 굳어지며 극한 고통이 엄습하게 된다. 이러한 고문은 3

일 동안 계속된다. 팔의 관절이 빠지고 대소변을 그 자리에서 다 배출하고 만다. 그래도 어쩌면 이는 비행기 날기나 기중기, 오토바이 같은 고문보다는 나을지도 모른다. 한발로 뒤꿈치를 들고 양팔을 벌린 채 버틴다는 것은 5분 10분은 몰라도 그것이 넘어가면 사실상 불가능하다.

혹은 양발의 뒤꿈치를 들고 무릎을 굽힌 채 팔을 앞으로 해서 오토바이 핸들을 잡고 있는다든가 더 나아가 팔을 앞으로 내민 상태에서 무거운 것을 걸치고 버틴다면?

자세가 조금이라도 흐트러지면 경비병들의 격투기 연습대상이 된다.

조금의 자비도 없다.

그 외에도 이름이 붙은 많은 고문이 있지만 생각조차 하고 싶지 않다.

인간이 인간을 괴롭히기 위해 연구하는 것, 더구나 죽음의 한계가 없는 현실.

그리고 영원히 지워지지 않는 바로 그 사건.

절망과 좌절, 그리고 삶의 포기가 인간을 고통과 공포에서 구원하여 주는가?

삶에 대해 이렇다저렇다는 이야기야 얼마든 할 수가 있지만 삶의 현실은 전혀 그렇지 않다.

공안당국의 쇠창살에 갇혀 있는 수많은 탈북자의 얼굴에서 찾을 수 있는 것이라고는 절망과 좌절 이외에는 없지만, 그것이 결코 그들을 고통과 그 고통의 공포에서 구원하지 못했다.

중국 땅에서의 울부짖는 절규는 그래도 북송의 경험이 있는 자들의 몫이었지만 북송의 경험이 없는 탈북자들이라고 해서 그들을 기다리는 것이 무엇인지 모르지는 않는 것이다. 어쩌면 실상을 듣기만 했던 그들의 공포가 더 큰 것일지도 모른다. 그러나 경숙은 울부짖거나 절규하지 않았다. 그럴 힘도 없었지만 그의 딸내미가 끌려가는 모습을 목도한 이

후 이미 그는 죽은 것이었고 차라리 고문의 고통이 오히려 그녀만 누릴 평안한 삶보다 평안한 것으로 생각하고 있는 것인지도 모른다. 아무리 처절한 고통 가운데에도 감히 소리를 지르거나 하지는 못한다. 더욱더 처절한 고통이 기다리고 있으니까.

하지만 16, 7세의 사춘기 소녀들이 그것을 아는가?

중국이라는 바깥세상에서 난생처음 보는 신기한 물건들….

비록 먹지 못해 몸부림치는 현실이지만 그래도 사춘기 소녀들에게는 신기할 수밖에 없다.

그래서 난생처음 칠해본 매니큐어였지만 북조선 보안원들이 그냥 넘어갈 리가 없었다. 도저히 용납할 수 없는 자본주의의 상징을 처리하기 위해 뻰치를 들고 와 흔들어대는 보안원들의 모습이 책상 위에 수갑이 고정된 채 손을 움직일 수 없는 철없는 소녀들의 눈에 무엇으로 보였다고 해야 하는가?

처절하다는 표현밖에 생각나지 않을 애원에 몸부림쳤지만, 그들이 들을 리 만무했다. 오히려 그들은 무지막지하게 뽑아낸 손톱을 들어 보이며 서로 간에 자랑스레 감상했을 뿐이고 그저 처절한 울부짖음만이 조용한 수용소를 온통 뒤흔들었을 뿐이었다.

오늘의 지령은 다른 때보다 강경하다.

"남조선의 정부와 여당은 왜 이토록 남의 내정간섭에 앞장서는지 모르겠소."

"저도 잘 모르겠습니다."

"그러면 그럴수록 더 큰 반발만 불러온다는 것을 알아야 하지 않겠소?"

"그렇습니다."

"천안함이나 연평도를 보고 깨달은 바가 있었을 것 아니겠소?"

"그렇습니다."

"하여튼 공화국의 인권이 어쩌고 하는 내정간섭 책동이 더 이상 언급되지 않도록 안건 자체의 저지를 위해 강력히 투쟁해 주시오."

"잘 알겠습니다."

같은 시간 여의도.

'북한인권법' 처리를 앞두고 여당 내에서는 강행처리와 보류의 찬반 양론이 팽팽한 시점이다.

박 의원이 속한 계파의 보스는 나름대로 온건하고 중도적인 입장을 고수하느라 애써왔다.

야당이 그토록 강경하게 처리를 거부하고 있고, 시급히 처리할 안건도 많은 상황에서 무리를 할 필요는 없었다. 무엇보다 '북한인권법'은 여당에게 강행 처리할 만한 중요한 사항이 아니었다. 다수당인 여당의 결정이고 국민 대다수가 북한인권법을 지지한다 하지만 누군가 막무가내로 나오는 것을 감수할 필요성은 없다고 믿었다.

집무중인 박 의원의 방에 같은 당 정 의원이 노크도 없이 쳐들어 왔다.

"처리할 건 빨리 처리해 줘야지."

골 아픈 이야기들을 또 반복하는 것도 그들의 일이다.

"우리한테만 자꾸 그러면 어떻게 제들이 저렇게 게거품 물고 달려드는데."

"그럴수록 힘을 합쳐야지."

"처리할 사안이 많은데 부작용만 키우면 안 되잖아?"

"재들 얘기에 동의라도 하는 거야?"

"당연히 아니지."

"그럼?"

"하도 막무가내로 나오니까"

"막무가내로 나오면 다 들어 주자?"

"그건 아니고 조금 원만하게 처리하자는 거야."

"그게 뭔데?"

"무리하지 않게 상황을 봐가면서"

"독재가 어떻구 공안이 어떻구 떠드는 게 무서운 거야?"

"당연히 아니지."

"그럼 뭐야? 뭐가 독재구 뭐가 민주주의라는 걸 보여줘야 할 거 아냐?"

"당연히 그래야지."

"여론조사결과 봤지?"

"봤지."

"압도적인 대다수가 지지하고 있는 거 알지?"

계속되는 반복이 힘든 이유 중 하나는 논리가 딸리기 때문일 것이다.

"다 알고 우리가 다수고 법과 민주주의가 다수결이라는 것도 아는데…."

"근데 뭐?"

"중요한 사안들이"

"이보다 중요한 사안이 어딨어? 북한 주민은 우리 동포도 아니다?"

"당연히 우리 동포지."

"솔직히 말해봐 하겠다는 거야 말겠다는 거야?"

"대선 끝나고 연초에 반드시…."

"지난번에도 같은 소리했잖아?"

깜빡했는데 그런 것도 같다.

이럴 때는 식은땀이 흐른다.

100%는 아니지만 많은 경우 연쇄살인범은 성적인 면과 깊은 상관관계가 있다. 특히 여성을 상대로 한 강간이 수반되는 연쇄살인범인 경우는 단 한 번도 성인 여성과 만족한 성관계를 가져 본 일이 없다고 답변한 경우가 거의 대부분이었고 바로 오경춘의 경우가 그랬다. 누구나 그렇듯 처음부터 살인이 시작된 것은 아니다. 강간 역시도 마찬가지이다. 하지만 정상적인 방법으로는 성적인 만족이 어렵다는 것을 깨닫는 것과 거의 동시에 성범죄 전과가 생기면서 그는 중독이라도 된 것처럼 강간에 매달렸다. 정확히 언제라고는 말하기 어려운 성범죄의 시작이 오래전부터 시작된 성 충동에서 비롯되었다면 살인의 충동도 원래부터 내재하였던 것인지에 대해서는 확신이 서지 않는다. 하지만 동네교회에서 목사가 말한 것처럼 누군가를 미워하는 것과 살인이 깊은 관계가 있다면 그는 분명 아주 오래전부터 살인이 충동이 내재하였을 것이라고 확신할 수 있었다. 그의 아버지가 그랬고 학교선생이 그랬고 동네 형들이 그랬다. 하지만 이러한 충동이 현실로 나타난 것은 아주 우연이었다. 많은 경험을 쌓았던 여느 강간과 같이 여자가 흉기에 크게 저항만 않았다면 살인까지 이어지지 않았을 수도 있었다. 또 그 저항만 없었다면 제2 혹은 제3의 살인도 없었을는지 모른다. 자신도 모르게 깨어난 충동이 그 스스로를 주체할 수 없게 끌고 간 이면에는 그녀이 있었던 것이다.

제2, 제3의 살인에 책임을 같이 해야 할….

그리고 그것이 얼마나 쉬운 일이었는지는 사건이 일어난 첫날부터 알았다. 많은 다른 사건과 달리 그는 시체를 치우지도 않았고 증거를 은폐하지도 않았다. DNA를 비롯한 많은 증거들이 자신을 향하고 있다는 것은 들으려하지 않아도 매스컴들이 밤낮으로 떠들어 대고 있었다. 이런 마당에 굳이 수고를 할 필요가 무엇이겠는가?

문제의 사건이 일어난 그날도 시작은 어렵지 않았다. 어느 새인가 지자제가 뿌리를 내리면서 지망의 웬만한 변두리에도 다 공원들이 갖추어지게 되었다. 그리고 이러한 후미진 변두리 공원과 그 공원의 화장실은 범행의 장소로 너무나도 안성맞춤인 곳이 아닐 수 없다. 만일 그가 선거권을 행사할 날이 온다면 으슥한 공원을 많이 지을 시장 군수를 뽑을 것이 틀림없다. 그날도 역시 핸드폰에 혼을 빼앗겨 정신없이 공원을 홀로 지나는 여성을 발견하는 것은 그리 어렵지 않았다. 흉기로 위협해 화장실로 끌고 가는 것까지도.

우리의 조금 전 세대만 하더라도 경찰은 결코 선망의 대상이 아니었다. 경찰하면 연상되는 것은 박봉, 격무 뭐 이런 것이었을 뿐이다. 하지만 시대가 바뀌어 이제는 경찰이 되는 것도 어렵다. 나름대로의 시험도 어려워졌고 그만큼 대우도 좋아졌다. 박 순경 역시 경찰시험에 합격해 교육훈련을 마치고 순경 계급장을 달았을 때의 감격이 지금도 생생하다.

이 땅의 악한들을 물리치고 정의의 사도가 되어보려는 불타는 욕망.

그것이 왜 나쁜 것이겠는가?

격려 받고 장려되어야 할 일이지.

항상 그렇기도 하지만 특히나 선거철의 경찰업무는 고되다. 그놈의 특별순찰 때문에 오늘도 대체 몇 시간을 순찰차 안에서 보내는 건지 모르겠다. 화장실 갈 시간도 없이 바쁘게 돌아다닌 그는 운전석에 앉은 선배에게 요청해서 차를 한 구석에 세우고 문제의 그 공원 화장실로 향했다. 소변을 마칠 즈음 여자화장실에서 이상한 소리가 들렸다.

이 시간에 누군가 있을 리가 없을 텐데.

그가 급히 여자화장실의 문을 열었을 때 박 순경은 소스라치게 놀라 소리를 질렀다. 경찰 체면이 말은 아니었지만 본능으로 나온 것이어서 그도 어쩔 수가 없었다. 그래도 오경춘의 놀람에 비하면 아무 것도 아니었다. 바지도 채 올리기 전에 흉기부터 들이댔다. 박 순경은 사태를 짐작했다. 여성은 흐느끼며 도망갔다. 길다고는 할 수 없지만 경찰이 더 오지는 않는다. 경찰이 혼자 다니는 일은 드물다. 오경춘 역시 사태를 짐작했다. 그리고 경찰에 흉기를 휘둘렀다. 박 순경은 그가 오경춘이라는 것을 한눈에 직감했다. 고참들은 수배자 명단 같은 것을 거들떠보지도 않는다. 왜냐 명단의 얼굴을 가지고 범인을 잡는다는 것이 불가능하다는 것을 오랜 경험을 통해 깨닫고도 남았으니까. 하지만 신참은 이야기가 다르고 특히나 박 순경 같은 정의감에 불타는 신참에게는 더욱 더 그렇다. 오경춘이 휘두르는 흉기를 피하면서 박 순경이 팔을 잡자 양자간에 격투기가 벌어졌다. 경찰이 다소 우세해서 제압을 한다 해도 혼자서 수갑을 채우는 것은 보기보다 쉬운 일이 아니다. 초짜인 그가 수갑을 채우느라 서투른 솜씨를 뽀롱 내는 순간 오경춘이 그를 밀치고 달아났다. 밀쳐지며 세면대에 부딪힌 머리에 가해진 충격이 작진 않았지만 무슨 일이 있어도 오경춘을 잡아야만 한다. 그러지 않으면 더 많은 살인 피해자들이 계속해서 나올 것이다. 머리를 감싸 안으며 권총을 빼들고 화장실을 나오는 것은 1초 이상 걸리지 않은 것 같았다. 그렇다면 그는 10미터 이상 가지 못했어야 했다. 번개같이 멀리 달아나는 그에게 발사한 권총은 먼 거리에도 불구하고 명중한 것이 틀림없었다. 하지만 꺼꾸러지며 울리는 비명소리는 여자의 음성이 아닌가?

난생 처음 사람에게 조준한 총, 그리고 사람에게 발사한 총, 그 총소리에 쓰러진 여성의 음성에 박 순경은 온몸이 얼어붙고 말았다. 여성의 신음소리가 그의 심장에 꽂은 것은 총알보다도 더 고통스러운 것이었다. 고참이 총소리에 놀라 달려왔을 때도 그는 아무 말을 할 수가 없었다.

고참이 구급차를 부를 때 오경춘을 추격해야 한다고 말하는 것도 잊어버리고 말았다.

“대체 이 나라에는 인권이라는 것이 있는 거요?”

“그러게 말입니다.”

“어찌해서든 경찰청장은 반드시 물러나야 하오.”

“잘 알겠습니다.”

“왜 그런지 아시오?”

“무고한 시민에게 총질을 하다니… 그것도 도심 한가운데에서….”

“그도 그렇지만 바로 그 총질이 언젠가는 바로 우리를 향할 것이기 때문이오.”

“…….”

“법질서니 민중의 지팡이니 뭐니 하는 개소리들은 모두 금지시켜야만 하오”

“물론입니다.”

“이런 수작들이 주둥이 밖으로 나오지 않도록 과거의 사건들까지 모두 언급해서 시민을 향해 총질하는 사태가 일절 불가하도록 못을 박아야만 하는 것이요.”

'북한인권법' 등 북의 인권에 대해서는 그토록 외면하던 의원들이 갑자기 '살인범 오경춘 체포미수사건'에서는 인권을 들고 벌떼처럼 일어났다. 가능하면 중립적인 입장에서 예민한 시국 현황과는 거리를 두려는 박 의원의 입장에서 이런 해프닝은 너무나 우스운 일이었다. 물론 문제점들은 다각도로 지적되었다.

'과연 오경춘이 맞느냐?'

처음에는 신참 순경이 자신의 섣부른 판단에만 기초해 총질을 해대는 현실이 개탄스럽다고 했다. 하지만 DNA가 오경춘을 가리키자 이번에는 총기관리의 문제점이 지적되었다. 총기사용의 지침을 더 강화해야 한다고도 했다.

'이래가지고는 시민들이 경찰을 믿고 안심하고 보행을 할 수 있겠느냐?'

'공원을 산책할 때 경찰을 더 조심해야 하는 거 아니냐?'

뭐 이런 유의 논평들이 쉬지 않고 흘러나왔다. 아니 쉬지 않고 흘렸다. 침소봉대가 그들의 주특기이지만 이번에는 해도 너무했다. 너무나도 당연하게 경찰이 존재함으로 가져오는 법질서와 사회 안녕, 그리고 그를 통한 가정과 사회, 국가의 이익에 대해서는 한마디도 언급하지 않았다. 그리고 항상 빠지지 않는 레파토리로 경찰청장의 사임을 요구하며 매듭을 짓곤 했다.

여의도의 의원회관 안에 좋은 장소를 많이 두고도 구태여 밖의 호텔에서 만나자는 의원들이 간혹 있다. 은밀한 이야기를 나누자고 하지만 결국 만나보면 별 이야기도 아닌 경우가 대부분이다. 특히 지금과 같은 선거철에는 너무도 바빠 한시가 아까운 이런 시간에 정말 달갑지 않긴 하지만 그렇다고 해서 거절할 수는 없는 요청들도 많은데, 오늘의 경우가 그렇다. 현 여름은 지나갔다고들 하지만 여전히 따가운 햇살이 내리쬐는 여의도는 바람이 부는 경우를 제외하고는 아스팔트의 열기 때문에 유난히 덥게 느껴지는 경우가 있다. 대부분의 일정을 의사당 안에서 보내는 박 의원의 경우 문을 열고 에어컨 공기 밖으로 나오는 것과 동시에 전혀 다른 기온의 온도차에 불쾌감을 느끼며 의사당 정문을 지났다. 렉싱턴 호텔까지 구태여 차를 탈 필요는 없다. 가끔은 여유를 가지고 걸으며 밖의 경치도 구경할 필요가 있겠다는 나름대로의 야무진 꿈을 가지고 걸음을 재촉하며 신호등을 건너는데 무슨 홍보를 하고 있는 것인지 젊은이들이 전단지를 열심히 돌리며 서명을 받고 있다. 아무 관심 없이 지나는 그를 젊은 여자가 따라와 전단지를 쥐어준다. 휴지통이 보이지 않아 무심코 주머니에 꾸겨 넣었다.

커피숍에 들어선 그를 L의원 보좌관이 기다리고 있더니 룸으로 모시고 간다. 업무 때문에 룸을 이용한다는 이야기를 가끔 들은 적은 있지만 실제 룸에서 무엇인가 작당해 본 기억은 없다. L의원이 혼자 기다리고 있는 방에 들어서자 보좌관이 문을 닫고 나갔다.

"어서 오세요."

"여기까지 와주셔서 감사합니다."

의례적인 이야기를 나눌 시간은 없다.

그도 같은 생각인지 다짜고짜 사진을 꺼냈다.

"김 후보자가 여러 여성과 난잡한 성행위를 하는 사진이 아닌가?"

후보자의 얼굴이 너무나도 적나라하게 드러나 누구도 부인할 수 없을 것이 분명하다.

순간 그에게 너무도 많은 생각들이 스쳤다.

정리하기도 힘들 만큼의 많은 생각들이….

"어쩌라는 겁니까?"

"그냥"

"그냥? 저한테 보여주시는 것은 의도한 바가 있으실 거 아닙니까?"

"우리는 같은 당 아닙니까?"

"의원님과 제가 비록 계파는 다르지만 또 저는 김 후보자와 같은 계파이지만 이렇게 도덕적으로 하자가 있는 사람이 대통령이 돼서는 안 된다는 생각입니다."

"어떻게 입수하셨습니까?"

"그건 말씀드릴 수가 없습니다."

다시금 여러 생각이 한 번에 스쳐갔다.

"저 말고 누구에게 보여주셨습니까?"

"아무도."

"왜 제게?"

"의원님이라면 가장 적합하게 처리해 주실 거 같아서지요"

"이 후보자와 가장 가까운 사이이시고…."

"가장은 아닌데요."

"의원님이야 항상 그렇게 말씀하시지만 후보자가 가장 신임하는 의원이라는 것은 누구나 알고 있지요"

"또 누가 알고 있지요?"

"아무도 없습니다."

"그러면 의원님도 저를 신임하나요?"

"물론이지요."

"제가 어찌 처리하든 제게 맡기신다는 뜻입니까?"

"그렇습니다."

무거운 발걸음으로 의사당을 들어서는 그를 누군가 불렀다.

"박 의원"

"여의도엔 어쩐 일로?"

"서울 온 김에 이 의원님 한 번 뵙고 가야지."

"네 뵈셨어요?"

"아 그럼 우리는 일편단심 이 의원 한 분만 지지하는 사람들이니."

"알고 말고요."

"그나저나 전에 부탁한 거"

"이번 추경에 넣는다고 말씀드렸잖습니까?"

"그래 그렇지 그렇지."

"대구는 좀 어때요?"

"아주 좋지 경선은 아무 걱정 마 아주 확실하니까."

"감사합니다."

"최 하사 잘 있나?"

"아 선배님 나오셨어요?"

"그래 고생 많았지?"

"할 만해요 선배님 고생하시겠어요."

"고생은 무슨 하루 이틀 하는 장사도 아니고"

"저는 언제나 적응이 되려나 모르겠어요."

"걱정 마 금방 적응될 테니"

"네 그럼 수고하시고 들어가겠습니다."

"그래 출동 금방 오니까 대기 때 푹 쉬어."

"선배 저희 오바올 가요."

"아 그래? 좋겠다."

"석 달 후에나 뵐 거 같은데 고생하세요."

"수고했다."

제주함 들어가고 전남함 나옴

제주함 종합수리 3개월 예정(8/29)

"여기로 하지요."

자신을 대신해서 중개업자와 집들을 둘러본 이사장의 이야기를 듣던 중 용승은 첫 번째 집으로 결정을 했다. 해안이 한눈에 보이고 시내에서 떨어진 변두리인데다가 산림들이 가리어 사람들의 눈에 뜨일 염려가 거의 없다는 것이 제일 맘에 들었다. 중간에 해지를 하더라도 일 년 계약을 하고 계약금을 치렀다. 위약금을 내는 한이 있더라도 일 년 계약이 관행인데 남다르게 튀일 필요는 전혀 없었다. 집을 둘러보니 듣던 것보다 더 괜찮은 거 같았다. 널찍하고 트인 거실에 나름대로 잘 갖추어진 가구 기타 등등 대강 둘러보았다. 고맙다는 인사와 수수료를 치르고는 시내로 나왔다. 나소(Nassau)는 한 나라의 수도이기는 하지만 그리 큰 도시라고 할 수 없었다. 중심가라는 곳은 대로변을 따라 10분 남짓 걸을까 말까 한 거리였다. 위의 어른들은 여러 경로를 따라 조사를 하고 몇 차례나 오고 갔지만 그는 '나소'가 이번이 처음이다. 뭐 사실 현지에 오고 가는 것이 하나도 중요하지 않을 수도 있지만 정작 작전의 중심에 서 있는 그가 이번이 처음이라니 조금은 우습기도 했다. 여러 모로 조심스럽기는 했다.

오죽하면 그만은 밀입국을 통해 바하마에 들어왔겠는가?

출입국 기록조차 남기지 않으려고….

물론 이는 전적으로 그의 계획이다. 그래도 막상 실행 단계에 이르니 너무 어색하게만 느껴진다.

시내로 나가 그 많은 조사를 거친 금융센터에서 계좌를 개설했다. 그와 그에 관련된 여러 명의 운명을 좌우할 너무도 중요한 계좌가 될 것이다. 생각하고 또 생각해 보고 아무리 생각해봐도 전혀 빈틈이 없는 완벽한 작전이고 스스로 확신하는 작전이었지만 막상 실행 단계에 이르니 생각지도 못할 만큼의 숨 막히는 긴장이 그를 옥죄었다.

박빙이라고들 했지만 박 의원의 보스가 확실히 앞서 나가고 있었다. 어차피 당내 경선은 아주 조그마한 차이로 갈린다. 조그마한 차이가 따라올 수 없는 차이가 되곤 하는데 이번의 경우가 그랬다. 아니 그래야 했다. 중도 진영을 파고든 선거 전략이 주요했고 당내에서보다 여론조사에서 확실한 우위를 점하고 있었다.

여론조사 결과는 매우 중요하다. 경선은 시작에 불과하고 이제 본격적인 대선 레이스에 돌입해야만 하는 것이다. 그리고 그 물은 당내의 물과 확연히 다르다. 본선 결정력이 경선의 판세보다도 중요한 것이고 그를 나타내는 가늠자가 바로 여론조사 결과이다. 무엇보다 뒤지고 있던 판세가 조금씩 따라잡더니 대부분의 조사기관에서 오차범위이기는 하지만 보스의 우세를 점치고 있다는 점이 고무적인 것이었다. 이토록 많은 공을 들인 경선이었지만 단 한 번의 자살골이 모든 것을 물거품으로 만들고 말았다. 계기는 아주 사소한 것이었고 경우에 따라서는 아무 것도 아니었다. 그리고 어쩌면 보스의 주장이 훨씬 더 설득력 있고 또 옳은 주장이었다. 그러나 그것은 정치가 아니다. 정치는 이론이나 당위가 아니고 현실이기 때문이다. 이를 누구보다도 잘 알던 보스가 이토록 중요한 순간에 이런 자살골을 넣은 것은 참으로 아이러니가 아닐 수 없다.

사건은 경선을 바로 이틀 앞 둔 날에 일어났다. 하필이면 그 중요한 순간에 일본의 총리 놈이 야스쿠니 신사참배를 하고 말았다. 왜 그랬는지 정말 이해를 못하겠다. 하려면 시일을 조정을 했어야지. 모든 정치인들이 일제히 비난을 해댔다. 과거의 망언들도 모두 다시 동원되었다. 그렇다고 유독 말을 아낀 보스에게 구태여 의견을 물은 것도 아니었다.

너무도 당연한 의견을 가지고 있었을 테니.

그저 지나가는 이야기였을 뿐인데 보스는 무슨 생각을 했었던 것인지 갑자기 금수산 태양궁전 참배와 비교를 하고 말았다. 야스쿠니 참배도 비난받을 일이지만 금수산 태양궁 참배에 대해서도 비난하는 것을 잊지 말아야 한다고 했다. 아마도 너무도 당연한 경선 승리후의 포석이었는지도 모른다. 너무 중도 진영으로 와있는 포지션을 조금은 우측으로 이동해 확실한 대선 승기를 잡자는 신의 한 수였을 것이고 어떤 놈인가 조언했는지도 모르겠다. 또 사실 너무나도 지당한 말이기도 했다.

야스쿠니와 금수산 태양궁전, 어디에 누워있는 작자들이 더 나쁜 놈들인가?

누가 더 해악을 끼쳤는가?

누가 오래되었고 누가 현존하는 위협인가?

누가 반성하고 누가 아직까지 협박을 일삼는가?

하지만 여러 번 보스 스스로가 되뇌듯이 정치는 이론이나 당위가 아니다. 국민의 정서는 일본 놈들은 나쁜 놈이고 북한의 지도자들에 대해서는 일말의 친근한 정서를 가지고 있는데 국민의 정서와 싸워서는 안되는 것이었다. 옳고 그르고를 떠나서 말이다.

또 그 누구보다 그것을 잘 아는 그가 왜 이런 어처구니없는 실수를 저지른 것일까?

"동무 이러한 친일 반민족주의자가 대통령을 꿈꾸고 있다는 것이 말이 되오?"

"그러게 말입니다."

"일제 군국주의자들이 야스쿠니 참배를 강행하는데 이를 방관하며 감히 위대하신 지도자 동지의 영면을 입에 담다니 철저히 저지하시오."

"차라리 그냥 정면 돌파를 해보는 것이 어떨까요?"

박 의원은 진지하게 물었다.

"어떻게 말이야?"

"야스쿠니에 대해서 자꾸 이야기 말고 우리 자신을 돌아보자."

"아니면 더 심각하고, 아직까지 현존하는 위협이 금수산태양궁전에 누워 있는데…."

"야 내가 했던 소리 반복하면 어떻게?"

"옳은 소신을 끝까지 밀어보는 거죠."

"니가 초짜야? 왜 그래 아마추어같이?"

"동의하는 사람도 꽤"

"너까지 감이 떨어진 거야? 절대 대중정서와 싸워서는 안 돼."

대구시장 일행은 구태여 커피숍에서 만나자고 했다.

"그래 의원님은 뵈셨어요?"

"우리는 그냥 김 지사 쪽을 밀기로 했네."

"경선투표가 내일모렌데 이제 와서 그러시면…"

"이미 결정 난 사항이니 서로 곤란하게 하지 말게."

이야기를 마치기도 전에 그들은 일어나 버렸다. 시간을 맞추느라 정신없이 뛰다시피 서둘러 들어온 그에게 그들은 차 한잔 같이 나눌 생각도 않고 일어나 버린 것이다. 불과 엊그제 만났던 그들의 모습과 180도 달라진 태도에 화가 난다기보다는 허탈감이 느껴졌다.

대구직할시 자체가 위태로워진 것이다. 힘이 빠졌다.

종업원이 문을 두드리고 커피를 가져왔다. 혼자 있는 모습에 당황하는 그녀에게 그냥 다 놓고 가라고 했다. 세 잔을 다 먹을 생각은 없지만 의사당 회의실에 혼자 앉아 있으면서 다른 사용자에게 불편 끼치기를 마다않겠다는 놈들이 있다. 하지만 이런 좋은 데를 놔두고 굳이 호텔로 오라는 놈들은 더 이상하다. 의사당의 커피숍은 일류호텔에는 미치지 못할지 몰라도 일반 커피전문점보다는 훨씬 고급스럽게 꾸며놨다.

편히 앉아 차를 마시려 웃옷을 벗는데 전에 봤던 그 전단지를 발견했다.

'국민투표실시를 청원하는 서명에 동참하자?'

하도 기가 막힌 제안이기에 관심을 가지고 읽어 보았다.

의회독재의 폐해가 심각하나 국회 스스로는 자정 능력을 잃었으니 직접 국민투표를 실시해야 한다나 뭐 그런 소리들이 잔뜩 쓰여 있다.

그는 굵은 글씨들을 먼저 찬찬히 읽어 보았다.

'국회의원 숫자를 2000명으로 늘리자.'

'보좌관 비서관 운전기사 등의 모든 지원을 폐지하고 의원 1인에게만 일정 세비를 주자.'

'일정 세비 외의 모든 특권을 폐지하자.'

등등 조금 우습기도 하고 어쩌면 황당하기도 한 제안이지만 당연히 법률로 제정되어야 할 사항을 국민투표에 붙이자고 하는 것은 국회가 동의할 리가 없기 때문이리라.

'자정능력을 잃었다고 하지 않나?'

특권을 의회나 의원 스스로가 포기할 리야 없겠지만 그렇다고 국회를 상대로 싸우자는 이야기는 조금 생소한데?

의원의 특권을 싫어하는 것은 이해가 되지만 숫자를 2000명으로 늘리는 거는 또 뭐야?

황당하기는 하지만 헌법상 국회의원 수는 200인 이상으로 한다고만 되어 있으니 구태여 따지자면 불가능할 것은 없었다.

그런데 왜?

하긴 수가 많아야 특권의식이나 뭐 그런 게 없어서리라. 변호사 수를 획기적으로 늘리던 시절을 떠올려 봤다. 서민의 접근은 쉬워지고 문턱이 낮아지므로 우월의식도 많이 사라졌지만 법조인의 질적 저하를 우려하는 소리도 많았는데.

그는 의원 2000명이 우글대는 국회를 상상해 본 일이 없다.

'시설이 모자랄 텐데?'

'의사당을 새로 지으려나?'

하지만 그것은 중요한 일이 아니다. 또 따지자면 구태여 의사당 안에 넓은 자리를 차지하고 있을 이유도 없다. 학생들 강의실 수준으로 정리한다면 2000명까지는 충분히 가능할지도 모른다.

'하여튼 재밌는 친구들이구만.'

시간을 보니 이제 결전의 시간이다. 경선을 두고 마지막 연설을 위한 정책들을 최종 손봐야 한다. 기획재정위에 속해 있는 박 의원에게는 복지와 예산이라는 어려운 함수를 풀어야 하는 과제가 있다. 이를 두고는 같은 계파 내에서도 항상 격론이 일었지만 경선을 앞두고는 아무래도 원칙보다는 인기에 무게를 실린 공약을 내걸 수밖에 없다. 이러한 행태가 싫기는 했지만 이것이 바로 정치다. 살아남기 위해서는 어쩔 수가 없다. 그러면서도 그는 남은 커피를 비우며 결의를 다졌다.

'웃기는 소리들 하기만 해봐라.'

대선 승리는 정당인에게는 누구나 바라는 기분 좋은 소식이다. 그러나 형식상 그렇다는 것이고 그 속내는 사실 복잡하다. 특히 경선에서 패한 계파의 의원들 그것도 경선이 치열해 앙금이 아직도 남아있는 경우에는 오히려 외부의 적보다 내부의 적이 더 냉대를 받는 일이 비일비재하다. 경선 당사자야 여러 가지 상징적인 의미가 있으니 공식석상에서 악수도 하고 지지연설도하고 치하도 받겠지만 경선 패배 계파의 의원들은 참으로 낙동강 오리알이요 닭 쫓던 개 신세가 아닐 수 없다. 대선까지야 도움이 서로 필요한 상황이니 노골적으로 속셈을 드러내진 않지만 이미 승리한 후에야 그럴 이유가 있겠는가?

대선에서는 이미 승리는 하였는지 모르지만 진정한 밥그릇 싸움의 진정한 서막은 이제부터 오르기 시작한다고 해야 할 것이다. 몸뚱아리가 두 개라도 다 감당 못할 수많은 축하연에 박 의원은 초대받지 못했다. 몇몇 행사에는 초대장이 오기도 했지만 가봐야 찬밥신세일 것이 뻔하다. 아무리 대선 승리라도 전리품이 한정되어 있는 만큼 치열한 권력투쟁을 벌려야만 하고 박 의원의 몫은 있을 수가 없다. 오히려 고개를 내미는 것이 뻔뻔스럽게만 여겨질 것이다. 지나치면서 나누는 인사가운데도 이러한 기운을 느끼는데 부족함은 없다. 참으로 인간이라는 것은 영적인 동물이기에 쳐다보는 표정만 봐도 벌써 웬만큼 알게 마련이다. 승리가 오히려 비참한 신세를 불러오는 이상한 형국이지만 따지고 보면 이상할 일도 없다. 장사를 하루 이틀 하는 것도 아니라고 자위해 보지만 5년이란 세월은 길다. 당선인의 여러 행적들이 매스컴의 톱뉴스를 차지하는 모습을 보면서 쓰디쓴 커피를 입에 가져다 댔다.

이때 보좌관이 들어왔다.

"이 의원님 부르시는 데요?"

"나만?"

"아니요."

계파의원들이 다 와있단 뜻이다.

의원 상호간에 동지애를 가지고 넋두리 하는 시간이라고만 여겼다.

하지만 문을 여는 순간 느껴지는 냉기가 심상치 않은 분위기를 감지하기에 어렵지 않게 만들어 줬다.

누군가에게 분개하며 높이던 목소리도 일제히 침묵으로 덮었다.

"앉지."

이 의원 외에는 누구도 말을 걸지 않았다. 싸늘한 눈초리만이 있을 뿐이었다. 테이블에 널려있는 사진들이 사건의 대강을 설명해 주는 것 같았다.

"이거 경선 때 입수한 거 맞아?"

계파 내에서 오른 팔 왼 팔을 다투는 김 의원의 적대적인 목소리였다.

"네."

"근데 왜 이야기를 않았어?"

"불과 1.5% 차이로 진 거 알고 있어?"

"이것만 알았으면 우리가 이긴 거 아니야?"

"그야 알 수 없지요."

"뭐야?"

"우린 그런 거 이용 안하지 않습니까?"

"지금 너만 잘났다는 거야?"

"박 의원 때문에 진 거로구만."

모두 한마디씩 거들려 하자 이 의원이 낮은 소리로 모두를 진정시켰다.

'알았으니 다들 나가있지.'

하고픈 불만 가득한 표정을 안고 하나씩 일어나 나간다.

"대체 우리 계파는 보스가 누구야?"

"당연히 의원님이시지요."

"그러면 이야기를 했어야 할 거 아냐?"

"그냥 너무 바쁘시기에…."

"그래서 그냥 깔아뭉갰어?"

"뭐 이런 거 가지고 찌질하게."

"야 니가 보스해라 이제부터."

"이런 거 가지고 그러실 거 같지도 않고…."

"이 사람이."

웃으며 사진들을 치운다.

"하여튼 그건 그렇고 이번에 의원이 국방위로 좀 가줘야겠어."

"제 전공이 아닌데요."

"누군 전공이 따로 있나?"

"계파에서 밀어내는 거예요? 아니면 계파가 밀린 거예요?"

"그게 뭐가 중요해?"

계파가 밀렸단 뜻이리라.

"누가 오는 건데요?"

"최원식."

"우린 이제 완전 찬밥이군요."

그가 웃는다.

아마도 찬밥을 만든 일등공신이 한 말이라고는 믿어지지 않는다는 뜻인지도 모르겠다.

그래도 긁고 싶지는 않은 거 같다.

"거기도 괜찮아."

"다 괜찮지요."

"큰 그림을 그리려면 반드시 배워둬야지."

하고픈 말들이 많았지만 그냥 끄덕이고 말았다. 가장 난처하고 실의에 빠져있는 사람은 이 의원이다. 어차피 당분간은 고개 숙이고 지내야만 한다. 일어나 나오려는 그에게 이 의원이 한방을 더 날렸다.

"아 그리고 예결위도 같이 그에게 넘겼으면 해."

구석에 조용히 앉아 쓰라린 커피로 우울을 달래고 있는 그에게 누군가 다가왔다.

"잔칫날 제사라도 났는가?"

같은 기획재정위원회의 동료 김경수 의원이 악수하며 마주 앉는다.

"어서 와."

"표정이 그게 뭐야?"

"맘에 없는 표정관리 싫어서…."

"자넨 그러면서도 의원하는 거 보면 신기해."

"커피 한잔 더 해야지?"

"아냐 너무 많이 먹었어. 축하해."

"같이 축하해야지 같이 고생했는데."

"고마운 말이고."

"이야기 들었어."

"국방위도 나쁘진 않겠지."

"암 그렇고말고."

"인수위에 들어가는 거야?"

"아마 그럴 거야."

"기획재정부 맡겠네?"

"두고 봐야지."

자신이 있다는 뜻이라는 걸 박 의원은 잘 알고 있었다. 이때 최 의원이 다가와 깍듯이 인사하며 김 의원을 데려간다. 박 의원에게는 아는 척도 않은 채.

시간이 지나면서 박 의원은 국방위도 할 만하다는 것을 깨닫게 되었다.

"대북 확성기 설치한 게 언젭니까?"

"상당히 된 것으로 알고 있습니다."

"왜 안트는 겁니까?"

"불필요한 남북 간의 긴장을 고조시킬 필요가 없어서"

"지금 국면에서 긴장을 고조시키는 주체는 누굽니까?"

"두말할 것도 없는 북한입니다."

"근데 왜?"

"조준타격위협도 있고 해서"

"적의 협박 때문이지요?"

"그런 면도 있습니다."

"협박에 굴복하는 것이 군의 자세입니까?"

"정치적인 고려가 많았던 것으로 알고 있습니다."

"지금이라도 시작할 의향 있습니까?"

야당서 나선다.

“그게 무슨 말 입니까?”

“왜 자꾸 북을 자극하려고 그러는 거예요?”

“누가 먼저 자극을 한다는 겁니까?”

“북이 그러면 우리는 항상 당하고만 있습니까?”

“박 의원이 국방위를 잘 몰라서 그러는 가본데”

“모르긴 뭘 모른다는 거예요?”

그가 언성을 높이자 일제히 시선이 그에게 쏠렸다. 그가 밀려서 국방위로 온 것을 모르는 사람은 없었다. 거의 말없고 조용한 그가 성질을 내자 모두가 의아하게 생각을 했지만 흐뭇하게 그를 쳐다보는 사람도 있었다.

“동무 어째서 대북확성기 발언에 대해서 반대발언이 없었던 것이오?”

“국방위에 새로워서 분위기 파악을 제대로 못한 의원인데 괜히 말 만드는 것보다…”

“다시 재개한다는 것은 꿈도 못 꾸게 해야만 하오.”

“여부가 있겠습니까?”

“확성기 방송을 개시하면 조준사격을 할 것이고 남측이 대응하면 전면전이 벌어져 한반도가 불바다가 될 것이라는 것을 어찌 모른단 말이오.”

“잘 알고 다만 전략적인 입장에서”

“호전적인 전쟁광들은 발본색원해야만 하오.”

“물론입니다.”

국방위 간사는 임석범 의원으로 매우 직설적이고 입이 거칠기로 소문이 나 있었다. 전형적인 군인이던 그가 국회에 입성하고 나서는 국회를 제2의 전쟁터로 인식하고 있음이 분명했다. 4선이나 되는 박 의원, 그것도 기재부(기획재정부) 같은 주요부서에서 간사까지 했던 그에게 부간사를 맡아 달라고 했을 때도 국방위 업무를 알게 될 혹은 야당의원과도 가까워질 좋은 기회라든가 뭐 이런 일체의 설명이 없었다. 사실 그와 관계있는 결정도 아니었으니 그가 길게 할 말이 없었을지도 모른다. 간사회는 그의 방에서 열렸다.

"야이 씨발놈들아 협의 다 끝내 논 걸 가지고 이제 와서 물고 늘어지면 어쩌자는 거야?"

처음 간사회에서 박 의원은 그의 발언을 듣고 기절하는 줄만 알았다. 하지만 그를 더 놀라게 한 것은 야당 간사진들의 반응이었다. 그들은 그의 욕을 당연한 듯이 받아들이고 너무도 익숙해져 있었던 것이다. 오히려 놀라는 박 의원에게 뭐 그 정도를 가지고 그리 놀라느냐는 듯한 표정들이었다. 물론 야당의원들의 고집도 만만치 않아서 협의는 일체 진전되지 않았다. 일어서서 나가는 그들에게 임 의원은 또 한마디 던졌다.

"지도자 동지께 결제라도 받아야 되는 거야?"

그들도 지지 않고 받아쳤다.

"그러니 검찰이나 불려 다니지."

"내일 들어가면 나오지 말아."

"그냥 거기서 살란 말이야."

"니들이 먼저 평양에서 살아!"

"인민의 지상낙원말이야!"

잡아먹을 듯이 소리를 지르던 그가 문이 닫히자 표정이 돌변하며 박 의원을 상대로 웃었다.

"첨 간사된데 술이나 한잔합시다."

자고로 빨갱이들은 힘과 윽박지름으로 다뤄야 하지 결코 대화의 상대가 될 수 없는 놈들이라는 신념을 가진 사람이었다. 레이건이 고르바초프를 다룬 일화라든가 대처수상이 노조원들을 다룬 일화를 끝도 없이 늘어놓을 수 있다는 암시를 주었다. 물론 박 의원은 그런 수다들을 싫어했다. 술이 어느 정도 들어가자 그의 경력을 읊어 댔다. 군에서 별을 달자마자 당시 정보기관이던 안기부에서 그를 불렀고 이때만 해도 승승장구를 하는 줄만 알았다. 하지만 불과 몇 해후 정권이 바뀌면서 그는 해직되었다. 군으로 돌아갈 수도 없는 신세가 되어 방황하다가 간신히 국회에 자리를 구한 것이다.

"내일 어디 가신다고 들었는데 이렇게 많이 드셔도 괜찮습니까?"

"어디?"

"아니 그냥"

그가 머뭇거리자 이제야 뜻을 알겠다는 듯 한참을 웃어댄다.

"검찰? 그런 거 신경 쓰지 않아도 돼요."

"그래도 준비하실 일들도 있을 테고…."

"그런 거 없고요."

술을 한잔 더 들이킨다.

"하여튼 빨갱이 새끼들은…."

그의 직설화법은 많은 좌파의 미움을 샀고 말 한마디 행동 하나에도 고소고발이 난무했다.

그토록 목적을 위해 수단방법 안 가리고 법을 경시하는 그들이 고소고발은 즐기는 것이다. 하지만 임 의원도 만만치 않아서 결코 물러서지 않을 뿐 아니라 오히려 그를 즐기는 것 같다. 박 의원이 걱정이 되어 안

쓰럽게 쳐다보는 눈길이 오히려 안쓰럽다는 듯, "제 걱정이 되어 술이 안 들어가시면 그냥 일어날까요?"

"그게 좋겠습니다."

청문회라는 것이 장관 후보자에 대한 능력과 자질, 그리고 가치관등을 판단하여 자격이 있는가를 가리는 것을 목적으로 한다면 재산축적 과정이나 자식들의 병역문제 등은 부수적인 문제일 뿐이다. 그러나 꼬투리를 잡아서 흠집을 내기 위한 방편으로는 이러한 것들보다 쉽고 편리한 것들이 없다. 또 이러한 메뉴들이 청문회의 단골 재료가 되는 것은 의원들 스스로가 장관 후보자의 자격과 자질들을 판단할 만한 능력이 못되기 때문일 것이다.

다른 상임위에 있을 때에도 박 의원은 이러한 청문회가 파행적으로 진행되어오는 것을 많이 보아왔다. 그래도 국방부와 비교될 순 없었고 해도 너무한다는 표현이 의원 스스로에게서 흘러나오자 박 의원은 갑자기 전에 그 캠페인이 어떻게 진행되고 있는지 갑자기 궁금해졌다.

국회의 힘을 약화시켜보려는 불순한(적어도 의원 자신의 입장에서는) 시도가 과연 진척을 이루고 있는 것일까?

처음에는 장관내정자 사퇴를 요구하면서 청문회조차 열지 않겠다고 버텼다.

법을 떠나 야당이 이렇게 나오면 장관도 임의로 임명할 수가 없는 것이냐? 야당의 입맛에 맞지 않는 장관은 영원히 임명이 불가능한 것이냐 등의 항의가 이어졌으나 그들 특유의 막무가내는 변하지 않았다. 적어도 대통령 임기 초반에는 가능한대로 대립각을 세우는 것을 피해왔던 관례에도 아랑곳 않았다. 특히나 이곳 상임위에서는 장관내정자를 검사가 피의자 다루 듯했다.

장관에 임명되기 위한 절차 중의 하나는 도를 닦는 것이 아닌가 하는 생각에 홀로 쓴웃음을 지어 보았다. 역시나 똑같이 되풀이되는 내용들 위장전입, 살던 집을 부동산 투기로 몰아넣으려는 시도와 이를 부인하면 윽박을 지르고 그래도 아들들은 모두 군대를 다녀와서 주요 재료 중에 하나는 빠진 셈이다. 청문회가 진행되는 상황을 한 발짝 물러나서 보면 정말 인격살인이라는 것이 이런 것이구나 하는 생각이 들 수밖에 없다.

모두가 잘 버틴 덕에 특별한 대가 없이 끝나간다고 생각했다. 그래도 무언가 이상하다. 설명은 할 수가 없다. 그는 특히 국방위에서는 신출내기다. 그래도 정치 경력은 무시할 수가 없다. 야당의 표정, 그들의 태도 그리고 그들의 공공연히 떠들어 대는 이야기들로 볼 때 분명 무언가 있는 것이 분명했다.

"동무 국방장관 후보자라고 지명한 자가 누구인지 잘 알고 있갓지요?"

"잘 압니다."

"근본적으로 군부가 다 호전적인 전쟁광들이지만 김 장군이라는 이자는 특히 총력을 다해서 반드시 저지해야만 할 자이오."

"잘 알고 있습니다. 하지만 장관 청문회라는 것이 태생적으로…."

"기래서?"

목소리가 완전히 죽어들어 간다.

"형식요건이라서…."

"J일보의 김 기자 동무와 연계해서 사업을 잘 꾸려가 보시오."

"네 알겠습니다."

후보자 공청회가 진행 중인 어느 날 청와대에서 전화가 왔다. 정무수석은 의원들 중에 비교적 가깝게 지내던 사람이었다.

"오늘 저녁 혹시 어떠세요?"

"좋아요."

"안으로 오시겠어요? 아니면 제가 나갈까요?"

"제가 들어가지요 구경도 좀 할 겸해서."

식사를 마치고 차를 하는 동안 대통령이 합석했다.

다분히 사전 극본에 의해 연출된 것이었겠지만 놀란 척하며 반갑게 인사했다.

"영광입니다."

"내가 영광이지요."

다짜고짜 본론으로 들어갔다.

"김 후보자를 꼭 국방장관에 앉히고 싶소만…."

"최선을 다하겠습니다."

"의례적인 답변 말고 솔직한 의견을 듣고 싶소."

"아직은 잘 하고 있습니다."

"아직은? 그럼 앞으로는?"

"쉽지는 않을 거 같습니다."

"왜 그렇게 생각하는지?"

"그야 뭐…."

이야기를 멈추고 번갈아 둘을 쳐다보았다.

"그를 앉히려는 바로 그 이유가 그들이 그토록 막으려는 거 아니겠습니까?"

"바로 그렇소."

"그들이 그토록 막으려는 것은?"

"것은?"

"혹시 배후가 있다고 생각하시는군요?"

"물론 배후는 있소."

"지금 제가 생각하는 그런 거?"

"아마 그럴 거요."

한참 뜸을 드리더니, "의원은 북에 대해 어떻게 생각하오?"

"망할 놈들이지요."

"푸하하하."

"그렇긴 그렇지 북한 주민에 대해 어떻게 생각하는지가 궁금한 거요."

조금 망설이다가는, "돕고 싶으신 건가요?"

정무수석을 보며 웃는다.

"그거 봐 내가 박 의원님이라면 대화가 통할 거라고 했잖아?"

"하지만 뭐 어떻게 하겠습니까? 아 계획이 있으시군요?"

"바로 그렇소. 의원이 꼭 좀 도와줬으면 좋겠소."

"알겠습니다."

그쯤으로 충분하다고 여겼는지 차를 한 모금 마시고는

"국방위는 어떻소?"

"괜찮은 거 같습니다. 각하도 뵙고…"

"푸하하 그렇지요. 큰 그림을 그리려면 반드시 배워둬야지."

큰소리로 웃었다.

"그게 뭐가 웃기신가?"

"아닙니다. 그냥 어디서 많이 듣던 말이라."

"아 그래요? 이 의원은 좀 어때요?"

"괜찮으십니다."

"별로 안 그러실 텐데…."

"전에야 물론 배가 조금 아파… 복통이 좀 있었지만."

"푸하하하."

일어나며 악수를 청한다.

"자주 놀러 오세요."

자랑스러운 듯 테이블을 보이며,

"차와 식사가 모두 무료니."

청와대를 다녀온 것을 안 것일까?

생전 모른 척하던 야당대표에게서 전화가 왔다.

"밥 한번 먹읍시다."

"네 좋지요."

"국방장관은 그만 포기하시는 게 좋겠소."

"김 장관 후보자는 좋은 사람입니다."

"물론 잘 알고 있소."

"대통령도 신임하고 지식이나 경험 모두 갖추고."

"그런 이야기가 아니잖소."

"그럼 무슨 말을 하고 싶으신 건지."

"국방장관을 포기하면 기재부는 책임지고 밀겠소."

"기재부는 아무 문제없을 텐데요."

"정말 그럴까?"

그에게 자료를 내민다.

"김경수 의원 아니 후보자와는 아주 각별한 사이라고 들었소."

"뭐 그 정도는 아닙니다."

"신세도 많이 지셨겠지만 그가 장관이 되면 크게 도움일 될 거요."

말에 대꾸도 않고 자료를 노려보는 박 의원을 두고 야당대표가 먼저 일어난다.

"먼저 실례하겠소."

언제부턴가 조세회피니 역외탈세니 하는 용어들이 신문지상에 오르내리기 시작하더니 재벌가들과 전직 대통령가족들까지 곤혹을 치른 기억이 있다. 일부 부유층이 뭐 그런 비슷한 일들을 한다는 것 정도는 알고 있지만 어디까지나 거기까지였다. 또 그가 알고 있는 지식으로서의 카리브 금융센터란 세계적인 역외금융센터인 바하마, 케이만군도, 파나마가 모여 있는 카리브해 연안을 통칭하는 말로서 바하마는 이 지역에서 가장 먼저 발생한 역외금융센터였다. 미국에서 이자평형세가 실시되고 자발적 대외신용규제 계획이 수립되자 대다수의 미국 내 은행들이 대외신용규제조치를 피하기 위해 바하마에 지점을 설치 운용하면서 그 면모를 갖추게 된 것이다. 바하마는 우수한 통신시설 및 정치적 안정을 갖추고 있으며 역외금융에 관한 한 거의 규제가 없다.

그런데 거기에 김경수 의원이 왜?

그것도 야당대표가 준 출입국자료에는 2002년부터 지난달까지 13번이나 들락거렸다. 빨간색 표시가 되어 있는 해외송금 계좌들의 송금일자와 김 의원의 출입국 일자는 그의 연루의혹을 부인할 수 없게 만들 것이 분명하다.

더구나 2002년이면 김 의원이 모그룹의 자금담당 임원으로 재직 시부터 연루되어 있다는 것 아닌가?

그 외에도 몇 가지 자료들이 더 있었으나 더 이상 보고 싶지 않았다.

'하지만 이걸 왜 나한테…?'

보스를 찾았다.
"어쩌면 좋겠습니까?"
"이미 답을 알고 있는 거 아닌가?"
"그래도 의원님께선…."
"내가 보스지 윤리선생인가?"

대통령은 박 의원을 반갑게 맞아 주었다.
"국방장관은 야당이 싫어하는 거 맞나 봅니다."
"그러기에 더욱 되어야 하는 겁니다."
"하여튼 제가 할 수 있는 일은 할 것이고 오늘 뵌 일은 다름이 아니고."
"네 무엇이든지 말씀하세요."
"기재부는 재고하셔야겠습니다."
야당대표에게 받은 자료를 내놓았다.
"이걸 써먹겠답니까?"
"아니요, 그러지 않는 게 더 문제지요."
"재임 내내 써먹겠군요."
의원은 대답을 하지 않았다.
"하지만 김 의원님과는 각별한 사이인 줄 알았는데요?"
"그랬지요. 아마 앞으로도 그렇겠지만…."
"저 혼자만 알고 있겠습니다."

시내에 어떤 것들이 있는지 대강 둘러보는 것은 반나절이면 족한 것 같았다. 다행히 이곳에도 대형매장이 있어서 필요한 물품들을 사는 데에 어려움이 없었다. 중국은 세계의 공장이다. 좋다 나쁘다를 떠나서 워낙 대량으로 많은 종류의 물품을 공급하다보니 전 세계 시장이 거의 같은 제품 같은 가격이 아닌가 하는 생각이 들었다. 농수산물 같은 지역적인 상품을 제외하고는 관세의 차이가 조금은 날지 몰라도 전 세계 어디나 차이를 느끼지 못하겠고 이곳의 물가 역시 미국과 별로 다른 것 같지 않았다. 커피포트와 알람시계 그리고 자잘한 전자제품 몇 가지를 사 놓고는 냉장고를 채우러 다시 나왔다. 분위기 좋은 레스토랑도 한두 군데 알아 놓으면 좋을 것 같았다. 작전이 시작되면 외출 자체를 거의 하지 않는다. 절대적인 시간이 없는 것은 아니다. 하지만 극도의 보안을 요구하는 작전에 있어서 얼굴을 알릴 일은 피해야만 하고 작전의 중요성을 생각할 때 숨 쉬는 것조차도 조심해야 할 상황에서 나 홀로 낯선 이국땅에서 돌아다닐 수는 없는 것이다. 적어도 그가 직접 수립한 작전의 세부지침에는 그렇게 되어 있다. 옥죄어 오는 긴장감을 풀기 위해 작전개시 명령이 떨어지기까지 오늘 하루만큼은 이곳의 최고급 레스토랑에서 서비스를 받으며 여유를 만끽해 보고 싶다면 그것도 사치일까?

만일을 위해서 술은 와인조차도 입에 대지 않았다. 사실 너무도 긴장이 돼서 아무리 먹어도 취할 것 같지는 않았다. 그래도 조심하지 않으면 안 된다. 마음이 편치 않으니 식사가 어땠는지는 전혀 기억이 없다. 작전을 종료하고 보다 여유를 만끽할 순간이 찾아오겠지. 현관문을 열자마자 메일이 와 있다는 소리가 들렸다. 기대를 가지고 열은 컴퓨터의 메일은 전혀 기대 밖의 내용 한 줄이었다.

'작전 중지 즉시 철수'

황당하다는 생각은 조금 후에 해도 된다. 잔뜩 긴장했던 그에게 지금의 소식이 가져온 심정은 허탈감보다는 분노일 거라고 스스로 진단해 봤다. 그래봐야 별 수가 없다는 현실인식과 함께. 렌트해 놓은 요트를 타고 바하마 섬 '나소' 항을 빠져 나왔다. 구태여 이 먼 거리를 이 지랄할 필요가 무엇이었을까? 짜증이 머리끝까지 기어올라 왔지만 작전계획 수립 시 본인이 직접 계획한 항로라는 것을 짜증이 잊게 한 것 같았다.

'이런 제기랄.'

"분당에 아파트를 얼마에 사신 겁니까?"

"1억2천만 원에 샀습니다."

"얼마에 팔았지요?"

"5억6천에 팔았습니다."

"양도소득이 얼마지요?"

"무슨 말씀이신지?"

"매매차익 말입니다."

"4억4천 같습니다."

"소득세 내셨습니까?"

"1가구 1주택이어서"

이때 야당 간사가 목소리를 깔며 마이크를 잡았다.

"세금은 한 푼도 안내셨네요?"

"결과적으로 그렇습니다."

"결과적으론 뭐가 결과적으로예요? 한 푼도 안 낸 거 아니에요?"

"그렇습니다."

"후보자, SSV라고 알지요?"

일순간 회의장 분위기가 돌변했고 특히 임 의원의 표정이 압권이었다.

"정, 정회합시다."

"정회는 무슨 정회야 지금 청문회 중이잖아?"

"쉬었다 하면 될 거 아냐?"

위원장이 정회를 선포했다.

내용이 무엇인지 알 수는 없었으나 그들이 알지 말아야 할 것을 알게 된 것은 분명했다. 나중에 들은 바로는 김 후보자가 자신의 비리 같은 것과는 상관이 없으나 보호해야 할 사람이 있어서 SSV의 연관성에 대해서는 극비로 다뤄달라고 부탁하고 SSV가 수면에 나오면 사퇴할 수밖에 없다는 입장을 미리 밝혔다는 것이다. 극히 조심해서 다뤘으나 야당이 알게 된 배경이 너무도 의아했고 내부에 첩자가 있다는 의심을 지울 수가 없었다.

대통령의 강력한 소망과는 다르게 그가 중도사퇴 하였으나 청와대의 책임이 크다고 관계자들은 생각했고 누구도 다른 이야기를 꺼내지 못했다. 아쉬워하는 많은 사람들이 있었지만 더 많은 사람들에게는 그저 수많은 후보자 중에 한 명이었을 뿐이고 이제 또 다른 후보자들 중에 하나를 고르면 되는 상황이었다. 그리고 또 다른 사람들에게는 총력으로 저지해야만 하는 특별한 이유가 있는 사람들이 있었고 이들에게 지명자의 사퇴는 쾌거요 승리요 성공이자 과업의 달성이었다.

아쉬워하는 사람들과 과업의 달성을 축하하는 사람들은 제각각 한잔씩 걸치기로 했다. 여기까지는 문제될 것이 없었다.

이런 저런 사유로 한잔씩 하는 것이 무엇이 문제인가?

하필이면 그들이 찾은 술집이 같은 곳이라는 데에 문제가 있었을지 모른다. 아니 거기까지도 좋았다. 얼마든지 일어날 수 있는 일이니까.

모두가 술이 취하도록 마셨다.

한쪽이 아쉬움을 달래기 위해서라고 한다면 다른 한쪽은 상대가 달래야 할 아쉬움의 정도에 비례해서 아니 어쩌면 그보다 조금 더 기쁘고 고소해서 마셨을 것이다. 승리를 자축하는 가운데 유난히 사명감에 불타는 허무호 의원은 그 기쁨이 더했을 것이다. 드디어 꿈꾸던 정의를 실현했고 국가와 민족을 위해 부패와 비리의 온상일 뿐 아니라 파쇼의 주구인 군바리의 국방장관 임명을 저지했으니 말이다. 인민과 공화국을 위한 그의 철저한 투쟁정신이 문제가 될 일도 결코 아닐 것이다.

민주주의가 살아 숨쉬는 자유 대한에서 무엇이 문제인가?

문제는 그놈의 술 때문에 잠깐 정신이 나갔을 때 임 의원과 화장실서 정면으로 마주쳤다는 사실이다. 아니 거기까지도 좋았다. 하지만 그의 입이 그의 불타는 사명감을 제어하게 하지 못했다는 것이 진짜 문제였다.

임 의원의 입장에서는 사명감 불타는 초선의원들을 많이 만나봤다. 아쉬운 마음 사실이지만 그저 귀여운 풋내기들은 상대할 가치조차 없다. 하지만 상대치 않으려는 그를 끝까지 따라다니며 성질을 긁을 때는 이야기가 다르다.

'이봐, 집에 가서 뚱땡이 놈한테 문안 인사나 드리고 자빠져 자!'

무슨 말인지 다 알아 듣지는 못했으나 모욕이라는 것을 모르지는 않았다.

그는 승전 소식으로 다시 한 번 그를 긁었다.

'호전깡패가 쥐치던 극단적인 도발적 망발을 일삼는 자가 어찌 국방장관을 한답시고….'

그 다음에 벌어진 일은 당사자 외엔 아무도 모른다.

임 의원은 아무 일도 없는 양 다른 의원들과 끝까지 술자리를 지켰고 허 의원은 누군가에게 발견되어 119 구급대에 실려 갔다는 사실만 알고 있을 뿐이었다.

허는 범인으로 임 의원을 지목했으나 증거도 증인도 없고 그저 술 취한 아련한 기억만이 있을 뿐이다. 하지만 당 차원에서 그들은 가만히 있을 수 없었다.

검찰 고소와 함께 철저한 진상규명과 당사자 처벌, 여당의 사과를 요구했다.

검찰은 입장이 곤란하게 되었다.

수사를 하기도 안하기도 그렇지만 정식으로 고소장이 접수된 이상 당사자를 불러 조사하지 않을 수는 없었다. 하지만 허 의원의 진술은 신빙성이 없었다. 술에 많이 취해서 임 의원과 화장실에서 만난 것까지는 일관되다 하겠지만 이야기를 나눈 내용이라든가 폭행이 진행되기까지의 일련의 과정들은 이해할 수 없는 이야기들이었고 의원이 의원끼리 다짜고짜 그런 행위를 할 것이라고는 상식적으로 납득하기 어렵다.

더구나 임 의원은 나이 많은 늙은이라고 한다면 허 의원은 혈기왕성한 젊은이 축에 속한다고 해야 하지 않는가?

임 의원이라면 야당이 특별히 지목해서 벼르고 있는 의원이라는 것을 알 만한 사람은 다 알고 난무하는 고소고발에 검찰에서도 골치아파하는 와중이었고 뭐라고 대놓고 말은 못해도 그것의 본질이 무엇인지는 알 만한 사람 다 아는 사실인데 거기에 사건 하나가 보태진 것일 뿐이었다. 그래도 조사는 해야만 하는 것이 절차다. 검사는 내키지 않는 마음으로 출석요구서를 보냈다.

임 의원은 일체 입을 열지 않으니 그 사건에 대해서는 여러 가지 추측만 난무했다.

난무하는 추측들 가운데 두 가지 설이 유력했다. 그중 하나는 임 의원에 비해 말발이 딸리는 허 의원이 임 의원의 말발에 울화통이 터져 발을 구르다 자빠져 머리를 다치게 되자 머리가 이상해져서 자해를 한 것 같다는 것으로 거의 모든 여당의원이 이 설을 지지했고 박 의원도 아마 그럴 것 같다고 생각했다.

국방부에서 요청한 예산내역을 심의하던 중 임 의원과 야당의원들 간에 햇볕정책의 공과 과를 놓고 설전이 벌어졌다.

"그놈의 햇볕 정책이 남북관계를 완전히 망쳐 놓은 거 아니에요?"

"뭐가 어째요?"

"해달라는 대로 퍼주기는 다 해놓고 나중에 뺨맞은 거 말고 받은 게 뭐에요?"

"그게 무슨 말이에요?"

"햇볕이랍시고 퍼준 돈으로 미사일 만들고 핵무기 만들고 야당은 국민 앞에 사죄하세요."

"그러면 지금 여당에서는 전쟁이라도 하자는 겁니까?"

차관이 나섰다.

"우려하시는 전쟁을 억지하기 위해서."

"그래서 이렇게 압박을 가하면 반발만 커질 거 아니에요?"

"반발로 인한 국지도발을 억지하기 위해서도 반드시 필요한 무기이고 반발을 두려워해서 북의 도발을 묵인해서는 안 됩니다."

"남북 간의 평화 정착을 위해서는…."

"평화 같은 소리하고 있네, 저들이 먼저 도발하는데…."

"그런데 말이에요."

모처럼 박 의원이 끼어들었다.

"좀 다른 이야기기는 한데 이러한 압박에 대한 목표는 있는 거예요?"

"무슨 말씀이신지?"

“압박을 가하는 최종목적이 무엇이냐고요?”

“북이 도발을 포기하고 대화와 상생의 장으로 나오는 것입니다.”

“압박을 가하면 그게 가능합니까?”

“햇볕으로 불가능하다는 것이 검증된 이상.”

“압박으로 가능하다고 보는 거군요.”

“가능여부에 대한 확신보다는 달리 대책이 없어서.”

“압박으로 우리가 요구할 수 있는 게 뭐라고 보십니까?”

“북한의 폐쇄적인 체제를 고려할 때 압박으로도 요구할 수 있는 것은 매우 제한되어 있습니다.”

“언론출판의 자유나 자유총선거 실시를 요구할 수는 없는 거죠?”

“그렇습니다.”

“북의 변화를 위해서는 보다 근본적인 정책이 필요한 거지요?”

“그렇습니다.”

“그게 뭘까요?”

“저희의 영역은 적의 도발을 분쇄하고 도발 자체를 억지하는 것이고 말씀하시는 것은 저희 국방부의 영역은 아닌 거 같습니다.”

“알겠습니다.”

“돈 좀 빌릴 수 있습니까?”

임 의원은 이번에도 아무런 부연 설명은 없다.

‘혹시나 검찰일일까’하는 생각이 박 의원의 머리를 스치자 임 의원이 눈치를 챈 건지 먼저 말했다.

“그건 아니고요.”

“가셨던 일은 잘 되신 거죠?”

“잘 되고 말고가 어딨습니까? 그것들 생트집일 뿐이죠. 그런 건 신경 쓸 가치도 없습니다."

그토록 열심히 불려 다니면서도 꿋꿋한 그가 신기하게만 여겨졌다.

"얼마나요?"

"일억만."

기재부와 관련되면 다 돈을 만지는 줄 아는 건가? 하지만 이야기는 길어봐야 좋을 거 없다.

"언제까지요?"

"지금이면 더 좋고."

"내일 아침으로 하지요."

"고맙습니다."

더 이상 말없이 문을 닫고 가버렸다.

하긴 그의 성격에 고맙다는 한마디가 어딘가?

"김경숙!"

공안이 소리쳤다. 탈북자를 체포하는 많은 공안들이 대부분은 조선족이다. 언젠가 일제 강점기 위안부들을 동원할 때도 더 많은 포악과 술수를 부린 자들은 일본인 업자보다는 그들 앞에서 일한 조선인 업자들이었다는 말을 들은 일이 있었는데 똑같은 되풀이가 중국 땅에서 벌어지고 있는 것이다. 일어날 힘도 없는 경숙을 공안 둘이 들어와 끌고 갔다.

"무슨 일입네까?"

그녀가 물어도 답해 줄 리가 없다. 1층 사무실에 앉히자 꽤 고급간부로 보이는 사람이 신문을 시작했다.

"김경숙 42세 어머니는 이연숙이고 맞아?"

그녀는 대답이 없었다.

"맞냐고?"

다른 공안이 다그치자 간부가 그들을 나가게 하고 다정히 차를 건넸다.

"딸 박은주 16세."

"네 맞습네다."

갑자기 정신이 난 경숙이 눈을 똥그랗게 뜨며 공안을 쳐다보았다. 그러자 간부가 책상 뒤의 소파에 앉아 있는 양복 입은 신사에게 고개를 돌렸다. 신사가 일어나 그녀에게 다가갔다.

"갑시다."

그녀는 무언가 묻고 싶었으나 그럴 힘이 없었다. 그녀가 나오자 양복 입은 신사 하나가 차에서 급히 내려 그녀를 부축하며 고급차에 태웠다. 그녀는 영문을 모른 채 연길의 한 호텔로 들어갔다.

따듯한 물에 몸을 담그니 이것이 꿈인가 생시인가?

지상에서의 천국이라는 것이 바로 이것이 아닌가?

그러자 바로 딸 은주의 생각이 밀려왔다. 끌려가던 모습이 떠오르자마자 물에서 나왔다. 딸을 끌려 보내고 따듯한 물에 몸을 담그며 좋아하는 자신의 모습이 너무도 천박하고 가증스럽다는 죄책감이 한없이 몰려왔다.

아래층 식당에는 주로 국물류와 으깬 음식들이 채려져 있는 것으로 미루어 오랜 기간 굶은 상태에서 갑작스럽게 많은 음식을 먹어서는 안 된다는 배려에 식사를 주문한 것이리라 그녀도 수용소 들어가기 전에는 배울 만큼 배운 인텔리였기에 알만큼은 안다.

식탁에 앉아 아까의 그 신사를 기다렸다. 운전기사가 먼저 식사를 하시라고 권했으나 무슨 영문인지도 모르고 그러고 싶지는 않았다. 배가 고프면 체면이고 뭐고 아무 것도 없다는 것을 그녀는 잘 안다. 이론으로 배운 게 아니고 삶속에서 배운 것이기에 그 누구도 그녀보다 잘 아는 사람은 없을 것이다. 하지만 죽음의 고비에서 뜻하지 않은 사건은 그녀를 더욱 정신을 차리게 만들었다. 신사가 급히 와서 앉았다.

“왜 드시지 않고?”

“어찌된 영문인지?”

“남으로 보내드리겠습니다.”

수많은 의문이 꼬리에 꼬리를 물었다.

‘이 사람은 도대체 누구인가?’

‘대체 왜 나를 도와주는 것이고 무엇을 원하는가?’

‘공안과는 어떤 관계기에 그들이 말 한마디 없이 풀어주는가?’

물론 그녀가 해줄 것은 아무것도 없다. 그리고 아무리 최악의 사태가 닥친다 해도 북송보다 최악의 사태는 세상 어디에도 없다. 그가 무슨 말을 해도 그저 그를 따라갈 수밖에 없다 생각이 들었다. 딸내미 소식을 묻고 싶었으나 그가 알 리가 없을 것이다.

“따님 일은 안타깝게 되었습니다. 어제 북송되었다는 것을 알았고 저희도 어쩔 수가 없었습니다.”

묻고픈 것들이 많이 있었으나 머리가 뒤죽박죽이 되어 무슨 말을 어떻게 꺼내야할지 하나도 떠오르지 않았다.

“피곤하실 테니 오늘은 그만 쉬시지요?”

“왜 나를 돕는 건지 물어도 됩네까?”

“아니요 안 됩니다. 그냥 저를 따라 가시기만 하면 됩니다.”

“그럼 부탁을 한 가지 해도 됩네까?”

신사는 매우 의외라는 듯 귀를 기울였다.

“함께 체포된 한숙희 동무라고 있습네다.”

“그런데요?”

“함께 남조선으로 가고 싶습네다.”

"안 됩니다."

신사가 단호하게 말했다.

"나도 꺼낼 실력이면 한 명 더도 가능하지 않습네까?"

"불가능합니다."

"은주 일은 안타깝게 되었다고 했잖습네까?"

"그런데요? 아 그래도 친구 분은 안 됩니다."

"그럼 저도 가지 않겠습네다."

"괜히 친구 때문에 도박할 필요는 없을 텐데요?"

"가족도 잃은 마당에 나 때문에 잡힌 동무를 두고 혼자 남조선에 가고 싶진 않습네다."

매우 단호하게 말했다.

"그러면 저희는 그만 가볼 수밖에 없을 텐데요?"

"그러면 그냥 가시라우요 저는 혼자는 가지 않겠습네다."

"저희가 강제로 끌고 간다면요?"

"그러지 못할 것이라는 것은 호상 간에 알고 있잖습네까?"

그녀의 매우 황당하고 허무한 그리고 몰상식한 의외의 요청이 매우 단호하다는 것에 신사는 무척이나 당황했다. 나중에 기회를 보자고 달래 보려 했으나 하루 이틀 만에 북송될 것이 뻔하고 그러면 가능성이 없다는 것을 서로가 알고 있다. 그냥 가면 공안들이 좋아할 것이라고 협박도 하려다가는 소용이 없을 것 같아 그냥 관뒀다. 그녀를 방에 올려준 후 그는 바로 수화기를 들었다.

"공군에는 high-low mix라는 개념이 있지요?"

"네 그렇습니다."

"북한에도 있습니까?"

"네 북에서는 고급기종인 mig23, 29와 나머지 전투기간의 혼합개념이 있습니다."

"비율이 어느 정도인가요?"

"23과 29가 60대 정도이고 나머지 전투기가 약 450대 정도이니…."

"60:450 정도라고 할 수 있습니다."

"미군에도 이런 개념이 있지요?"

"네 그렇습니다."

"F-15와 F-16은 비율이 어떻게 됩니까?"

"1:4정도인 것으로 알고 있습니다."

"그 정도인가요 아니면 그 비율을 엄수하고 있나요?"

"거의 엄수하고 있습니다."

"왜 그렇지요?"

"F-15는 폭장능력은 우수하지만 상대적으로 체적이 크고 무거워 공중전에서는 불리하기 때문에 F-15 한 대 출격에 F-16 4대가 호위하는 개념이라고 할 수 있습니다."

"F-16은 공중전에서 아주 우수한 기종이지요?"

"네 그렇습니다."

"현존하는 최고의 전투기라는 표현도 있던데."

"표현이야 다르겠지만 좋은 전투기인 건 맞습니다."

"앞으로도 오랜 기간 공중전에서는 따라 올 자가 없다는 분석도 있던데."

"여건에 따라서는 공중전에 관한 한."

"우리가 보유하고 있는 F-15는 총 60대이지요?"

"그렇습니다."

"같은 개념으로는 F-16이 몇 대 더 필요한 겁니까?"

"240대라고 할 수 있습니다."

"현재 보유대수는 160대밖에 되지 않지요?"

"네 180대 있습니다."

"F-16이 우수한 기종이고 아직도 모자라는데 왜 구태여 차세대가 필요한 거지요?"

"스텔스 기능이 필요하고."

"그게 왜 필요한 거지요?"

"제가 잘 몰라 그러는데 왜 스텔스가 이렇게 필요한 겁니까?"

"현대전에 있어서는 먼저 보고 먼저 쏘는…."

"가시권 밖에서의 공중전을 말씀하는 거지요?"

"그렇습니다."

"적기를 조준하고 발사하는데 얼마 정도의 시간이 걸립니까?"

"10초 정도입니다."

"한 번에 1대씩밖에 조준하지 못하지요?"

"그렇습니다."

"현재 주력 공대공 미사일의 사정거리는 얼마나 됩니까?"

"70km입니다."

"레이더로 끝까지 유도해야 하지요?"

"그렇습니다."

"70KM에서 적기들과 가시거리에서 조우하게 되는 시간까지 몇 대나 격추할 수 있습니까?"

"몇 대 안됩니다."

"1대 이상 할 수 없지요?"

"이론으론 그렇습니다."

"하지만 저희가 최근 도입하고 있는 '암람'의 경우…."

"그것 역시 F-15나 F-16에 다 장착할 수 있지요?"

"그렇습니다."

"그렇다면 한국 지형에 굳이…."

"스텔스가 필요한 것은 공중전에 국한 되지 않고 은밀히 적진에 침투 주요 전략 목표를 기습 파괴하는 임무를 위해서."

"고정된 시설물 파괴를 위해서는 순항 미사일이나 탄도미사일이면 족하지 않나요?"

"물론 미사일도 중요하지만 중국이나 일본 등의 군사력 팽창에도 대응하고…."

"우리가 스텔스가 있으면 그들과 일전이라도 가능하다는 것이라는 말씀인가요?"

회의가 무르익는 중에도 핸드폰을 받으러 나갔던 임 의원이 돌아와 그에게 속삭인다.

"오천만 원만 더 빌릴 수 있습니까?"

그는 기가 막혔으나 그냥 알았다고만 하고 말았다.

"스텔스가 만능이 아닌 이상 꼭 필요한 대수만 직구매를 하고 스텔스를 위한 노력과 비용으로 스텔스를 추적하고 스텔스 기능을 무력화 시키는 연구와 개발에 더 더 투자를 하고 가격이 저렴하고 인명 손실 위험이 없는 무인기 개발에 더 매진하는 것이 좋지 않나 생각하는데 총장의 생각은 어떠신지?"

"스텔스 기능 무력화나 무인기 개발이 절실히 필요하다는 의견에 전적으로 동의합니다."

회의가 끝나갈 무렵 북한의 미사일 시험발사와 관련된 첩보들이 급하게 보고되었다. 여러 정황상 쏘느냐 쏘지 않느냐의 문제라기보다는 무엇을 언제 쏘느냐의 문제라는 것이다.

“저희 정부에서는 이러한 엄중한 상황을 맞이하여 우방국과 협력하여 강력히 대응….”

“그래, 그 강력한 대응이 뭐에요?”

“유엔 안보리에….”

“그래서 뭘 어쩌려는데요?”

“그래서 임 의원은 뭘 어쩌겠다는 건데요?”

“장관한테 묻고 있잖아?”

“왜 반말이야?”

전에는 이러한 야당의 작전에 반발하여 고성이 오가면 판이 깨지고 상임위가 휴회되는 빌미로 사용되곤 한 예가 여러 번 있었기에 임 의원은 그들을 무시했다.

“또 경제제제 어쩌구 뭐 이런 거예요?‘”

“각종 경제 제재를 포함한….”

“그런 거가 효과가 있었어요?”

“아니 그래서 뭐 어쩌자는 거야?”

“조용히 하구 들어봐.”

“대책은 세워야 할 거 아냐?”

“안보리 차원에서 이미 미사일 발사 징후와 관련한 강력한 경고를 하였고….”

“그래서 그게 효과가 있었냐구요?”

승강이가 벌어지는 동안 국방부 직원 하나가 장관에게 다가가 귓속말과 메모를 건넨다.

“무슨 일입니까?”

위원장이 묻자, "금일 11시 31분을 기해서 북한의 동창리 미사일 기지에서."

"이런."

"아직 분석이 완료되지는 않았으나 이번에 발사된 미사일은 대포동2호보다 더 개량된…."

상임위가 웅성웅성해서 더 이상 잘 들리지 않았다.

국방장관은 사태의 파악을 위해 자리에서 일어나자 여당의원 누군가가 북한의 미사일 발사를 규탄하는 성명을 본회의에 상정하자고 제안했다. 너무도 당연히 야당에서는 자동으로 반대의 의견을 피력했다. 토의를 열자고 했으나 이에 대해서도 반대했다.

위원장이 이런저런 정황이 안정되기도 전에 찬반을 물었다. 국방위는 모두 13명으로 여당 7명에 야당 6명이었다. 다수결과는 상관없이 항상 해왔던 일이기에 이에 대한 반발에 너무도 익숙한 위원장이 준비할 틈도 없이 상정해 버린 것이었다. 야당이 거세게 반발하며 무효라고 소리치며 일제히 들고 일어났다. 일부는 의사봉을 뺏으려 위원장에게 달려들었다. 하지만 상임위에서 의외의 상황이 벌어졌다. 여당의원 중에 찬성에 손을 들지 않은 의원이 있는 것이다. 적어도 국방위에서 만큼은 이런 일이 없었고 또 분위기상 있을 수도 없는 일이었다. 야당의원들이 박의원을 보고는 일제히 안도했다.

"자기네 의원들도 다 정리를 못했구만."

그들의 안도는 비웃음으로 귀결되었고 임무를 완수한 그들은 의기양양하게 회의실을 빠져 나갔다. 여당의원들도 뭐라고 한마디씩 하고픈 마음이 굴뚝같았으나 이상하게 임 의원의 눈치를 보다가는 아무 말 없이 회의실을 빠져 나갔다.

"술이나 한잔합시다."

"어디 속내나 한번 들어봅시다."

"속내랄 게 뭐…."

"아직도 중도 온건노선이 합리적이라고 믿는 겁니까?"

"현실인식도 고려해야지요."

"그들이 대화하면 핵무기 스스로 내려놓고 잘살게 해달랜데요?

한참의 침묵 후 신중하게 박 의원이 묻는다.

"저도 하나 물읍시다. 그래 어떻게 했으면 좋겠습니까?"

"무슨 말씀이신지?"

"의원님께서도 장관에게 경제제재 같은 게 무슨 효과냐고 따지셨잖습니까?"

"그야 뭐…."

한참을 뜸을 들이다가 임 의원이 한바탕 웃는다.

"그런 뜻이에요?"

"뭐 그런 거죠."

다시 한바탕 웃는다.

"의원님이 맞아요."

"의원님이 한수 위네요."

"아니 그런 뜻은 아니고"

"자, 잡다한 소리 집어치고 한잔합시다."

군 시절을 보낸 사람들에게 가장 많이 들었던 말이 무엇이냐 묻는다면 단연코 보안이라 할 것이라는 데에 이의를 달 사람은 많지 않을 것이다. 그러면서도 이러한 숙제가 결코 쉽지 않은 것은 젊은이들의 입을 막는 것이 현실적으로 결코 쉽지 않다는 데에 있다. 대형함정에는 공식통신수단 외에 넓은 배 안에서 상호소통을 위해 사용하는 무전기가 있다. 그리고 문제는 이러한 무전기가 주파수만 맞추면 타 함정과도 개인적인 의사소통이 얼마든지 가능하다는 것이었다.

"안녕"

"운동장에 나왔어?"

"나와서 봐봐 11시 방향이야."

"아 정말 왜 이리 늦은 거야?"

"기관부에 뭐가 잘못됐다는데 잘은 몰라."

"진작 들어갔어야 되는데 얼마나 욕을 해댔는지 알아?"

"야 우리도 출항 직전에 그래 가지고 얼마나 난리가 났는지 알아?"

"그러기에 이 형님이 항상 미리미리 손보라고 했지?"

"하여튼 지랄을 해요 언제 나왔어?"

"11월 3일에."

"벌써 20일째네."

"그러니까."

"열 받을 만하겠다."

"잘 들어가."

"수고해."

전남함 나오고 청주함 들어감

전주함 기관부 고장으로 3일간 수리

청주함 작전기간 연장으로 병사들 불만 높음(11/23)

"북한의 미사일 전력은 얼마나 됩니까?"

"사정거리가 1300km급인 노동 미사일의 경우는 약 200여 기."

"우리를 타깃으로 하는 것만 이야기해 주시지요."

"배부해드린 자료에 있듯이 사정거리 300-500km급인 스커드 B.C 계열의 미사일이 약 5-600기인 것으로 알고 있습니다."

"북에서 미사일을 발사하면 서울까지 도달하는데 얼마나 걸립니까?"

"북의 신계 미사일 기지에서 발사하는 경우 서울까지의 도달시간은 약 3분30초입니다."

"이를 요격하기 위한 미사일은 얼마나 됩니까?"

"지난 번 도입한 pac2가 40기이고."

"다 합쳐도 500발도 안 되는 거지요?"

"그렇습니다."

"그나마도 요격 성공률은 50%도 안 되지요?"

"그렇습니다."

"그럼 어떻게 대응한다는 계획입니까?"

"미흡한 요격체계를 감안해 저희 군은 유사시 적의 미사일 기지를 사전에 파괴하는 적극적 방공개념을 적용하고 있습니다."

"즉 북한이 미사일 발사 기미가 보일 경우 MLRS다련장포나 미사일, 전폭기를 통한 선제공격으로 이를 차단한다는 것입니다."

"적의 미사일이 발사를 위해 기립하면 바로 타격합니까?"

"그렇지는 않고 대부분의 스커드계열 미사일은 액체연료로서…."

"연료주입에 얼마나 걸립니까?"

"약 40분에서 1시간가량 걸립니다."

"타격에는 얼마나 걸립니까?"

"발사 후 타격까지 10분정도입니다."

"연료주입을 시작하면 타격합니까?"

"반드시 그렇지는 않고 공격발사의 징후가 농후할 경우."

"기립이나 연료주입만 가지고 시험발사인지 공격용인지 구분이 가능합니까?"

"100%는 아니지만…."

"공격용인지 아닌지는 누가 판단합니까?"

"합참의장이 합니다."

"의장님도 나와 계시죠?"

"안녕하십니까?"

"지금 당장 북의 스커드 미사일 수십 혹은 수백 대가 일시에 기립했다고 합시다."

"타격합니까?"

"공격의도를 파악한 후에."

"어떤 근거를 가지고 파악합니까?"

"여러 첩보들과 정황에 따라서."

"공격의도 여부가 명확히 판단이 됩니까?"

"반드시 그렇지는 않습니다."

"의장 결심사항입니까? 아니면 정치적 고려를 필요로 합니까?"

"아무래도 선제공격이라는 것이 전쟁개시를 의미하는 것인 만큼."

"확실하지는 않지만 공격징후가 농후한 수십 대가 기립했다고 합시다. 타격합니까?"

"단순한 기립만으로는…."

"결론은 현실적으로 저들이 각오하고 핵폭탄을 탑재해서 발사하면 방법이 없네요."

"……."

"의장님에게 있어서 확실하다는 것은 대체 뭐에요? 저들이 확실하다고 인정한 후엡니까?"

"아니면 서울에서 핵이 폭발하고 난 후엡니까?"

임 의원이 박 의원의 질의를 매우 재미있게 듣고 있다.

"그래서 저희 군에서는 앞으로…."

"지금 당장 말이에요."

박 의원이 목소리를 높였다.

한참이나 조용하다가 국방장관이 말을 꺼냈다.

"반드시 핵무기 경량화에 성공했다는 확신은 없고…."

(임 의원은 요새 박 의원을 집무실을 자주 찾는다.)

"시간 나실 때 한번 보세요."

"뭡니까?"

"재밌을 거예요."

"아니 이건 국정원에서 생성한 일급비밀?"

"그 새끼들 뭐 그렇지요."

오늘도 역시 그냥 나가 버린다.

보고서의 내용은 개략 다음과 같다.

1. 현재 북한이 보유하고 있는 핵무기는 플루토늄 핵무기 2~19개, 고농축 우라늄 핵무기 0~20개, 중간값을 취할 경우 대략 20기 수준을 보유한 것으로 추정된다. 향후 핵무기 보유 전망은 2016년에 17~52개 (중간값 약 34개), 2018년에는 중간값 43개 수준이 될 것이다.

2. 국정원은 2007년에 이미 북한이 핵폭탄의 소형화에 성공하였다고 판단, 노무현 대통령에게 보고하였다. 기폭장치 실험의 추이를 분석하여 그런 결론에 도달하였다. 실험 때 생기는 지진파(地震波)와 지상(地上)의 파인 흔적의 크기 변화를 추적하였다.

3. 소형화 경량화(직경 70cm, 무게 1t 이하)에 성공한 핵폭탄들은 이미

실전배치 중이며 어떠한 노력으로도 이를 저지하는 것은 현실적으로 이미 불가능한 단계이고 북한의 핵을 저지할 기회는 햇볕정책으로 이미 오래 전에 잃은 셈이라는 정보 분석관의 판단이 실명으로 첨부되어 있었다.

엊그제 미사일 시험 발사로 안보리 제제 여부를 논의하는 와중에 다시 이번에는 핵실험 징후가 포착되었다. 정부와 국제사회는 이번만큼은 용인하지 않겠다고 각종 엄포를 쏟아내었지만 북은 미동도 할 기색을 보이지 않는다. 임 의원이 다른 국방위 의원 한 명과 함께 집무실 문을 열고 들어왔다.

"청와대서 대책관련해서 당정 협의 좀 갖자는데요?"

"핵실험에 대해서요?"

"그렇지요."

"제가 무슨 당의 직책이 있나요?"

"국방위원 몇 분도 같이 좀 오시라고"

"저는 안 갈래요."

임 의원이 웃자 다른 의원이 의아한 듯 물었다.

"아니 왜?"

"대책도 없는데 무슨 대책회의예요?"

임 의원이 대신 답을 해준다.

"뭐 그렇기도 하지만"

임 의원이 다시 웃으며 나가자 다른 의원도 뭐가 뭔지 모르겠다는 듯 따라 나갔다.

그날 저녁 북한이 핵의 포기로 얻을 수 있는 당근들을 제시하는 대변인의 장황한 설명이 톱뉴스로 나오자 박 의원은 바로 TV를 꺼버렸다.

참으로 한심하다는 생각을 할 틈도 없이 전화가 울렸다.

"저녁에 뭐합니까?"

임 의원이었다.

"9시가 넘었는데요?"

"바쁩니까?"

"아뇨 그렇진 않지만"

"한잔합시다."

로비에서 기다리던 임 의원이 룸으로 안내했다.

"룸으로 갑니까?"

"왜 안 됩니까?"

"아니 그건 아니지만 별로 안 좋은 경험이 있어서요"

"푸하하하 압니다."

'대체 뭘 안다는 거지?'

하지만 미처 생각할 겨를도 없이 룸에 도착했다.

문이 열리자 김경수 의원과 전 국방장관후보자 김 장군이 와있는 것이 아닌가?

몹시 놀랄 틈도 없이 김경수 의원이 먼저 악수를 건넨다.

"뭘 그리 놀라나 이 사람아!"

"안녕하십니까?"

"그땐 인사도 못 드렸습니다."

"저도 그렇지요."

"임 의원한테 재밌는 말 많이 들었습니다."

"재미가 하나도 없을 텐데요."

"푸하하하 그렇긴 그렇지요."

"그래도 우리에겐 흥미진진했습니다."

"뭐가 그리 흥미진진한 건가요?"

"전반적으로 다 그렇지만 아무 대책 없다는 그 부분"

"그게 왜요?"

"북은 자기 길을 가고 있는데 우리는 대책도 없이 헛발질만 계속 하면서도 깨닫지 못하고 똑같은 대책만 되풀이하고 있잖아요."

"그게 흥미진진한 건지 처음 알았는데요?"

"그거 자체야 뭐 그렇지만 벌거벗은 임금님을 보고 벌거벗었다고 말하는 사람을 찾기 어려운 와중에 찾아내는 것은 흥미진진한 일이지요."

"하, 그런 거예요?"

"벌거벗은 것을 보면서도 그렇다 말 못한 이유가 뭐겠습니까?"

"두려움 때문이지요."

"두려움과 비겁함의 합작품이지요."

"푸하하하 우리 얘기군요."

"와 자 진짜 재밌어 지는 데요."

"우선 한잔씩 해야지요?"

"위하여."

한잔씩 들어가자 말을 이었다.

"그건 그렇고 장관님께서는 대책이 있어야 잖아요?"

분위기가 무거워지자 김경수 의원이 나선다.

"어허 이사람 모처럼 재미난 분위기에 웬 찬물?"

"오늘은 그냥 쭈욱 마시는 거야."

"위하여."

"그래도 어려운 분을 이렇게 뵈었으니 한 수 배워야지요."

"대책이 있으신 거지요? 아니 있었던 거냐고 물어야 하나요?"

김 장군이 망설이자 박 의원이 한마디 했다.

"저들에겐 어떠한 당근도 소용이 없다는 것 정도는 저도 압니다."

김경수 의원이 나섰다.

"저들이 사용하려고 한다면 누구도 말릴 수 없다는 것 정도는 나도 알지."

그러자 임 의원도 나섰다.

"저들은 반드시 필요하고 사용할 곳이 있기 때문이라는 것 정도는 내가 알지 아주 확신해."

장관후보자도 한마디 않을 수가 없게 되었다.

"핵을 미사일로 막을 수 없다는 것은 제가 압니다."

"그렇다면?"

"그렇다면?"

"그렇다면?"

김경수가 다시 나선다.

"위하여"

"너무나 재밌고 신나지 않아?"

"위하여"

'위하여'를 위하여 장단을 맞춰 주는 거까지야 문제가 없겠지만 이 친군 대체 뭐가 그리 재밌고 신난다는 걸까?

이 심각하고 어려운 난제 앞에서.

다음날 어제의 숙취로 지끈지끈한 머리를 참으며 집무실 문을 열자 임 의원과 김경수 국방후보자가 이미 와 있는 거 아닌가?

"아니 어떻게?"

"어제 자주 만나자고 하고서는 잊었어요?"

“자주 만나자고는 했지만”

“자 이제 만났으니 한잔해야죠?”

“아니 저는 이제 그만.”

도리도리를 치는 박 의원을 보며 모두가 한바탕 웃는다. 이때 커피가 넉 잔 들어온다.

다시 한 번 크게 웃고는 김경수 의원이 먼저 나섰다.

“자 위하여”

“뭘 위하는데요?”

“금일 실시될 핵실험을 위하여.”

“벌써 실시했어요?”

“아뇨 이제 곧 실시.”

“아이 이 사람은….”

임 의원이 말리자 다시 잔을 든다.

“자, 위하여!”

이때 임 의원의 핸드폰이 울렸다.

“뭐가 바빠 여당 간사가 회의 좀 하자는데 그보다 바쁜 일이 어딨어?”

“어제 다 말했잖아? 북이 장난치면 즉시 규탄성명 발표하자구”

김경수와 김 장군이 배꼽을 쥐며 보며 웃는다.

“확인이구 뭐구가 뭐가 필요해 하면 하는 거지?”

“야! 야! 여보세요!”

그가 끊자 박 의원이 물었다. “아니 규탄 성명 그런 건 뭐 하러?”

모두가 다시 웃는다.

“의원님은 몰라요 이렇게 한번 해줘야 이놈들도 똥줄이 타고 뭔가 할 일이 있지.”

다시 한바탕 웃는다.

"이렇게 안 하면 뭐하나 의심하고 해서."

다시들 웃고 있는데 그 웃음이 그치기도 전에 보좌관이 문을 열었다. 그의 표정이 무엇을 말해 주는지 그가 TV를 틀기도 전에 모두가 알 수 있었다. 긴급 속보에 분위기가 다시 무거워졌다.

"저희도 그만 가보는 게 낫겠네요."

"잊지 마 자주 만나는 거야."

김 장군이 악수를 나누면서 그에게 자료하나를 건넸다. 박 의원이 의아한 표정을 짓자 임 의원이 거들고 나섰다.

"그것도 재밌을 거예요."

그들이 나가려 할 때 박 의원은 임 의원만 따로 불러 세웠다.

"대체 뭐하시는 거예요?"

"네?"

"나를 작당하고 세뇌라도 시키시려는 거예요?"

임 의원이 웃는다.

"왜 그러면 안돼요?"

'하긴 그렇다 안 될 게 뭐가 있겠는가? 서로가 서로에게 자신의 주장만 떠들고 있는 차에….'

"아뇨 그렇다기보단 하도 머리가 아파서."

"연극 한번 보실래요? 머리 식힐 때 그만이죠."

주머니서 티켓을 꺼내 자료 위에 올려놓고는 돌아보지도 않고 빠져나간다. 그건 그렇다 치더라도 오늘 실험이 강행될 것은 어찌 안 것일까? 대체 어떻게?

그냥 우연일까? 그렇진 않다. 그들은 분명 아주 확신하고 있었다.

그가 건넨 자료는 전에 임 의원에게 받은 자료와 출처나 비밀등급이 같은 것으로 1-2년 내에 북한이 전술핵무기 개발을 완료하고 실전배치를 시작할 것이라는 요지의 보고서였다.

이러한 전술핵무기는 기존의 핵무기와 달리 휴전선의 야포 등으로도 발사가 가능해 통제가 아예 불가능하고 이를 실제로 실전 배치한다면 남측에서는 도저히 대책이 없다는 정도는 박 의원도 알고 있었다.

하지만 여기서 진짜 우려하는 것은 정규전보다는 비정규전으로 대남요원들에 의해 은밀히 국내로 반입되어 각종 요지에서 동시다발로 폭파되는 시나리오였다.

단 한 차례의 폭파만으로도 제2, 3의 폭파에 대한 협박으로 어떤 요구도 가능할 수 있었고 원자력 발전소 같은 곳에 폭파시켜 사고로 위장할 수도 있었다.

물론 남로당들이 곳곳에서 들고 일어나 사고라고 빡빡 우겨야겠지만 나서 줄 사람들은 각계각층에 얼마든지 있다는 것 정도는 박 의원도 알고 있었고 그중 몇의 이름이 떠오르는데 마침 그중의 하나가 집무실의 문을 두드렸다.

정치적인 현실을 고려하여 되도록 온건하고 중도적인 성향을 유지하려 노력해 온 그도 그들과 대화는 힘들었고 되도록 피하려는 것은 항상 똑같은 이야기들을 지치지 않고 반복하기 때문이었는데 많은 사양에도 불구하고 집무실까지 찾아온 것이다. 아니나 다를까 똑같은 이야기를 레코드판을 틀 듯이 끊임없이 되풀이했다.

'그러지 않아도 골 아파 죽겠는데 이게 누굴….'

화가 머리끝까지 차올랐지만 그래도 인내력을 발휘하려 하는데 그는 쉼 없이 떠들어댄다.

그들의 자구노력을 존중해 줘야 된다느니, 내정간섭은 안된다느니, 지나친 제재는 오히려 더 큰 반발을 불러오느니, 우리민족끼리 핵을 사용하는 일은 없을 거라느니….

그 대목에서 만큼은 불과 얼마 전 그들이 핵개발은 않을 거라고 다짐했던 일들이 떠올랐으나 입만 아픈 일이고 대응하면 말만 길어진다. 그저 끄덕끄덕 하다가 지쳐서 가버리는 것이 가장 좋은 방안이다.

대체 왜 나한테? 아마도 만만해서리라.

그리고 그들이 그리 판단하는 것이 나쁠 것만은 없다는 것을 어렴풋이 예감하고 있었다.

"의원님이 삼간 오시라는데요?"

끝도 없이 반복되는 지겨움에 보스로부터 펼쳐진 구원의 손길을 그는 얼른 그러나 정중하게 잡았다. 매우 오랜 만에 보스가 찾은 것이다. 그는 다른 때보다도 더 정중하게 그와 이야기를 마치게 되어 매우 유감스럽고 다음에 기회가 된다면 그의 고견을 더 듣고 싶다고 예의를 갖추어 말하며 일어났다.

'다시는 그런 일이 없어야겠지만….'

그리고 조금이라도 식견이 있는 인물이라면 다시는 찾아오지 않아야겠지만. 그리고 불행히도 그의 소망은 이루어지지 않았지만.

"요즘 바쁘다며?"

"네 국방위도 할 만하더라구요."

"핵문제 어떻게 할 거야?"

"보스도 요새 직설화법 배워요?"

"죽을 때가 되면 다 그래."

"왜 어디 아프신 거예요?"

"말 돌리지 말고."

"방법이 없어요."

"그게 국방위원이 할 말이야?"

"구태여 대책이라면 있긴 있는데"

"그게 뭐냐니까?"

"뚜드려 부시든 훔쳐오든 해야죠."

"그 방법밖에 없지?"

"보스 진짜 어디 아픈 거예요?"

"뭐가?"

"농담이잖아요"

"이게 농담 같아?"

'별로 그렇게 보이진 않는데요?'

갑자기 진땀을 흘리며 숨이 가빠진다.

"책상위에서 약 좀 줘."

재빨리 약과 물을 건넨다.

"보스 정말 어디가 안 좋은 거 아니에요?"

"내 걱정 말고 가서 빨리 일이나 해."

"뭘 말이에요?"

"더는 늦어지면 안 돼."

그가 잠이 들었다.

너무 늙고 쇠한데다가 병까지 든 것이다.

청와대에서는 몇이 모여서 아주 조용히 숙의를 하고 있었다.

"어떨 거 같소?"

"괜찮을 거 같습니다."

"박 의원으로 좀 약하지 않을까?"

"그렇지 않습니다."

대학로라는 곳은 사람을 얼마나 감성적으로 만드는지 모른다. 특히 그의 나이에 대학을 다닌 사람에게는 더 하리라. 차를 두고 오랜만에 전철을 이용했더니 조금 일찍 도착한지라 커피 집을 찾았다. 오감도니 학림다방은 찾을 수 없는 것은 이미 없어졌기 때문이리라. 대학로라는 이름에 맞게 거의가 젊은이들이고 중년의 사람들은 거의 보이지 않았다.

"커피."

여기선 셀프로 해야 하는 거 정도는 그도 안다. 아르바이트 생으로 보이는 종업원이 뒤의 안내판을 가리키며 웃었다.

"어떤 커피요?"

"아, 아메리카노."

스스로 촌스럽게 여겨졌다. 스스로 주문을 해본 기억조차 아득하다. 짧은 시간 지나온 시절들을 떠올려 보니 주마등처럼 지나갔다. 대학시절, 국회에 처음 입성하던 시절 그리고 지금에 이르기까지….

연극은 탈북자들의 이야기였다.

무거운 머리를 가벼운 이야기로 식혀보려던 그의 의도는 완전히 빗나가 버렸다.

그들의 경험과 지나온 삶이 얼마나 처절한 것이었는지 많이 들었고 또 그 스스로가 많은 관심을 기울여야한다고 역설했던 것이었지만 이 정도이리라고는 생각도 하지 못했다.

연극이니 과장된 면도 있겠지?

하지만 더 큰 차이점이라면 말로만 듣던 이야기와 삶으로 구현한 연극과의 차이는 아닐까?

임 의원이 점점 마음에 안 들기 시작했다.

'구태여 세뇌의 차원에서 나를 여기까지 보냈단 말인가?'

'그것도 머리를 식히라고?'

연극이 중반에 이르자 앉아 있기조차도 힘들었다. 어쩌면 삶의 현실을 정면으로 마주한다는 것 자체가 어려운 일인지도 모른다. 이런 저런 생각들이 교차하면서 어렵게 연극이 마쳤다.

박수보다는 눈물과 탄성이 분위기를 압도했다. 가벼운 연극의 정반대 너무도 불편한 진실이 그의 마음을 억눌렀다. 아무 것도 생각할 수가 없었다. 생각하고 싶지 않았다. 그가 일어서려는데 누군가 다가와 인사했다. 40대 정도의 여인이었다.

"박성현 의원님이시지요?"

탈북한 지 얼마 안 되는 사람이라는 것은 설명할 필요 없을 정도로 강렬한 이북 사투리를 구사하는 사람이었다. 악수를 하며 일어섰다.

"그렇습니다. 연극 잘 보셨습니까?"

"네 그렇습네다."

그는 그저 인사하러 온 사람인 줄 정도만 알았다. 하지만 그는 가지 않고 무언가 할 말이 있다는 듯 망설였다.

"저는 김경숙이라고 합네다. 저희 오마니는 이연숙이고…."

"고생 많으셨겠습니다."

"저희 오마니의 언니는 이연옥이라고…."

"네?"

"그래서 꼭 한 번."

"아니 그러면?"

"그렇습네다."

함께 나와서 아까의 그 커피집을 찾았다.

"아메리카노 둘."

사촌동생 앞에서 촌스럽지 않아 다행이라는 생각이 들었다. 이런 저런 이야기들을 나눴다.

어머니가 동생을 6.25 때 잃었다는 이야기는 들었다. 하지만 잃은 장소가 이북도 아니었고 삶의 터전도 이북이 아니었고 이북출신인 것은 더더욱 아니었다. 이산가족 같은 것에도 신청을 해본 일이 없다.

'왜냐?'

북한에 있으리라고는 생각해 본 일도 없으니까

갑작스럽게 사촌이 찾아왔다.

'반가워해야 하는가?'

여러 가지 생각과 의문이 스쳐갔지만 그것은 그의 이성의 문제였고 그의 본능은 이야기가 다르다. 묻기도 하고 듣기도 하면서 그녀와 이야기를 나누는 동안 그는 어머니의 모습과 너무도 닮은 그녀의 모습에 친밀감을 가졌다. 앉는 자세 말하는 말투 박 의원의 이야기에 반응하는 모습까지 너무나도 닮았다. 어머니는 친척이 없어 말년에 매우 적적해 하셨다.

어머니가 살아계셨다면 얼마나 반가와 하셨을까?

"가족은?"

잠시 얼굴이 어두워지더니 입을 연다.

"딸내미 하나 있습니다."

"은주라고…."

"신랑은?"

"죽었습니다."

사유를 묻고 싶었으나 그러지 않는 것이 좋겠다고 여겼다. 창밖에 사람들이 기다리고 있는 것을 사촌이 쳐다보았다.

"누구?"

같은 동료들이고 이제 가봐야 한다고 했다.

박 의원은 같이 밖으로 나와 하나하나에게 악수를 건네며 인사했다. 진짜 국회의원이 맞느냐고 직접 묻는 사람은 없었으나 그들의 눈빛이 흥미진진하다는 것을 모를 수는 없었다. 서로 어색하게 서있게 되자 박 의원은 식사는 하셨냐고 물었다. 모두가 미적거리는 것이 식사를 아직 하지 못한 것이다. 저녁이나 먹자고 하니 모두가 좋아하였다. 특히 가장 친한 친구로 보이는 여자가 경숙의 팔짱을 끼며 좋아하며 웃는다.

묻고 싶은 것이 많아 못 참겠다는 표정이었고 둘이만 뒤로 쳐지며 이것저것 물어대는 눈치였고 경숙도 즐거운 듯 보였다.

공원 뒷골목의 식당에 들어갔다. 메뉴를 시키느라 오랜 시간 난리를 치면서 자기들끼리 한참을 떠드느라 종업원이 여러 번 오가야 했다. 그들 특유의 억센 사투리가 주변에서는 거슬렸는지 힐끗힐끗 쳐다보는 눈초리를 느낄 수 있었으나 어느 누구도 신경 쓰지 않았다. 연극이 어땠는가 묻는 친구가 아무래도 연출을 한 친구인 거 같았다. 그는 박 의원에게 무언가 이야기를 하려 애를 썼으나 이미 박 의원의 귀에는 아무것도 들어오지 않았다.

오늘은 생각할 일들이 많다. 여러 명과의 동석으로 사촌과는 더 이상 의미 있는 이야기를 나누지 못했으나 그들은 곧 다시 만날 것이다. 언제든 다시 찾아오라고 명함을 건네며 의원실의 호수에 동그라미까지 쳐줬다. 아까부터 붙어 있던 친구와 명함을 같이 보면서 좋아하며 웃는다. 할 말이 너무 많았으나 다 생각이 나지 않았고 서두를 이유도 없다. 헤어지며 이모의 묘소에 같이 한번 가보겠냐고 물었다. 꼭 가보고 싶다고 했다. 그는 그들이 다시 만날 것이라는 것에 조금도 의심을 갖지 않았다. 많은 계획들이 스쳐가며 피곤한 줄 모르고 지하철에 올랐다.

마음은 여러 가지로 무거웠지만 기분만은 왠지 나쁘지 않았다. 이른 아침 눈을 떠 평소보다 일찍 집무실로 향했다. 몸이 평소보다 가벼웠고 상쾌하게까지 느껴졌다.

최소한 집무실 문을 열 때까지는….

이 잡것은 전의 대화가 매듭이 덜 지어졌다고 느낀 건지 아침부터 와서 죽치고 있었다.

"그 이야기는 이미 마무리했잖습니까?"

같은 말을 다시 시작하는 게 확답이라도 받으려는 건가?

반응이 시원치 않다고 느낀 건지 이번에는 그들 특유의 협박 비스무리한 것이 시작되었다.

남북이 평화롭게 지내야지 이렇게 북을 자극하면 어떻게 하냐? 핵을 보유하고 있는 국가 아니냐? 만에 하나 그들이 결정이라도 하면 어쩌려는 것이냐? 뭐 이런 거였다.

'바로 어제 이 자리서 우리민족끼리 핵을 사용하는 일은 없을 거라 떠들지 않았나?'

셋이는 하나같이 남의 눈도 있고 해서 비밀 아지트를 만들어 정기적으로 만나자고 했다.

"무슨 비밀 결사도 아니고."

박 의원의 말에 아무도 동의하지 않는다. 그렇게 해서 정기적인 회동을 가지게 됐다. 많은 정보를 모으고 여러 의견을 들어도 결론은 한 가지로 모인다. 특히 학자라는 작자들의 의견은 아주 특별히 쓸모가 없다. 아주 잡다한 용어들만 1, 2, 3, 4로 늘어놓을 뿐이지 대책이라고는 없다.

공자님 같은 말씀을 필요로 하는 시점이 아니지 않은가?

물론 학자들만 그런 것은 아니다. 사회의 한 현상과도 같이 모두가 대책은 외면한다.

"왜 그런 거 같습니까?"

"설마 또 벌거벗은 임금님 이야기하시려는 것은 아니겠지요?"

김경수가 끼어들었다.

"이솝우화에 뭐라고 쓰여 있던 우리 모두가 겁쟁이인 것은 맞잖아?"

"우리가 잃을 게 많으니 당연히"

"아무리 그래도 호미로 막을 거 가래로도 못 막을 상황이니."

"그래도 섣불리 건드리다가 자칫?"

"자칫 뭐?"

박 의원이 웃자 모두 의아한 표정을 짓는다.

"저도 직설화법이 좋아요. 그래서 대체 어쩌자는 겁니까?"

"저희가 묻고픈 이야깁니다. 어쩌면 좋겠습니까?"

보고서가 확실하냐고 묻고도 싶었지만 바보 같은 질문이라는 것을 스스로 잘 알고 있다. 북이 개발에 사활을 걸고 있고 1-2년에서 조금 더 빨라질 수도 혹은 조금 더 늦어질 수도 있지만 그들이 개발하리라는 것은 불을 보듯 뻔한 사실이다. 대책도 없는 상황에 시간까지 쫓기고 있는 것이다. 어떤 멍청이들이 엉뚱한 정책으로 북한의 핵개발 저지의 기회를 말아먹은 것이다. 이제 와서 그들을 원망하면 또 뭐하나 아직은 늦지 않았다. 하지만 이제는 진짜 마지막 기회인지도 모른다.

북이 정말 전술핵무기를 손에 쥔다면?

"그래 좋아요, 저들이 사용하기 전에 먼저 두드려 부순다고 합시다."

모두가 놀란 듯이 박 의원을 쳐다보는 것은 진도가 너무 빨리 나갔다고 여긴 것일까?

"저들이 가만있겠어요?"

아무도 답을 하지 않았다.

당연히 답은 그의 몫이기 때문이었을 것이다.

근 5년 동안 만나지 않았다. 공식석상에서야 악수도 하고 농담도 했지만 둘만의 진지한 대회는 그때가 미지막이다. 그린데 갑자기 대통령이 그를 찾았다.

누구를 밀어 달라는 걸까? 하지만 그의 요구는 아주 뜻밖이었다.

"저는 안하겠습니다."

"왜인지 물어도 되겠소?"

"그냥 생각이 없다고 할까요?"

"야심이 없을 리는 없고…."

"아직은 주제가 안 됩니다."

"주제가 안되기 보다는 여건이 안 되는 거 아니요?"

"그것도 안 되고 다 안 됩니다."

"아직 젊은 사람이 왜 그리 패기가 없소?"

"패기가 없는 게 아니라 현명한 거지요."

"주제 말이요?"

"여건도 그렇고요."

"내가 도와주겠다면?"

"왜인지 물어도 될까요?"

"자네가 좋아서이지."

"푸하하 평생 제가 들어본 말 중에 가장 솔직한 말인 거 같군요."

"푸하하하 뭐 그렇긴 그렇지 내가 좀 솔직한 사람이거든."

"푸하하하."

"이번 경선에 참여해 주시오."

"들러리용입니까?"

"뭐 그렇게도 생각할 수 있겠지."

"제가 경선 흥행에 도움이 안 될 텐데요."

"그건 알 수 없는 일이지."

"저는 자금도 없고."

"필요한 모든 것은 내가 다 지원한다 하지 않았소."

"왜인지 알아야겠습니다."

"안될 이유는 또 뭐가 있겠소?"

"이유도 모르는 도움은 받기가 어렵습니다."

"사실…."

옆에 있던 정무수석이 나섰다.

"의원님의 의정활동에 관심이 많으셨습니다."

"예를 들면요?"

"특히 국방위."

"그게 중요한가요?"

"아주 중요하지요."

"햇볕정책에 대해 매우 부정적인 생각을 갖고 계시지요?"

"그야 저희 당의 노선이니까."

"그렇다고 압박정책도 반대하고."

"뭘 요구하겠습니까?"

"언론출판의 자유? 아니면 자유총선거?"

"푸하하하 어디서 많이 듣던 말이군요"

"물론 그렇소 의원이 국회서 한 말이니까?"

"하지만 전 대책이 없는 데요."

"아니 그렇지 않소 이미 대책은 있는 거요."

"무슨 말씀이신지?"

"햇볕도 안 되고 압박도 안 되면 대책은 한 가지밖에 없는 거잖소?"

"지금 말씀하시는 거는 제가 생각하는 그런 거?"

"바로 그거요."

"그럼 지금 제게 요구하시는 것이?"

"해 보겠소?"

"지금 하시는 말씀이 무엇이고 각오해야 할 위험부담이 어떤 것인지 알고?"

"내가 해보려던 건데 내가 모를 거 같소?"

"제가 막았군요."

"그건 아니지 하지만 포기하긴 싫소. 포기할 수가 없는 거지, 아니 포기해서는 안 되는 거지."

보스부터 찾았다. 바로 어제 입원을 했다고 한다. 간암 완전말기라고 누가 전했다.

"완전말기라는 것도 있어요?"

"아 몰라 새로 생겼나보지."

"술 좀 그만 좀 하라니까?"

"잔소리나 하려면 가! 가서 빨리 그거나 해."

"그거라뇨?"

"뚜들겨 부시던지 훔쳐오던지 해야 할 거 아냐?"

"보스는 벌써 다 알고 있는 거예요?"

"내가 모르는 것도 있어?"

"대중정서와 싸우지 말라면서요?"

"그래야할 때도 있지만 정서와 싸우면서 앞장서서 끌고 가야 할 때도 있지. 넌 리더라고 불리면서 그것도 몰라?"

"골 아픈 얘긴 안하는 게 좋겠어요?"

"내가 환자지 니가 환자야?"

"이러다간 나도 곧"

"푸하하하 아프면 얘기해 옆자리 비었으니"

"아프다 하기도 전에 저들이 먼저 잡아먹고 말텐데요?"

"그럴 각오 없었으면 이 바닥엔 왜 나왔어?"

"그야 뭐 편하게 먹고 놀려고"

둘이 같이 큰 소리로 웃었다.

먹고 노는 것보다 중요한 것은 그 앞의 '편하게'라고 다시 한 번 강조했다. 그리고 서로는 그것이 마지막이라는 것을 모른 체 그저 한바탕 웃기만 했다.

"푸하하하 알았으니까 가 봐."

병원을 나오면서 김경수에게 전화해 내일 아침 모임을 소집했다. 그가 모임을 소집한 것은 처음이었지만 그는 전혀 놀라는 기색이 없었고 어쩌면 전화를 기다리고 있었는지도 모른다.

지금까지의 일련의 사건들이 파노라마같이 스쳐갔다. 이 모든 사태들이 이 앙큼한 것들의 공작임에 틀림이 없는 것이다.

보스는 과연 어디까지 알고 있고 대체 어디까지 관여한 것일까?

다음날 그가 도착한 집무실에서는 또 다른 의외의 손님들이 기다리고 있었다. 며칠 전 연극을 보며 만난 탈북자들이 기다리고 있었던 것이다.

"어서오세요."

한 명씩 일일이 악수를 하였으나 찾는 경숙이 보이지 않는다.

"김경숙 씨는?"

모두의 시선이 경숙의 친구에게 모아지자 한 발짝 나서며 어렵게 입을 뗀다.

"경숙 동무는 아니 경숙이는…."

의아하게 쳐다보자 용기를 내어 말한다.

"북으로 돌아갔습니다."

"네?"

"딸내미 데리러…."

"이런."

크게 한방 맞은 기분이었다. 뭐라고 말을 해야 할지 무엇부터 물어야 할지 잊고 말았다. 전에 연출자로 여겨지던 남자가 나서서 말을 꺼냈다.

"드리고 싶은 말씀이 있어서 왔습니다."

앉으라고 하고 차를 가져왔다. 북한의 실상에 조금 더 관심을 가져달라는 취지 같았으나 별로 귀에 들어오지는 않았다. 그렇게 이야기는 하지 않지만 그에게 있어 지금 중요한 것은 그게 아니다. 하지만 우선순위나 여러모로 탈북자들의 이야기가 중요할 수는 없는 현실이었다. 친구였던 여인이 겪었던 경험들에 대해서 이야기를 시작했다. 가정사 이야기, 어떻게 수용소에 들어갔는지 그리고 탈출과 체포 그리고 재수용 과정의 여성으로서 차마 입에 올리지 못할 경험들….

하지만 박 의원에게도 수없이 들어왔던 이야기고 탈북자들의 고초를 모르는 사람은 없다. 그가 그저 건성으로 듣고 있다고 그 여인도 느꼈는지 목소리를 높이며 일어선다.

"탈북자들은 능히 당해야만 하는 사건이라고 생각하는 거지요?"

"아니 그럴 리가 있습니까? 정부는 탈북자들의 인권을 위해서…."

"수용소에서의 강간이 어떤 거라는 것을 아십네까?"

당한 고초를 모르지 않지만 이들과 입씨름하고 싶지는 않다. 그때 갑자기 여인이 치마를 걷어 올렸다. 몹시 불쾌하게 여기며 이제 그만하자고 하려던 그가 그녀의 허벅지를 보고는 그만 경악하고 말았다.

'이럴 수가… 인간이 어떻게 이런 짓을…' 혹은 '인간의 탈을 쓰고'의 표현은 그저 이웃집과 주차시비를 할 때에 정도 쓰는 표현일 뿐이다.

그의 허벅지에 난 상처 아니 상처라고 부르기엔 너무 사치스런 패여나간 살 자국, 그것도 한두 군데가 아니고… 뼈가 앙상한 가운데 패여나간 살 자국은 뼈까지 파내고 있었다.

'이럴 수가….'

"그럼 경숙이도?"

"그 동무는 저보다 더하지요."

'이럴 수가… 저주받을 인간들… 그와 그의 자손들이 영원히 저주를 받아도 결코 갚음이 되지 못할… 인간이 동원할 수 있는 최대의 욕과 저주의 말이 과연 무엇일까? 이에 합당한 저주의 말은 결코 찾지 못하리라. 세종대왕 이래 그 누구도 한글 어디에서도 찾지 못하리라'

물론 박 의원은 내색하진 않았다.

그는 조용히 보좌관을 불러 이야기를 듣고 정리해달라고 하고 언제든 보좌관과 이야기를 나누라고 하면서 나가는 이들 하나하나에 악수하는 것을 잊지 않았다.

마지막으로 그 연출자가 악수를 하며 문 앞에 서있는 그에게 조용히 이야기했다.

"저들이 힘을 가지면 우리 얘기가 결코 남 이야기가 아닐 겁니다."

그 '힘'이라는 것이 저들의 '핵'이라는 말일 것이라고 박 의원은 생각했다.

그와 악수를 마치자 그를 기다리던 소집된 멤버 셋이서 경건하게 그를 바라보며 서있는 모습을 발견했다.

"왜 그러고들 있어요? 빨리들 들어오지?"

단단히 해대려고 벼르고 있던 그는 평소 같지 않은 그들의 태도에 당황했다.

보좌관에 이어 직원들까지 경건히 하나씩 일어서서 그를 바라보는 것이 아닌가?

'모두가 하라는 일은 하지 않고 뭐하고 있는 것인가?'

모두가 고개를 숙였다. 눈물을 흘리는 자들도 있었다. 그때서야 그는 직감했다.

"보스가?"

보좌관이 끄덕였다.

2

두어 달 전 그의 경선 출마는 아무의 주목도 받지 못했다. 물론 경선 출마 자체는 주목거리가 아니다. 많은 사람들이 이런저런 목적으로 출마를 하고 소기의 목적을 달성하면 차례로 사퇴한다. 그의 사퇴가 1번일 거라고 장담은 못해도 오래가지 못한다는데 이의를 다는 사람은 없었다. 하지만 본격 경선 두어 달의 상황은 의외의 방향으로 흘러가고 있었다. 아무도 주목치 않고 그러기에 아무도 줄을 서지 않았던 그가 여기까지 오리라고는 누구도 예측하지 못했을 것이다. 경선이 지방에서부터 가열되면서 대강의 판도가 정해지자 한 명씩 떨어져 나가기 시작했다. 외관상 발표하는 사유가 무엇이든 자금의 문제가 가장 큰 문제였으리라.

남은 주자는 이제 3명으로 압축되었고 박 의원은 꾸준히 3등이었으나 레이스는 완주할 것이 거의 틀림없었지만 그래도 그는 여전히 주목의 대상은 아니었다. 인지도나 경력 면에서 그와 비교가 될 수 없는 후보 중의 후보가 다툼을 벌이고 있었으니….

그리고 그는 캐스팅 보트의 실력조차도 안 되어 보이는 현실이었다.

철저히 무시당하는 현실을 보여주는 신문에 파묻힌 그에게 비서관이 문을 열고는 소리쳤다.

"의원님 TV 좀 틀어 보셔야겠습니다."

2위를 달리고 있는 또 다른 박 경선인이 사퇴 기자회견을 하고 있었다.

"저는 오늘로 경선을 포기하고 일개 정당인으로서 당의 승리를 위해 최선을 다하겠습니다."

사퇴 이유에 대해서는 한마디도 안하고 사라졌다. 사유를 캐묻는 기자들의 추궁이 이어졌으나 그는 끝내 그에 대한 답변을 회피했다. 여러 가지 추측성 의견들은 난무했으나 참으로 희한한 일이 아닐 수 없다. 적어도 자금의 문제는 아니다. 당내에서도 알아주는 재벌인 그가 자금문제로 포기한다는 것은 있을 수 없는 일이다. 하지만 그렇다면 더 이상한 일이 아닐 수 없다.

'진정 전력을 다해서 지금까지의 모든 것을 밀어붙인 그가 대체 이제 와서 왜?'

여론조사야 2등이었지만 정말 접전이었고 여론기관에 따라서는 그가 더 높게 나오는 기관도 있었다. 또 2등이라 해도 오차범위를 가까스로 넘어선 언제든 추월 가능한 2등이 아닌가? 한참 멀어만 보이고 신참 취급받는 그에 비해 모든 것이 유리한 그가 왜 사퇴를 한 것일까?

여러 루머들이 오래전부터 돌기는 했지만 그런 것 때문에 사퇴할 사람은 아니었다. 정면 돌파를 통해서 지금까지 살아남은 그가 왜?

하지만 정치권의 반응은 그의 사퇴사유보다는 그의 사퇴가 가져올 파장이 어떠한 영향을 미칠 것인가에 쏠려 있었다.

누가 가장 커다란 이익을 보게 될 것인가?

그리고 그 핵심에 그가 있었다. 그러지 않아도 정신없는 선거사무실이 몰려드는 전화와 기자들 그리고 민원인들로 시장통을 이루고 있었다. 얼른 자리를 피했다. 이러쿵저러쿵 한마디 하고 싶지 않았다. 왜 그런 것인지는 그저 그도 궁금하기만 했을 뿐이다. 물론 배후가 있을 것이고 그에게는 비록 물증은 없었으나 강한 심증의 용의자들이 있었다. 괘씸하게도 그들은 경선돌입과 동시에 코빼기도 보기 어려웠으나 모든 사건의 배후에 그들이 있다는 것은 쉽게 알 수가 있었다.

몇 번의 사태들을 겪고 보니 그들 특유의 냄새를 맡을 수 있는 능력이 생긴 것이다.

효창동 재개발 지역은 철거에 맞서는 주민들의 농성이 길어지면서 빈집으로 방치된 집들이 흉가가 되어 범죄의 온상이 되었다. 경찰이 특별히 순찰을 강화했으나 절대적으로 부족한 인력으로 이 많은 지역을 다 감시한다는 것은 사실상 불가능했다. 이러한 방치된 빈집은 특히 불량청소년들의 아지트가 되었는데 순찰하는 경찰의 눈만 피한다면 더 없이 좋은 보금자리가 아닐 수 없다.

"에이 씨발 개 같은 짭새 새끼들."

"씨발놈들이 말로 할 일이지 유리창은 또 왜 깨놓는데?"

"오늘따라 좆나게 춥네."

이때 철수가 다가온다.

"따라와."

모두가 따라가는데 그중 하나가 묻는다.

"어디 가는데?"

"철수가 좋은 집 봐뒀데."

"진짜?"

그럴 듯하게 생긴 2층집에 정원까지 딸려 있었다.

"정말 비어있는 거 맞어?"

뒤통수를 치며, "이 새끼는 형님 말씀을 뭘로 듣고…."

"가자."

모두가 망설이니 철수가 먼저 담을 넘었다.

나머지는 조금 주저하는 거 같더니 일제히 담을 넘었다.

주변의 다른 집들과 달리 집이 온전했고 창들도 단단히 닫혀 있었다.

"정말 맞어?"

"병신새끼!"

철수가 돌을 집어 유리창을 깼다.

모두가 숨을 죽여 기다렸지만 인기척은 전혀 없다.

고리를 열고 창을 뛰어 넘어 현관문을 열어 주었다.

"좆나 깨끗하네."

"니네 집보다 좆나 깨끗하지."

"뭐야 이 씨발년아?"

"에이 씨발년들 조용히 좀 해."

"그래 씨발년들 떠들지말구 먹을 거나 좀 찾아 봐."

"난 돈 되는 거나 좀."

"나두."

경쟁하듯이 안방과 방들을 뒤졌다.

하지만 가구 안에는 아무것도 없다.

식당도 마찬가지

"야, 여기 지하도 있나봐?"

아무 것도 없는 것에 대한 화풀이를 가구에게 하던 철수가 다가가며 짜증낸다.

“와, 씨발놈들 좆나 부자였구만.”

“불켜 봐.”

“불이 어딨어?”

뒤통수를 치며

“라이타 말야 병신아!”

라이타로 계단을 비춰 봤다.

한참을 내려가야 하는 듯하다.

“왠지 좆나 으스스하다.”

“병신 새끼 좆나 겁은 많아 가지구.”

잠시 후 순찰 중이던 경찰이 비명과 함께 달려 나오는 비행청소년 몇 명을 검거했다. 하지만 정말 중요한 것은 그들의 비행이 가져다 준 커다란 업적이자 선물이었다.

연쇄살인범 오경춘의 아지트에는 많은 피살자들의 사체가 썩어가고 있었던 것이다.

“선배님 안녕하십니까?”

“어서와 수고가 많네.”

“선배님이 수고하셨지요.”

“그래 선배 들어갈 테니 빵이 치거라.”

“근데 선배님 최 소령 아세요?”

“최 누구?”

“최돌석, 전주함서 작전관 했다는데?”

“아, 최 꼴통 왜?”

"우리 포술장으로 왔잖아요."

"우하하하 너 진짜 뺑이 까게 생겼다. 그 꼴통새끼."

"그 꼴통 근데 해사 나온 거 맞아요?"

"어, 58긴가 아마 그럴 거야."

"그런 꼴통이 어떻게 해살 들어갔나 모르겠어요."

"너, 진짜 군대 안 풀린다. 어째 그런 새낄 만나냐?"

"와, 진짜 미치겠어요, 완전 똘아이 새끼."

"뺑이 쳐라 진해 오면 한잔하자."

"평택으로 안 들어가요?"

"우리 그거 바꾸러 가잖아?"

"아 그렇지?"

"우린 여름 오바올 때 바꿨어요. 더워서 미치는 줄 알았는데."

"어때?"

"끝내줘요."

"얼마나 돼?"

"거리요? 3배다 5배다 하는데 다 의미 없는 소리고 기본적으로 개념이 달라요."

"보시면 알 거예요 저 새끼들 한번 걸리기만 하면…."

"잘 두 걸리겠다. 뺑이 쳐."

"수고하세요."

제주함 나오고 청주함 들어감

제주함 포술장 최돌석 소령(해사58기)

청주함 신형소나 교체예정

제주함 종합 수리 시 신형소나 교체
신형은 기존 소나에 비해 탐지거리 5배 이상으로 추정

전혀 성향이 다른 또 다른 박 의원이 사퇴 후 그를 찾아 그를 지지하고 후원해 주겠다고 나섰을 때 그는 반대할 수도 없었고 반대하지도 않았으나 썩 내켜하지도 않았다. 그를 잘 알지도 못하거니와 성향이나 지지기반이 전혀 다른 인물이었다. 그러나 박 의원의 생각과 달리 그의 후원과 지지는 단순한 형식적인 흉내에 그치지 않았다. 그는 진심으로 박 의원을 도왔고 그의 진심어린 지원으로 박 의원은 단숨에 조직을 추스르자 당내에서의 기류가 순식간에 바뀌게 되어 버린 것이다. 그리고 그 중심에는 또 다른 박 의원의 오른팔인 정 의원이 있었다. 북한인권법을 놓고 그를 닦달하던 정 의원이 사력을 다해 그의 편이 되어주는 모습에서도 박 의원은 그놈들의 냄새를 맡을 수 있었다. 이유와 원인은 모르나 그는 분명 임 의원과 그 일당들의 공작이 있었음에 분명하다 믿었다. 기호나 성향의 면에서 전혀 달랐던 그를 위해 무엇 하나 묻지도 않고 또 무엇 하나 요구하지도 않고 이토록 헌신적으로 뛴다는 것이 가능한 것인가?

이 괘씸한 인간들이 도대체 무슨 공작을 어떻게 편 것일까?

공작의 결과인지 몰라도 비교조차 되지 않던 당내의 기반이 조금씩 변화하게 되면서 경선 최종일에 다가갈수록 여론조사에서는 의외의 인물에 대한 호기심과 관심은 증폭되었고 모든 선호도를 압도함으로 아주 의외의 결과를 맺고 말았다.

전혀 의외의 인물이 여당의 경선에서 승리하고 가장 강력한 대선주자로 떠오르자 놀란 것은 국내의 언론들만이 아니었다. 평양의 노동당 중앙당사에는 핵심인사들이 모두 둘러앉았다.

대외연락부에서 먼저 박 의원의 약력을 간략히 소개하자 원로 하나가 참지 못하고 나섰다.

“대체 박 의원이라는 자가 누구요?”

“개략 소개드린 대로”

“그 따우 꺼 말고.”

“저희도 의외의 인물이라서 자세한 자료는….”

“동무들 스스로 무능했다고 자아비판이라도 하는 거요?”

“자자 동무들 너무 언성 높이지 말고….”

부부장에게 말한다.

“파악된 정보만 설명해 보시오.”

“분명한 것은 강성이라거나 호전적인 인물이 아니라는 것입니다.”

그 정도면 됐다. 더 이상의 말들이 오갔지만 정작 중요한 답변은 다 들은 것이다.

언론에서는 그의 특집을 다루느라 여념이 없었지만 크게 미화할 것도 자랑할 것도 또 강조할 것도 없는 평범한 인생이었는지도 모른다. 여당의 후보이기에 당연히 관심을 받을 것이었지만 진짜 승부는 이제부터다. 뒤를 돌아 볼 시간도 없이 달려야 하는 것이다.

대통령이 김경수 의원을 찾았다.

임 의원도 기다리고 있었다.

“어떨 거 같소?”

“아주 잘할 거 같습니다.”

“영감님은 좀 어떠시오?”

“나름대로 건강 괜찮으십니다.”

“이제 시작할 때가 된 것 같소.”

“저희 물건부터 시작합니까? 아니면….”

“전부 다 동시에 시작이요.”

“조금 이르지 않을까요?”

“아니 그렇지 않소.”

임 의원이 옆에서 거들었다.

“알겠습니다.”

“바로 시작하겠습니다.”

“영감님께 안부 전해주시오.”

선거전에서는 아주 희한한 일이 벌어졌다. 여야가 모두 똑같은 공약을 펼쳤을 뿐 아니라 선거 전략까지도 너무도 같아 보였다.

야당의 문 후보가 시장에 가서 전통시장을 활성화하겠다고 공약하면 이튿날 여당의 박 후보도 다른 시장에 가서 똑같은 공약을 약속하고 박 후보가 해군부대를 찾아가 안보를 확고히 하겠다고 하면 문 후보 역시 전방부대를 찾아 똑같은 이야기를 되풀이했다. 문 후보가 학교에 가서 교육재정을 확충하겠다고 하면 박 후보도 다음날 학교를 찾아 교육이야말로 이 땅의 미래며 여당의 핵심 정책의제라고 외쳐댔다.

길거리에 나서서 악수하는 일들이 선거전의 거의 전부를 차지해 버린 상황에 대해 언론들은 논쟁을 하라고 일제히 논평했다. 이슈가 있고 차이점이 있어야 유권자들이 판단을 하지 이토록 모양이 똑같으면 무엇을 보고 결정을 하냐는 것이었다. 이에 대해 각각의 후보는 일제히 상대편을 비난했다. 상대가 정책도 소신도 없이 공약 베끼기에만 나선다는 것이다. 문제는 상대를 비난하는 성명에서 까지도 양 후보의 차이점을 찾을 수는 없었다는 것이었다. 엄밀히 따진다면 대선의 준비가 덜된 정당은 여당일 것이다.

하지만 누구도 알 수 없었고 그것 자체가 또 무슨 의미가 있겠는가?

차이점이 대체 무엇이냐는 여론이 높아지면서 사연스레 TV토론의 중요성이 높아졌고 대선토론에서의 양자대결은 사상 유례가 없는 시청률을 기록할 것이라고 입을 모았다.

대통령선거를 위한 TV토론은 관례대로 12월 4일과 10일 그리고 16일에 걸쳐서 3차례 진행하기로 합의했다. 첫 번째는 국방안보분야에 대해서 둘째 토론은 사회문제와 노동 분야에 대해서 그리고 세 번째는 경제 분야에 대해서 토론을 갖게 될 것이다. 사실 여당 입장에서는 국방안보분야에 대해서 나중에 가졌으면 좋았을 것이다. 그만큼 그 부분에 대해서만큼은 자신이 있고 지지층이 넓으며 전통적으로 야당과 확실히 대비되는 분야가 아닐 수 없다. 하지만 의외로 여당에서는 마지막 극적으로 몰아붙일 수 있는 회심의 카드를 쉽게 양보하고 말았다. 나중에 벌어진 토론의 과정에서는 더 이상한 일이 벌어질 것이었지만 이를 모르는 당내 인사들은 불만을 표출했다. 물론 이러한 불만의 표출은 당에 대한 충성심에서 나온 것이었겠고 후보자의 결정이라는 말에 더 이상 떠들 수만은 없었지만 선거를 오래 치러 본 중진일수록 더욱 더 이해하기 힘들다는 표정을 짓곤 했다. 이번 후보의 성향이 너무 온건하고 타협적이라 걱정이라는 원로들도 많았고 노선이 선명할수록 걱정과 불만들이 많았다.

도대체 후보의 노선과 성향이 무엇인지 여당인 자신들도 잘 모르겠다는 반응들이었다.

초미의 관심 속에 서울 시내를 텅 비게 만든 대선 TV토론은 기대와 달리 매우 싱겁게 진행되고 있었다. 지금까지 유세전 등에서 쏟아졌던 공약들의 재판이었고 뭐가 다르다는 건지 아무도 이해하기 힘들었고 아마 선거참모들 조차도 양자의 공약을 구별하기 어려웠을 것이다. 구태여 다른 점이 있다면 문 후보는 자신의 공약이 여당과 다르다는 것을 보여주기 위해 세세한 숫자까지 되풀이 해가며 설명에 공을 들이는 반면 박 후보는 긴 설명을 생략한 채 우리당이야말로 그 의제에 관심을 갖고 있고 지금까지 역점을 기울여 온 분야라고 요약해 정리하는 정도일 것이다. 공약의 차이라기보다는 스타일의 차이이고 성격의 차이일 것이라고 쉽게 짐작할 수 있었고 호불호의 판가름 역시 전적으로 개인 취향일 것이었다. 다른 정책은 그렇다 치자 적어도 국방과 안보분야에 대해서 만큼은 양자가 다를 것이고 지금까지도 각 당을 구분 짓는 가장 큰 차이점 아닌가?

그런데 이러한 국방과 안보분야에 까지도 박 후보가 그리 다른 강조점을 주장하지 않고 문 후보의 입에 발린 안보에 더욱 역점을 두겠다는 말에 전적으로 동의한다고만 하고 넘어간 것은 참으로 이해할 수 없는 일일 것이다. 모두가 지루하고 다른 채널을 생각할 때가 되었지만 적어도 공중파 3군데는 대선토론을 중개하고 있는 것이 확실한 만큼 어디를 돌려본단 말인가?

많은 사람들이 주로 여당 성향의 사람들이 실망한 것이 역력했다.

'누가 잘했는가?'의 여론조사에서 야당이 잘했다는 응답이 58%로 압도적으로 많았다.

물론 그로 인해서 지지 정당을 바꿀 계획은 많지는 않아서 각각의 지지 정당은 여론조사기관마다 다르지만 박빙을 다투고 있었다.

"대체 어쩌자는 것이오?"

많은 중진들이 이의를 제기했지만 이상하게 그들은 임 의원 앞에서는 기를 피지 못했다.

그가 나서서 모든 불만들을 무마했다. 불만이 가득했다가도 그와 독대 후에는 더 이상 말들이 없었다. 물론 당이 대통령 후보를 내고 나서는 선택의 여지가 많지 않다. 다른 때 같으면 가만히 있지 않을 성격의 인사들도 선거를 코앞에 두고 있는 이상은 무엇을 어찌할 도리가 없었다. 그래도 돌아가는 판국이 조금은 이상하다는 것이 정치부 기자들의 한결같은 평가였으나 그 실체가 무엇인지는 누구도 몰랐다.

'패기도 의욕도 없이 대선에는 왜 나온 것이냐'는 비판이 야당에서 흘러나왔으나 박 후보와 여당은 아랑곳하지 않았다.

강 부부장이 주석궁을 들어가 본 지는 벌써 오래다. 친애하는 지도자 동지가 계실 때에는 수시로 불러서 상의도 하고 지시도 내리고 하셨다. 그를 특별히 총애했다거나 한 것은 아니지만 독대해서 현안을 상의해본 동지들이 공화국에서 몇이나 되겠는가?

특히 친애하는 지도자 동지는 야행성이셨다. 밤12시고 새벽 2시고 시도 때도 없이 찾아댈 때에는 짜증이 날 때도 있었다. 하지만 그것은 잘 나가던 시절이다. 이제 그는 누가 보더라도 한물갔다. 나이가 유난히 많은 것은 아니지만 젊은 위원장 동지는 그를 부르지 않았다.

딱 한번 지금의 대통령 당선인이 경선을 통과한 직후 그의 성향을 묻느라 불렀을 뿐이다.

측근들에게 핀잔만 듣는 자리였지만 주변의 비난에 비해 젊은 위원장은 별다른 이야기를 하지 않았다. 그러던 그가 비록 독대의 자리는 아니지만 그를 불렀다. 다시 한 번 충성을 보여줄 좋은 기회를 얻은 것이다.

"잘 지냈소?"

"영광입네다. 위원장 동지!"

"무력부에서 제기한 문제에 대해 토론 좀 하자고 동무를 불렀소. 대외연락부의 의견은 어떻소?"

"별로 좋은 의견은 아니라고 봅니다."

"어이 그렇소?"

"사고구조가 많이 바뀌었다고 하나 아직도 남조선에서는 공화국에 대해 적대적인 성향의 인물들이 많고 대대적인 군사훈련은 파쇼와 제국주의의 주구들에게 유리한 국면을 안겨줄 확률이 크다고 봅니다."

"그러니 대외연락부는 아직도."

"자자 동무 진정하시오."

"반드시 그렇다는 것은 아니고 대선을 앞둔 시점에서는 신중해야 한다는 것입네다."

"그리 신중해서 지금 이 지경에 이르른 것임매?"

"우리가 무력시위를 함으로서 남조선에서 공화국을 지원하자는 여론이 힘을 얻을 확률은 얼마나 돼 보이오?"

"물론 가능성은 있지만 무력부에서 기대하는 것만치."

"동무가 그리 잘 알 거 같으면."

"다른 동무들은 조용히 하시오."

"전과 같이 북풍이다 뭐다 해서 우호적인 표가 적에게 갈 확률은 많지 않다는 것이 무력부 의견인데 어떻소?"

"물론 무력시위가 표의 향방 자체에 영향을 줄 확률은 전보다 많이 감소했다는 무력부 의견에 동의합네다."

"위험요소가 있어 신중해야하다는 동무의견에도 공감하오만 워낙 남조선 판도가 대북문제에는 관심 자체가 없으니 힘든 노릇 아니겠소?"

"저희도 그게 미칠 노릇인 게."

"지난 번 보고와 같이 그가 강싱이서나 호선적인 인물이 아님은 분명하오?"

"그렇습네다. 그는 지금의 여당 중 가장 온건하고 중립적인 인물로 분류되어 왔습네다."

"약간의 긴장조성을 통해서 이슈화를 해보면 대선에서도 북측문제에 대한 여론도 환기하고 대북지원 문제도 중점적으로 제기할 수 있도록 돕자는 거 아니겠소?"

"하지만 여론이라는 게 워낙 민감해서리."

"여론 사업에 힘써 줄 동무들이 역량을 하나로 합쳐 총궐기한다면 해볼 만하지 않겠소?"

그가 갑자기 무릎을 꿇으며 다시금 충성을 맹세했다. 그제야 부부장은 지금의 자리의 성격이나 분위기가 파악이 된 것이다.

"당에서 명령만 하신다면."

"그렇지! 그렇지!"

무력부의 원로들까지 모두 일어나 박수를 쳐댔다.

둘째 토론일은 유난히 추웠다.

매서운 바람을 헤치고 일찌감치 집에 들어와서는 대강의 저녁을 해치우고 TV 앞에 앉았다.

지난 토론이 기대에 미치지 못한 것은 사실이지만 이보다 더 중요한 국민적 관심사는 어디에도 없었다. 지난번은 그랬다 치더라도 오늘은 뭔가 다르겠지.

그러나 이러한 기대가 배신으로 대신 되는 현실을 온 국민이 목도하게 되리라고 예상한 사람이 얼마나 되었을까?

차가운 바깥 날씨와 대조되는 따듯한 안방 혹은 거실의 대선토론은 노곤노곤 졸음과의 싸움에 한계점이 어디인가를 시험하는 너무도 지루하고 졸린 아니 그를 넘어서 짜증나는 토론이었다. 노동 분야에 대해서 자신이 있는 문 후보는 시종일관 여당 후보를 밀어 붙였으나 박 후보는 그저 여당 역시 노동 분야에 깊은 관심을 가지고 있고 근로 여건과 복지의 향상에 어느 정당보다 많은 일들을 해온 정당이라고 싸움을 피하며 넘어 갔다. 문 후보가 양대 노조위원장들이 자신과 자신의 정당을 지지하는 것을 모르느냐고 비꼴 때에도 위원장은 몰라도 노조원들 중에는 박 후보의 지지자도 많다고만 했다. 겉모양은 문 후보가 공격하고 박 후보가 수비하는 양상으로 진행되었지만 박 후보가 싸움을 피하려는 의도가 강한데다가 문 후보가 공격하는 내용에 대해서 박 후보가 대수롭지 않다는 듯 넘어가 버리는 일들이 반복되자 토론은 완전히 김이 빠졌다. '패기도 의욕도'라는 어느 중진의 비판을 국민 모두가 한 번쯤 떠올려 볼 즈음 토론의 주제가 사회문제로 옮겨졌다. 문 후보가 부정부패와 사회악은 완전히 뿌리 뽑아야 한다고 했고 박 후보는 다른 경우와 마찬가지로 전적으로 동의한다고 했다. 문 후보는 사회 곳곳에 포진된 사회약자들에 목소리에 대해서도 국가가 귀를 기울여야 하고 그들의 복지를 더욱 확충해야 한다고 하자 박 후보 역시 전적으로 동의하며 여당의 최대 관심사항 중 하나라고 했다. 사회약자의 여러 유형들을 언급한 후에는 마찬가지로 재소자들의 생활여건향상과 인권존중이 필요하다고 이야기하고 대사면에 대해서도 이야기한 후에 발언을 마치자 박 후보가 마이크를 받았다.

"저는 그 부분에 대해서는 문 후보와는 의견이 다른데요."

분위기가 완전히 반전되며 모두의 졸음을 쫒았다.

이제야 드디어 다른 것이 나오는 것이다.

천천히 이야기를 시작할수록 더욱 너 심숭이 되리라는 것을 잘 알고 있는 듯 한참 뜸을 들이더니 문 후보를 쳐다보며 이야기를 이어갔다.

"저는 재소자와 범죄자의 권리보다는 피해자와 일반 선량한 시민의 권리가 백배는 더 중하고 존중되어야 한다고 봅니다."

역시 이번에도 다음 이야기까지 뜸을 들였다.

"그래서 저는 범죄에 대해 더욱 더 엄격하게 다루어야 한다고 믿고 제가 대통령이 된다면 3진 아웃제를 더욱 강화하는 법안을 상정할 것입니다. 강도와 같은 강력범죄에 대해서는 2번 이상의 동종 전과가 있는 범죄자가 같은 범죄를 다시 저질렀을 시 반드시 무기징역 이상에 처하도록 하고…."

그의 지금까지의 스타일과는 다르게 자세한 설명이 시작되자 모두가 빠져들었다.

"특히 성범죄에 대해서는 3진에 거세를 하되 복잡한 절차와 많은 비용을 들여서 성과가 불확실한 화학적 거세보다는 물리적 거세를 실시하도록 할 것이며…."

방청석에서 탄식인지 비명인지 모를 소리가 여기저기서 흘러 나왔다.

"제가 취임하는 대로 현재의 모든 사형수들에게 예외 없이 그리고 즉시 형 집행을 실시할 것입니다."

입이 떡 벌어진 채 의식을 잃은 듯한 시민 방청객에게 카메라가 클로즈업되었다. 모두가 같은 심정이었을 것이다. 이제 대선 판도는 범죄문제에게 넘어갔다. 모든 공약이 거기서 거기라는 것은 긴 설명도 필요 없고 모두가 아는 사실이다. 그리고 사회문제를 바라보는 시각이 너무도 상반되어 조화를 이룰 수 없다는 것도 자명한 사실이다. 그리고 대선이 끝날 때까지 모든 사회와 국가의 최대 이슈로 떠올라 여기에서 결판이 날 것이라는 사실 역시 모르는 사람이 없었다.

여기저기서 온통 거세와 사형실시 그리고 3진 아웃에 대해 떠들어 댈 것이 아주 확실한 가운데 문 후보는 상대의견을 반박하느라 땀을 흘리고 있었다. 애써 조목조목 반박을 하려 했으나 그가 한방 맞은 것이 너무나도 확실해 보였고 보기에 따라서는 측은하게까지 여겨졌다. 물리적 거세와 같은 야만적 행태를 현대 사회에서 거론할 수 있다는 자체가 놀라운 발상이라는 지적에 그는 만연하는 성폭력에 미온적으로 대처함으로 성폭력을 방관하고 더 나아가 조장하는 정책이야말로 야만적인 것이라고 맞받아쳤다. 사형제의 부당성에 대해서도 장황하게 그리고 세세히 설명을 했으나 이에 비해 박 후보는 "나는 사형제가 인명을 살린다고 믿기에 지지한다. 그리고 이 사형제가 무고한 사람들을 지켜준다고 믿는다"라는 부시의 말만을 인용하고 말았다.

너무도 희한하게 때맞춰 이루어진 연쇄살인범 오경춘의 검거는 선거만큼이나 엄청난 반향을 불러왔다. 시민들은 그의 잔혹하고 죄책감 없는 범행에 전율했기 때문이기도 하지만 더 큰 반향을 불러온 것은 그의 검거시점이었다. 연쇄살인범이 잡힌 시점이 너무도 미묘하다는 것은 누구도 부정할 수 없었기에 뒤에서 한 번씩 말하는 것을 이해할 수는 있을 지도 모른다.

하지만 대한민국 경찰이 시점에 맞추어 범인을 빨리 늦추어 잡거나 혹은 안 잡거나 한다는 것은 있을 수 없는 일이고 이에 의혹을 제기하는 것에 대해 경찰에 대한 모독이라고 여기기에 충분한 것이었다. 야당의 고민이 깊어갈 수밖에 없었고 신중한 성격의 문 후보는 역풍을 우려했으나 선거가 일주일도 남지 않은 상황에서 주요뉴스의 최우선 순위를 대선소식과 함께 다투는 연쇄살인범 소식을 가만있을 수만은 없는 노릇이었다. 유일한 차별점인 사회문제에서 뜻하지 않은 복병을 맞은 것이었고 누가 생각해도 시점이 미묘하고 사실 야당입장에서는 억울하기까지 할 상황이었다. 하필이면 사회문제가 첨예한 대선 이슈가 되어 있는 시점에 모든 국민의 관심사이던 연쇄살인범이 이 시점에 잡히다니 그것도 화려한 스포트라이트를 받으면서 대변인이 직접 나서지는 못하고 부대변인이 나섰다. 하지만 우려했던 대로 반발이 만만치 않았다. 지금이 때가 어느 때인데 그러냐는 반응이 주류였지만 야당과 그쪽 진영에서는 끊임없이 의혹을 제기했다. 논란이 증폭되자 여당에서도 나섰다.

'경찰의 수사가 여당을 위해서 만들어 졌다는 것이냐 아니면 사건 자체가 만들어졌다는 것이냐 명백히 밝혀라'고 했고 '문 후보는 뒤에 숨지 말고 떳떳하게 본인의 입장이 무엇인지 밝혀야 한다'며 문 후보를 직접 겨냥했다.

하지만 신중하다고 해야 하나 하여튼 그러한 성격의 문 후보는 의견 내기를 꺼려했다. 아니 사실은 무지무지 내고 싶어 했다.

'분명 누군가 장난하는 것이 아니겠는가?'

'하필 이런 중한 시점에 어찌 그런 일이?'

표를 얻을 수만 있다면 뭐라도 못할 것이 없을 것이다. 문제는 그 표가 과연 어떻게 작용할 것인가에 대한 확신이 서지 못했다. 조그마한 근거만 있다면 어떻게든 물고 늘어져 볼 텐데 그 근거가 없음이 그저 안타까울 뿐이었다.

선거일은 다가오는데 막판 장세가 심상치 않다. 너무나 박빙을 다투는 가운데 여론조사 기관에 따라 조금씩 차이는 나더라도 사실상 거의 모든 기관이 오차범위 안이었다. 그런데 최근의 여론조사 추이는 이야기가 다르다. 여당우세의 판세가 조금씩 강화 되더니 오차 범위를 점점 벗어나고 있는 거 아닌가? 무언가 방법을 찾아야지 도저히 안 되겠습니다. 하나같이 하는 말이지만 그 방법이 무엇이냔 말이다.

모두가 노심초사하며 회심의 일격을 고대하고 있는 바로 그 시점에 문 후보의 최측근 최 의원에게 귀가 솔깃한 제안이 들어왔다. 사실 최 의원 역시 결코 만만한 사람이 아니다. 평소 같으면 콧방귀도 뀌지 않았을 것이 틀림없다. 하지만 상황이 상왕이니 만큼 지푸라기라도 잡아야 할 상황이었다. 렉싱턴 호텔의 룸들이 실제로 어떤 용도로들 사용되는지는 잘 모르겠다. 그렇지만 선거를 앞두고 만큼은 의원들 혹은 정치인들에게 호텔의 룸은 원래의 용도 이외의 용도로 많이 사용되는 것이 분명해 보인다. 최 의원은 안내를 따라 호텔의 룸으로 들어섰다.

"그래 나를 보자고 했다고?"

"이유도 말씀드렸을 텐데요"

"어디 팔겠다고 하는 그 자료부터 볼까?"

"현금도 보아야겠는데요?"

"신고 전화 한 방이면 어떻게 되는지 알아?"

"그럴 거 같으면 여기까지 안 오셨겠지요?"

가방을 열어 보였다
오만 원 권으로 가득 차 있다.
그가 서류봉투에서 사진들을 꺼낸다.
“이 자가 오경춘이라는 말이지?”
끄덕인다.
“이 자는?”
“용산경찰서 수사과장 이찬호 경정.”
“정말?”
“얼굴을 확인해 보시면 알 거 아닙니까?”
“이들이 여기서 뭐하고 있는 거야?”
그가 노려보았다.
“친목회라도 하나 보지?”
최 의원은 자신이 너무 아마추어 같이 놀았다는 것을 깨달았다.
“언제 찍힌 거라고?”
“11일 21시 36분.”
“어디서 났는지 물어도 되나?”
“안 됩니다.”
“장난하는 거 아니겠지?”
그가 사진을 빼앗듯이 잡아서 봉투에 담는다.
“다른 데에서도 장사할 수 있다는 거 아시죠?”
“여당에?”
“어디든”
일어나려 한다.
“알았어, 사자고.”
가방을 건넨다.

"확실한 거지?"

"그게 중요한가요?"

"뭐가 어째?"

"사흘 후가 선거일인데?"

최 의원의 표정을 살핀다.

"선거 끝나고 가짜면 어쩔 건데요?"

"뭐야?"

한참을 노려보더니 한바탕 웃는다.

"순 사기꾼 새끼들."

일어서며 사진을 집어넣는다.

문을 열고 나가면서도 또 한마디 잊지 않는다.

"완전히 뛰는 놈 위에 나는 놈이구만."

북의 무력시위는 동해상의 미사일 발사에서부터 시작되었다.

처음엔 2발, 다음날은 3발 그러다가 서해상으로도 미사일이 발사되었고 장사정포들도 연발해서 해상으로 발사하였다.

하지만 예민한 시점을 맞이하여 북풍 등의 학습효과가 있어서인지 남측에서는 전혀 관심을 끌지 못했다.

여야의 대선 후보들도 이러한 예민한 사항에 언급이 역풍을 맞을 우려를 감안하여 일절 언급하지 않았다. 하지만 북측은 긴장을 조성하고 이슈화하는 요령을 너무나도 잘 알고 있었다. 고속정들이 NLL을 넘은 것이다.

우리가 대응 출격하면 다시 돌아가곤 했지만 다음날은 더 많은 고속정들이 NLL을 침범해 왔다. 당연히 남측에서는 대응하지 않을 수 없었고 여러 경로를 통하여 항의 성명을 발표했다. 이에는 여당과 야당이 따로 있을 수 없었지만 그 해석은 당연히 다를 수밖에 없었다. 한 치의 빈틈없는 안보를 다짐한 당이 있는가 하면 북측이 저렇게 나오는 것에는 남측의 대결구도와 지원 부족에 책임이 있다는 정당도 있었다.

이에 대한 토론을 여러 각도로 제안했지만 박 후보는 일절 언급을 삼갔다. 북한의 문제에 대해서만큼은 아예 문제 자체를 피하려는 의도로 비쳐졌고 이에 대해 야당 측에서는 계속해서 물고 늘어졌다.

공군 쪽에서도 평소 100여 회의 소티(출격회수)를 기록하던 북한 공군이 하루 700회, 800회를 넘어가더니 어제는 하루 1000회라는 기록적인 소티 수를 보여주었다. 혹한기는 아니지만 겨울철에 접어들어서는 너무나도 이상한 움직임이 아닐 수 없다. 그래도 박 후보는 꿈적하지 않았다. 많은 언론에서 박 후보의 대북관에 대해서 문제를 삼았다. 현 대통령이 너무 강경한 대북론자였다는 것이 문제였다고 한다면 지금의 대선 후보는 대북관이 아예 없거나 소신이 부족하다는 것이 문제가 아니냐는 지적들이었다. 그 중에도 특히 북한 문제를 집중적으로 조명하며 현 정부와 여당의 대북정책에 대한 성토를 끊임없이 해대는 언론들이 있었고 그들의 결론과 하고픈 말이 무엇이라는 것은 알만한 사람은 다 아는 그런 이야기였지만 지치지도 않고 똑같은 이야기를 끊임없이 되풀이해댔다.

렉싱턴 호텔에서 입수한 사진을 놓고 선대위에서는 격론이 벌어졌다. 사실여부도 확인할 수 없는 자료를 함부로 사용해서는 안 된다는 것이었다. 하지만 옳고 그름의 문제보다 더 중요한 문제가 있다면 두말할 것도 없이 이기고 지는 문제였다. 여론조사 등 여러 여건에 비추어 볼 때

이대로 간다면 너무도 어려울 거 같다. 하지만 선거를 이틀 앞둔 시점에 공개를 해 버린다면 모든 상황이 역전되는 것은 불을 보듯 뻔하다. 그 후에 진위는 가리면 된다.

당이라는 곳이 모두 선거를 위해 모인 집단이지 도덕 강의나 정의구현을 위해 모인 자리는 아니다. 무조건 이기고 봐야 한다. 사진은 가짜일 수도 있겠지만 진짜일 수도 있다.

가짜면 어떤가?

관련자들은 처벌을 받고 당은 선거에서 승리하면 되는 것이다. 직접 사진을 꺼내는 것은 위험이 따르니까 그냥 배후가 있어 조작된 확실한 물증이 있다고 까지만 하자는 의견도 있었으나 아니면 말고 식으로 받아들인다면 효과가 적을 것이다. 지금은 보다 충격적이고 확실한 효과를 가져 오는 처방이 요구되는 시점이었다. 당장 국정조사를 요구하자. 국기를 문란케 하는 중대 범죄가 아닐 수 없는 것이었다. 용산경찰서의 수사과장을 포함한 관계자에 대한 출국금지도 요청하기로 했다.

이런 와중에 고암포의 공기부양정 수십 대가 전속으로 남하하여 사곶항에 입항했다. 전진배치를 한 것인지 아니면 일시적인 기동훈련인지는 파악되지 않았지만 공기부양정의 움직임 그것도 수십 척이 고속으로 기동하는 것 자체만으로도 남측을 긴장하게 하기에 너무도 충분했다.

남측은 즉시 군의 경계태세를 확립하고 명하고 필요하다면 워치콘의 격상도 검토하겠다고 하면서 대형함정들을 NLL 부근으로 급파했다. 하지만 이번에도 박 후보는 이에 대한 언급을 피했다.

반면 야당은 이러한 긴장 대치사태를 초래한 모든 책임은 정부와 여당의 강경한 대북정책에 있다고 목소리를 높였다. 자신들이 집권하면 비로소 한반도에 평화가 찾아올 것이고 평화보다 중요한 것은 그 어디에도 없다고 목소리를 높였다. 많은 언론에서도 이에 동조하여 북의 경제상황을 자세히 전하면서 그들이 원하는 것은 지원이고 함께 잘사는 환경을 만들어야 하고 진정한 평화는 그들이 어려울 때 원조를 아끼지 않는 것이고 이것이 상생하는 유일한 길이라고 주장했다.

여당의 강경 대북 정책이 남북관계의 파탄을 가져왔고 긴장을 조성하는 비용을 북을 지원하는 비용으로 전환해 한반도의 평화를 정착시켜야 한다고 외쳤다.

아무리 지원을 해도 그것이 주민에게 돌아가지 않는다는 것을 알 만한 사람들 일수록 더욱더 지원을 해야 한다고 목소리를 높이고 있을 것이라고 생각하는 사람들도 있었다.

반면 야당의 입장에선 아무리 생각해도 너무 좋은 정책인데 지지율은 그리 오르지 않았다.

남조선 민중의 낮은 민도를 한탄해야만 했던 몇몇은 분통을 터트렸고 더 열심히 자신들의 정책을 홍보해야만 한다고 믿었으나 효과는 별로였다.

이제 렉싱턴 호텔의 카드는 선택이 아닌 필수로 변해가고 있었다.

최 의원이 직접 나섰다. 사건의 중대성 때문이리라.

"저희 당에서는 국가 사법기관에서 희대의 연쇄살인사건을 조직적이고 의도적으로 이용한 모든 직접적인 물증을 확보하여 관계자를 고발하였을 뿐 아니라 이러한 사건을 선거에 이용하는 국기문란 사건에 대하여 박 후보자를 사법기관에 고발하면서 즉시 국정조사를 실시할 것을 강력히 요구하는 바입니다."

사실 여부를 떠나서 나라가 발칵 뒤집혔다.

대통령 후보를 그것도 여당의 강력한 대통령 후보를 선거를 이틀 앞두고 고발을 하다니….

국정조사까지는 시간이 걸린다. 하지만 선거에는 어마어마한 영향을 미칠 것이다. 문제는 고발내용의 진실성이다. 야당이 공개한 증거를 바탕으로 어느 정도의 신빙성이 담보된다면 여당은 어마어마한 타격을 입을 것이다. 물론 그것이 거짓일 때는 야당이 치명상을 입겠지만 그것은 선거가 끝난 후일 것이다. 여당 입장에서는 전혀 예기치 않은 초대형 악재를 만난 것이다. 결국은 진실여하를 떠나서 여당이 치명상을 입을 것이다.

누가 보아도 그렇게 보였고 뉴스에서 인터뷰하는 시민들의 반응은 격앙되어 있었다.

'지금이 때가 어느 때인데….'

IL-28은 핵무기 소형화 이전 단계에서 북한이 보유하고 있는 유일한 운반수단으로 평가되고 있다.

북한군 주력 전폭기 IL-28은 소련에서 도입된 기종으로, 3000kg의 폭탄을 적재할 수 있는 것으로 알려져 있다. 북한이 핵무기를 소형화하기 이전 단계에서는 유일하게 핵무기를 투발할 수 있는 수단인 것이다. 의주기지에 있던 이러한 IL-28이 갑자기 태탄기지로 전개했다.

태탄이라고 하면 누천리 다음으로 서울에서 가까운 기지가 아닌가?

원산과 청진 일대에서 벌어지고 있는 수많은 국가급 기동훈련의 소식은 완전히 묻혀 버리고 태탄으로 전개한 IL-28에 대한 조명이 집중적으로 이루어졌다. 사실 전폭기 자체의 성능이나 기량이 진정 남측에 위협이 되는지에 대해서는 많은 반론이 있을 수 있다. 하지만 이러한 모든 것을 떠나서 이는 명백하고 위협적인 도발이 아닐 수 없었다.

다음 날 선거를 하루 앞두고 여론조사 결과 발표는 금지되었으나 이런 사건의 여파가 어떤 것인지를 관계자들은 다 알만큼 알고 있었다.

일반 강력사건도 아닌 살인사건이 선거와 연루가 되었다면?

혹은 연루의혹이 거짓이라면?

둘 중의 하나는 치명타를 맞을 것이 너무도 분명했다. 여당에서 오후 5시에 기자회견을 연다고 한다. 중대발표가 있을 것이라는 안내까지 첨부되었다. 중대발표의 내용이 무엇일지에 관심이 모아졌다.

아마도 대국민 사과 같은 것이 아닐까?

사건 여하를 떠나서 강력한 지지기반을 가지고 있으니 대선 후보 사퇴는 아닐 것이라고 여겼다.

하지만 누구도 알 수 없는 일이 아닌가?

초점은 사건을 인정하고 사과할 것인가?

아니면 이를 부인하면서 정면 돌파를 할 것인가였고 정면 돌파에는 오히려 부담이 많을 것이라는 관측이 많았다. 일부에서는 대북한 문제에 대한 언급이 있을 것이라는 관측도 있었다.

상황이 여기까지 온 만큼 또 국군의 통수권자가 되려는 만큼 어느 정도의 언급은 불가피하다는 것이 중론이었다.

실제로 발표가 되지 않은 어제의 여론 조사 결과는 최근의 여러 상황을 맞아 판이 요동치고 있다는 것을 여실히 보여 주었고 여당에서도 무엇인가 조치가 있지 않으면 안 될 것이었다. 안보가 정권을 위해 악용되었던 과거가 있었다고 한다면 지금의 국면은 오히려 안보의 무능과 무관심이 오히려 집권 능력에 의문점을 가져오는 지경에 까지 이르렀다는 비판이 나오고 있고 이를 계속 묵과하기는 쉽지 않을 것이었다.

박 후보는 북의 행위에 대해 일일이 언급하는 것은 적절치 않다며 항상 언급을 피해왔다. 안보는 말로서 지킨다기보다는 행동으로 보여줘야 한다는 그의 입장이 물론 옳다. 하지만 이번만은 회피하지 못할 것이다.

퇴근을 앞두고 모두가 TV 앞에 모였다. 시청률 이야기는 아직 나올 때가 아니지만 어마어마할 것이라는데 이의를 달 사람은 아무도 없을 것이었다. 대변인이 들어와 마이크를 잡는 동안 자료들이 배포됐다.

"방금 배포한 자료는 용산서 수사과장 이찬호 경정이 야당에서 모함한 동일 시간대에 본청에서 주재한 회의에 참여하고 있는 CCTV와 동료 직원들의 진술입니다. 그리고 회견 내용을 말씀드리기 전에 CCTV 화면을 먼저 하나 보여드리겠습니다."

조명이 꺼지고 동영상이 돌아가자 카메라들이 동영상에 초점을 맞췄다.

동영상은 최 의원이 룸에 들어서면서 시작되었다.

"그래 나를 보자고 했다고?"

"이유도 말씀드렸을 텐데요."

"어디 팔겠다고 하는 그 자료부터 볼까?"

"현금도 보아야겠는데요?"

"신고 전화 한 방이면 어떻게 되는지 알아?"

"그럴 거 같으면 여기까지 안 오셨겠지요?"

가방을 열어 보였다.

오만 원 권으로 가득 차 있다.

그가 서류봉투에서 사진들을 꺼낸다.

"이 자가 오경춘이라는 말이지?"

끄덕인다.

"이 자는?"

"용산경찰서 수사과장 이찬호 경정."

"정말?"

"얼굴을 확인해 보시면 알 거 아닙니까?"

"이들이 여기서 뭐하고 있는 거야?"

그가 노려보았다.

"친목회라도 하나 보지?"

"언제 찍힌 거라고?"

"11일 21시 36분."

"어디서 났는지 물어도 되나?"

"안 됩니다."

"장난하는 거 아니겠지?"

그가 사진을 빼앗듯이 잡아서 봉투에 담는다.

"다른 데에서도 장사할 수 있다는 거 아시죠?"

"여당에?"

"어디든."

일어나려 한다.

"알았어 사자고."

가방을 건넨다.

"확실한 거지?"

"그게 중요한가요?"

"뭐가 어째?"

"사흘 후가 선거일인데?"

최 의원의 표정을 살핀다.

"선거 끝나고 가짜면 어쩔 건데요?"

"뭐야?"

한참을 노려보더니 한바탕 웃는다.

"순 사기꾼 새끼들."

일어서며 사진을 집어넣는다.

문을 열고 나가면서도 또 한마디 잊지 않는다.

"완전히 뛰는 놈 위에 나는 놈이구만."

나는 놈이라는 그의 말과 함께 그의 표정이 클로즈업 되면서 영상이 멈췄다.

"저희는 야당에서 이런 날조극을 만들었다고는 조금도 생각지 않습니다. 또한 야당이 당 차원에서 이런 몰상식한 잡범들과 거래를 했었을 것이라고도 조금도 생각지 않습니다. 또한 같은 사기꾼들 중에 누가 뛰는 놈이고 누가 나는 놈인지도 관심이 없습니다. 다만 이러한 잡범들의 쓰레기 같은 장난질에 놀아나는 한국정치의 현실이 개탄스러울 뿐이고 여야가 손잡고 이러한 구태정치를 뿌리 뽑고 한국정치의 차원을 한 단계 높여 선진 정치를 이루어가자고 제안하고 싶습니다. 이상입니다."

3

"한 중사 잘 있나?"

"아니 선배 어떻게?"

"빨갱이 새끼들이 갑자기 돌았나? 지금이 때가 어느 때인데 지랄들이야…."

"글쎄 말이에요."

"그래도 들어가신 지 일주일밖에 안 됐잖아요?"

"진해 입항은 일주일도 안됐지."

"그럼 그거 못 바꿨네요."

"야, 그게 문제냐?"

"그러게 지랄이네요."

"지랄이야, 선거 끝나기도 전에 출항시키는 놈들이 어딨어?"

"선거 못 하셨어요?"

"부재자로 전에 하긴 했지."

다른 목소리가 끼어들었다.

"어떤 새끼들이 상관모독을 하고 있나?"

"아 너 박 중사?"

"목소리만 들어도 아네."

"아 선배님 안녕하십니까?"

"한 중사 수고했네?"

"이제 시작이죠."

"그러게."

이때 또 다른 목소리가 끼어들었다.

"이것들이 통신보안을 아는 거야 모르는 거야?"

"아 너 김 중사?"

"뭐야 너두 왔어?"

"마, 2함대 기함이 이 중요한 작전에 안 오면 어떻게?"

"통신보안에 개념 없는 것들 군기도 잡고 해야 할 거 아냐?"

"지랄을 해."

"뭐 지랄을 해?"

"이것들이 군기 빠져 가지구, 느네 여기 누구 탔는지 알기나 하는 거야?"

"기함이 전대장 타지 누가 타?"

"전대장이야 당연하구우."

"전단장이라도 탔냐? 왜 니가 목에 힘 주구 그래?"

"올라가서 기 좀 한번 보구 그런 소릴 좀 해."

"왜 그래 누가 탔는데?"

"선배, 별이 두 갠데요?"

망원경에서 눈을 떼지도 못한 채 소리 질렀다.

"사령관이?"

“그 정도가 아니야.”

“왜 또 그래?”

“느네 조금 있어 봐, 아마 기절할 일이 벌어질 거다.”

“이 새끼 하여튼 기함에 탔다구 뻥만 늘어 가지구.”

“뻥인지 아닌지 하루만 있어 봐.”

“뭔데 그래?”

“자, 통신 보안 잘들 하구 정신 차려!”

“누가 무전기로 잡담들이나 하래?”

“지랄을 해요 지랄을 해.”

“들어가.”

“까불지 말구 뭐야?”

“형님 바쁘시니까 자정에 봐.”

“지랄을 해.”

“자정에 봐.”

전남함, 청주함, 제주함, 을지문덕함 집결

함대사령관 승함

매우 이례적임

‘작전개시’

이 네 음절로 되어 있는 메일을 하나 받으려고 기다려 온 세월이 벌써 언제인가?

5년의 세월하고도 준비기간을 따진다면?

그러나 이 시점에서 지난날을 돌아보는 것은 의미가 없다. 때가 온 것이다. 그거면 됐다.

그는 메일을 삭제함과 동시에 마이애미행 티켓을 끊고 바로 공항으로 직행했다. 현금이 좀 필요하겠지만 현금을 지참하고 비행기를 타면 아무리 국내항공이라도 좋을 것은 없다. 현재 가지고 있는 현금들만 지갑과 가방에 넣고 필요한 것은 마이애미에서 찾기로 했다.

얼마나 필요한 걸까?

적어도 두 달 혹은 세 달 정도 걸릴 것이다. 먹고 자는 일 외에는 컴퓨터 앞에서 거의 모든 시간을 보내게 되겠지만 충분한 현금을 가지고 있지 않으면 안 된다. 공항의 은행에서 돈을 찾아서는 '나소'에 갈 때마다 이용하는 요트를 빌릴 요금을 제외하고는 가방 깊숙이 넣었다.

마이애미항에서 '나소'까지의 거리는 200여 킬로미터 되지만 요트로 항해를 하기 위해서는 한나절이 거의 걸린다. 물론 여러 차례 다녀왔던 길이라 항해에 어려움을 겪지는 않지만 아무래도 밀입국이라는 절차는 마음을 편하게 해주는 절차가 아니다. 바하마라는 나라가 비자 거부율이 유난히 높거나 까다로운 나라는 결코 아니다. 하지만 그가 수행할 임무를 생각하면 아예 출입국 기록 자체를 남기지 않는 것이 좋겠다는 결론을 내렸고 그에 기해서 수많은 준비와 예행연습을 해왔다. 지난번의 작전 취소를 기억해 보면 이렇게까지 번거롭게 작전을 실시할 필요가 있는가의 의문이 드는 것도 사실이지만 백번 거듭하더라도 조심, 또 조심하지 않으면 안 된다. 지난번 빌렸던 주택을 다시 빌려놓았다. 여건이 좋았으나 애석하게도 써먹지는 못했던 집. 이번에는 필히 좋은 결과를 안겨줄 것이다. 이미 석 달 전부터 집세를 내고 있었으나 지난번 그러니까 약 5년 전에 와서 본 이후에 다시 와 본 일은 없다. 낯선 듯 낯익은 내부구조는 화려한 것과 거리 멀었지만 넓었으며 다른 시설들도 불편함

없이 잘 갖추어져 있었다. 크고 푹신한 침대와 고급스런 탁자가 달린 2인용 소파. 물론 2인용일 필요는 없었지만 그리고 오랜 시간을 보낼 널찍하고 고풍스런 마호가니 책상과 편안한 의자가 시트를 벗기자 있는 그대로의 예전 모습을 드러냈다. 오래 비워둔 집 치고는 다른 모든 기능들도 그런대로 잘 돌아가는 것 같았다. 빈 냉장고도 이상 없이 냉기를 뿜었고 전등의 불이나 창문들도 다 정상이었다. 욕실의 수돗물이 잠시 녹이 나왔지만 이내 제법 먹을 만한 물이 흘렀다. 무엇보다 중요한 인터넷 선이 제법 만족할 만한 속도를 나타냈다.

"지랄하는 놈 어딨나? 빨리 나와서 지랄해 주기 바람."

"지랄을 해 병신들."

"뭐야 빨리 말해 봐."

"느네 연말연시고 뭐고 다 망했으니 정신 바짝 차리고 근무나 잘할 생각해!"

"그게 뭔 말인데?"

"뺑이 치며 연말연시 내내 훈련할 거란 말이지 뭔 말이야."

"뻥치시네."

"내기할래?"

"그런 게 어딨어? 상황 있어 나왔는데 상황종료면 들어가야지."

"누가 상황종료래? 니가 사령관이야?"

"어서 들은 건데?"

"내기할 거야 말거야?"

"지랄하지말구 빨리 말해봐."

"뭐가 어떻다는 거야?"

"동기 놈이 사관실에서 들은 건데 연말연시 내내 기동훈련이래."

"우리 좆됐다."

"이 새끼 뺑치고 있네 혹한기에 무슨 기동훈련이야?"

"내기하는 거야?"

"진짠가 봐."

"완전 망했다."

"뺑이 치게 생겼다."

"확실해?"

"두고 봐 내일 큰 놈들도 다 올라 올 테니까."

"큰놈?"

"75부터 79까지 다."

"전부 다?"

"76만 수리 중이어서 안 오구 81은 대기."

"완전 죽이네."

"대왕께서도 납셔."

"세종대왕?"

"장난 아니네."

"빨갱이 새끼들 땜에 지금까지 열나게 뺑이치고 이젠 또 뭔 일이여?"

긴급

최고사령부 보고사항임

"근데 이거 하전사 동무들 말만 듣고 보고해도 되갔어?"

"내용을 보면."

"알긴 알갔는데 지도자 동지 보고했다 아니면 어찌되는지 아는가?"

"그래도."
"내일 보자우 내일 그것들 다 올라오면 맞는 거고 아니면 아닌 거구."
"알갔습네다."

"다들 모였나?"
"야 꼭 니가 대장 같다?"
"대장 맞지 내가 모든 궁금증을 풀어주잖아."
"이 새낀 한마디만하면 꼭 지랄을 해요."
"싫으면 그냥 들어가구."
"빨리 말해봐 뭐야?"
"아니 김 중사가 별론가 봐."
"지랄 말고 빨리 떠들어 봐."
"느네 낼 훈련 이야기 들었어?"
"통상적인 기동훈련 아냐?"
"닐(NLL)까지 가는 거 알어?"
"닐 어디까지?"
"2, 3키로."
"느네가?"
"전부 다."
"FF가?"
"PCC는 더 가구."
"한판 뜨는 거야?"
"응."
"농담말구."

“저 새끼들 레이다 돌리면 그냥 까는 거야.”
“그럼 전쟁 아니야?”
“몰라 어떤 꼴통 새끼 생각인지.”
“진짜 골 때리겠다.”
“에이 씨발놈들 잘됐지 뭐 까부는 새끼들 다 뚜들겨 패는 거야.”
“그래 개새끼들 완전 죽여 놓지 뭐.”
“느네 이거 극비니까 진짜 떠들면 안돼.”
“아이, 그럼 씨 장사 하루 이틀 하냐?”

시내에 나가 중고 캠리를 하나 렌트했다. 차가 반드시 필요하지는 않지만 그래도 여러모로 필요한 때가 있을 것이다. 택시로 오가면 그만큼 남의 눈에 띄기도 쉽고 해서 좋을 것이 없었다. 금융센터의 증권사 바하마 지점에 새로운 구좌를 하나 텄다. 이곳 금융센터를 고르는 데에 특별히 공을 많이 들였고 그 자신뿐 아니라 여러 각도에서 검증을 거친 것은 그만큼 중요한 일이기 때문이었다.

우리의 VIP룸에 해당하는 2층에는 혹은 출입하는 어느 곳에도 CCTV나 비슷한 것이 전혀 없다. 오로지 익명성을 보장하는 데 만전을 기하고 또 그를 통해서 먹고사는 기관이었다. 전 세계 부호들의 자금은신처이자 세탁기관이었다. 어떠한 금융감독기관도 없고 역외금융에 대한 제한도 없다. 세금도 거의 없다고 하지만 만만치 않은 수수료가 존재하기는 한다. 하지만 이곳과 거래하는 그 어느 누구도 수수료를 가지고 시비하지는 않을 것이다. 직원이 여권이 있냐고 물었을 때 준비했던 중국 여권을 내밀었다. 여권이 없다고 해도 문제될 것은 없었다. 실명 여부를 따지지 않는 것이다. 하지만 그보다도 더 중요한 것은 이곳의 금융센터는 뒤처리가 깔끔하다. 거래가 끝나고 난 후에는 입금된 금액과 출금된 금액 외에는 아무 것도 찾지 못할 것이다. 입출금과 전산거래를 위한 몇 가지 서류를 정리하고 전산계정을 마련함으로 오늘의 일과는 대충 끝난 셈이다. 조용한 레스토랑의 구석에 자리를 잡은 후 오늘의 일과를 되짚어 봤다. 밀입국과 집안정리 계좌개설 등 작전개시를 위한 준비가 순조로운 것에 스스로 축하를 해 주었다.

조용한 식사를 음미하면서….

당연히 지난번에 찾았던 그 레스토랑이었지만 바다가 한 눈에 내려다 보이는 줄은 그때는 몰랐다.

아니면 기억에 없던 걸까?

가능하면 조용히 그리고 이 시간을 음미하고 싶다. 시간이 멎었으면 하고 바라던 순간은 많이 있었지만 지금의 이 순간보다 더 간절했던 적은 없었을 것이다.

그저 모든 것이 멈춰버린다면….

앞으로 벌어질 일들과 벌일 일들에 대한 기대와 두려움이 공존했지만 지금 이 순간만큼은 모든 걸 잊고 싶다. 너무 튀지 않도록 조심을 하면서도 그는 메뉴에서 가능한대로 가장 좋은 것으로 시켰다. 앞으로 한 동안은 출입 자체가 거의 없을 것이다.

일주일에 한 번 쯤 음식이나 사러 나오는 정도?

메일로 대강의 내용을 보고하고 잠이 들었다. 낯선 곳이라 시간이 걸릴 줄 알았으나 눕기가 무섭게 깊은 잠에 빠져들었다.

"야야 좆됐다."

"뭐야 또?"

"완전 좆됐다."

"뭐냐니까?"

"취임식 끝날 때까지 집에 갈 생각들 마."

"그게 또 먼 소리야?"

"금년에 키리졸브까지 땡겨서 여기서 한데."

"뭐가 어째?"

"언제 말이야?"

"이 달 말부터 시작해서 취임식까지."

"이런 씨발."

"완전 좆됐네."

남포의 서해함대사령부 지하벙커에는 상황실을 비롯해 몇 군데의 사무실이 있다. 보위부 같은 밥맛없는 존재들도 있지만 도대체 무엇을 하는지 알 수 없는 사무실도 있는데 7호실이 특히 그렇다. 평시에는 군복을 착용하지도 않고 계급과 소속도 알 수가 없다. 일이 있으면 사령관에게만 보고하는 것 같다는 정도만 알고 있을 뿐이다. 요원들 모두가 누구와도 잡담을 하지 않고 출입문은 완전히 폐쇄되어 있는 것이 아주 중요하고 비밀스런 임무인 것으로 추정될 뿐이다. 보위부같이 밥맛없는 존재는 아니지만 그렇다고 해도 가까이 하기에는 너무 먼 인간들임에 틀림없다.

보안이 철저한 지하벙커 내에서 저토록 문을 이중삼중으로 폐쇄해 놓았다니 이해할 수가 없는 놈들이다. 비상근무로 모두가 긴장해 있는 상태에서 상황실장이 사령관을 급히 찾는 모습은 긴장을 넘어 상황실 요원 모두를 공포로 몰아넣었다.

사령관과 참모들이 급히 몰려 내려오고 실장이 상황판을 가리키며 브리핑을 하고 있다.

"그래서 저게 뭐라는 거야?"

"작전 시 전개한 적 함정들입니다."

"그래 뭐하고들 있는 건데?"

"일상적인 훈련 같습니다."

"그게 말이 돼?"

"상황이 종료되었는데 적함들이 늘고 있는 것이 매우 이상합니다."

"지금 때가 어느 땐데 저러고들 있다는 거야?"

아무도 대답을 할 수가 없다. 불과 이틀 전만해도 그들이 실시하던 바로 그 작전이었다는 것을 언급하는 요원은 아무도 없었다. 자신들이 작전을 종료하면 당연히 남에서도 상황을 풀고 복귀해야만 할 것이었다. 사령관이 부관을 불러서 뭐라고 속삭이니 그가 나간다. 그리고 그 의문의 7호실에서 누군가 나와서 사령관에게 속삭인다. 사령관이 놀라 일어서며 그를 따라가려다가 그에게 상황실장을 보며 뭐라고 속삭인다. 그가 잠시 고민하는 것 같더니 그도 따라오라고 눈짓하고 셋이서 7호실로 들어간다. 잠시 후 상황실장이 나와서 상황판에 함정들 대치 현황을 하나씩 적어간다. NLL을 중심으로 약 20KM 남방에 포진하고 있는 적 함정들의 명칭이 하나씩 쓰일 때마다 상황실 요원들의 얼굴은 험하게 굳어 갔다.

957전남함, 958제주함, 961청주함, 972을지문덕함 여기까지는 그래도 그렇다고 하자 2함대의 거의 전체 1급함들이 집결했다는 것만으로도 매우 이상한 일이기는 하지만 그래도 2함대의 함정들 아닌가?

975이순신함, 977대조영함, 978왕건함, 979강감찬함이라고 명기가 되자 모두가 일손을 놓고 상황판만 바라보았다. 그것을 의식한 듯 요원들을 둘러보고는 나머지 1급함의 명칭을 적어 놓았다.

세종대왕함.

그리고 그 앞의 2급함 혹은 고속정들은 서류를 넘겨받은 하전사가 마저 기록했다.

상황판을 가득 채웠다.

2함대 소속의 거의 모든 함정과 작전사령부 직할 7전단의 거의 모든 함정이 집결한 것이다.

뭐하자는 것인가?

하 전사가 상황판을 완성할 때 쯤 사령관은 다시 한 번 급하게 상황실을 내려와야 했다.

2함대의 거의 모든 함정과 7전단의 거의 모든 함정이 조금씩 움직이기 시작한 것이다.

기동은 아주 느렸다.

처음에는 알아보기도 어려웠다. 하지만 기동 중임에 틀림이 없었고 모두가 놀란 것은 그 방향이 북쪽이라는 것이었다. 전 함대에 전투배치 명령을 내렸고 8전대 예하의 모든 함정에 출동 명령을 내렸다. 사정권에 있는 모든 해안포의 문을 열었고 장전을 명했다. 그리고 상부에다가는 보고도 하기 전에 상황을 묻는 전화들이 빗발치는 가운데 문제의 그 밥맛없는 보위부 동무들도 들이닥쳤다. 모두가 싫어하는 이유는 한번이라도 그 동무들과 이야기를 나눠 본 동무들이라면 설명이 필요 없을 것이다. 만일 모르는 사람이 실장의 설명을 듣다가 그들이 묻는 내용을 옆에서만 지켜보고 있었다면 오늘 사태의 모든 책임은 실장에게 있다고 믿을 것이 틀림없다. 사령관도 옆에서 찡그렸지만 뭐라고 말은 못한다. 이때 전군의 비상사태가 발령되었고 1호 전투근무태세에 대한 세부지침으로 공화국의 모든 함정과 전투기들은 즉각 출동 준비태세를 갖추고 명령을 기다리라는 지침이 하달되었다. 불과 이틀 전에 해제한 비상사태를 바로 다시 선포한다는 것이 사기에 어떠한 영향을 미치는 것인지는 사령관 스스로가 너무도 잘 알고 있었으나 어쩔 수 없는 사태란 것도 있는 것이 아닌가?

세부 지침에 대한 설명에 요원들이 귀를 기울이고 있는 모습에는 긴장감이 역력했다.

8전대 예하의 함정들 중에 즉시 출동 가능한 함정은 70척에 이르렀다. 이는 레이더 상에 까만 점들을 셀 수 없이 깔아 놓을 만큼 많은 전력이지만 모두가 소형의 고속정 어뢰정들이다. 대치하는 함정 숫자만 가지고 이야기한다면 오히려 남측은 70척에 훨씬 못 미친다. 하지만 전력으로 따진다면 이미 그들은 상대가 되지 않는다. 서해함대의 모든 함정을 대치시키더라도 마찬가지이고 동서의 모든 해군력을 집결시키더라도 마찬가지일 것이다. 그래도 대치는 균형을 이루어야만 한다. 하지만 아직 다른 전대의 함정들을 움직일 상황인가에 대해서는 확신이 서지 않았다. 아니 사실은 지금 눈앞에서 벌어지는 상황이 무엇인지 아직도 파악조차 되지 않았다.

대체 뭘 어쩌자는 것인가?

남측의 함정은 아주 조금씩 NLL을 향해서 북진하고 있다. NLL 남방으로 약 10여 KM 상에는 백령도에서 인천을 오가는 뱃길이 있다. 가장 가까운 거리는 약 12KM 정도에 불과하다.

통상적인 초계의 경우를 제외하고는 1급함들이 이 선을 넘는 경우는 거의 없다. 수심도 낮거니와 무엇보다도 북이 보유한 지대함 미사일의 사정권 안이기 때문이다. 지대함 미사일의 사격통제 레이더가 가동되면 회피기동을 하는데 그 거리가 너무 멀어서는 안 되기 때문이다. 아니 적어도 그렇게 생각했었다. 더구나 이렇게 대규모의 전단을 이루어서 NLL에 접근한 예는 아예 없었기에 이것이 무엇을 의미하며 무엇을 의도하고 있는지 아무도 이해하기 힘들었다.

더구나 지금은 혹한기가 아닌가?

더더욱 남조선에서는 대선이 엊그제 끝나지 않았는가?

비록 정치장교가 아니라 하더라도 정권교체기의 군 운용과 안보관련 사항들이 어떠하다는 것을 상황실 근무 장교라면 모를 수 없고 계속해서 되풀이 되어 왔던 행태였다.

그런데 이게 뭔가?

8전대의 고속정들이 긴급 출동하여 NLL에 접근했다. 그들이 도열하자 NLL을 마주하고 엄청난 함정의 숫자가 대치하는 상황이 벌어졌고 고속정간의 거리는 불과 몇 백 미터밖에 되지 않았다. 말 그대로 일촉즉발의 상황으로서 누가 먼저랄 것도 없이 상황이 발생한다면 걷잡을 수 없는 사태로 번질 것이라는 것은 삼척동자도 아는 사실이었다. 그들이 조우하고 기동을 완료하며 대치가 이루어지자 상황실 안이 고요해졌다. 누군가의 마른 침 삼키는 소리까지 다 들릴 정도였다.

대체 뭐하겠다는 것이고 언제까지 저러고 있겠다는 것인가?

NLL이 열점지대이고 긴장의 한반도에서도 가장 긴장이 높은 곳이고 등등등등 수도 없이 떠들어 댈 수도 있겠지만 이토록 많은 함정들이 이토록 가까운 거리에 조우한 예는 아직까지 전혀 없었다. 전운이 감돌던 시대가 여러 번 지났고 실제 교전도 몇 차례 있었었지만 지금의 상황보다 심각하진 않았다. 누구 하나라도 실수로 무엇인가 건들기만 한다면 바로 전면전에 들어갈 준비가 완료된 것이다. 화약고라는 표현, 많이도 들어 봤지만 실제로 아주 작은 도화선 하나가 한반도를 잿더미를 만들 수 있는 상황이 되어 버린 것이다. 사태가 여기까지 온 이상 누구도 향후의 사태를 완벽하게 장악하고 컨트롤할 수는 없게 되어 버렸다. 전혀 의도하지 않는 최악의 국면을 맞이할 수도 있는 가능성이 이토록 높은 짓거리를 대체 누가? 왜?

끝없이 이어질 것 같던 대치 상황에 최전방의 고속정 몇 대가 후진을 하는 것 같더니 서쪽으로 전속력으로 기동했다.

이건 또 뭔가?

그들이 다시 전열을 가다듬는 것 같더니 목이 찢어질 것 같은 육성의 보고가 고속정과 어뢰정에서 계속해서 쏟아져 들어왔다.

"남조선 사격 개시!"

"뭐야?"

상황실이 온통 얼어붙었다.

이 상황에서의 사격은 전쟁 아닌가?

무전기 넘어 울리는 포성이 생생하게 들려왔다.

사령관이 벌떡 일어났다.

"피해상황은?"

"아직은 없다."

"뭐이 어드레?"

"기동사격훈련인거 같습네다."

"정신 똑바로 차리고 상황 파악 후 보고하라."

약간 안심을 해보려 했지만 지금은 안심할 상황이 아니다 후에 들어온 정보를 종합하면 북측을 향하여 발사한 것은 아니지만 남쪽을 향하지도 않았다. 더구나 NLL선상에서 포사격 훈련이라니 이는 너무나도 명백한 도발이 아닐 수 없다. 물론 고속정은 사거리가 짧다. 고속정마다 언제 제조된 것이냐에 따라 다르겠지만 제원상의 사거리 말고 실제 유효사거리만 따진다면 1Km 전후라고 보아야 할 것이다. 하지만 그들은 사격 훈련 시 전방 근처에서라도 해 본 일이 없다. 통상적으로 덕적도 인근의 후방에서 실시해 왔던 것이 관례였고 또 사격훈련 시에는 항상 통보해 왔다. 그렇더라도 우리의 비난을 면하지는 못했었을 것이었겠지만 이렇게 대놓고 명백한 도발을 일삼은 예는 전혀 없었던 것이다. 명백한 도발을 일으킨 이상 무언가 대응을 해야만 한다. 작전참모는 실크 웜의 사통레이더를 가동하자고 건의했다. 고속정끼리 아무리 다퉈봐야 배후에 큰 함정들이 있는 한 의미가 없다. 그리고 배후의 함정들을 쫓아내는 데는 미사일밖에 없다. 적어도 전까지는 그랬다. 일단 미사일 사격통제 레이더가 돌아가면 적의 함정들은 백령도나 소청도의 그늘에 숨는 것이 지침이었다. 하지만 정보참모는 반론을 제기했다. 그것은 오래전 이야기다. 예전의 PCC나 FFK는 미사일 대응 체계가 체프밖에 없었다. 알미늄박 같은 것을 하늘로 뿌려 미사일을 교란한다는 지극히 조잡한 방어체계였고 이를 믿고 작전을 계속할 수 없는 것이 명백한 이상 적의 함정은 서해 5도의 그늘에 숨을 수밖에 없었었다. 하지만 이제는 사정이 다르다. 적은 미사일을 회피할 수 있는 고도의 무기체계들을 장착했을 뿐 아니라 필요에 따라서는 미사일 자체를 요격도 할 수 있는 만큼 후방으로 물러날 것인지 명백치 않다. 저들이 저토록 나서는 것은 분명한 목적과 목표가 있을 것인 만큼 사통레이더 만으로 물러날 리 만무하고 더구나 수색 레이더는 몰라도 추적 레이더를 가동할 경우 적은 즉시 알아 차릴 것이고 이는 사격훈련과는 비교될 수 없는 도발로 간주되어 오히려 적의 도발의 빌미를 제공할 수 있다. 하지만 무언가 대응을 하지 않으면 안 되고 뚜렷한 대응 방안이 없는 것이 문제였다. 모든 해안포를 개방하고 장전하라 명했지만 크게 의미는 없다. 사정권에 있는 해안포는 이미 장전된 상태였다.

그래도 많은 병사들이 지켜보는 가운데 저들의 도발을 눈뜨고 지켜보는 일은 있을 수 없는 일이었다. 물론 조금이라도 입장을 반대로 생각해 보았다면 그들은 그런 말을 할 수 없을 것이다. 항상 도발하는 것은 북이었고 그럼에도 대부분의 경우 눈뜨고 지켜 볼 수밖에 없었던 많은 사건들에 대해서 하나씩 떠올린다면 시간이 부족할 것이다. 사령관이 결심을 하지 못할 때 보위부가 나섰다. 아니 나서려 했다.

"사령관 동무 무언가 대책을 세워야 하지 않소?"

정보참모가 용감하게 나섰다.

"하지만 추적 레이더는 안 됩니다."

일순간에 긴장이 흘렀다. 아마도 사격소리에 놀란 것보다도 더 놀랐을는지 모른다.

"뭐이 어드레?"

귀싸대기로 끝나지 않을 것이 분명했다. 하지만 이때 상황실문이 활짝 제쳐 지며 한 무리의 군관들이 들이 닥쳤다.

"동무의 말이 맞소."

이때도 보위부가 나서려 다가갔으나 "동무는 빠지라" 한마디의 기세에 눌려 뒤로 물러섰다.

일행 중 하나가 그에게 속삭이자 보위부는 부동자세로 경례를 하며 일당들을 몰고 나갔다.

모두가 주목하는 가운데 정보참모에게 다가가 명찰을 확인했다.

"정병철 대좌!"

"네."

"나 중앙당에서 나온 김일건이라 하오."

악수를 청하자 참모가 악수하며 소리쳤다.

"영광입네다."

사령관을 보며 그가 말한다.

"정 대좌의 말이 맞소. 대응을 자제하고 잠시 대기하도록 하시오."

"알갔습네다."

여당 인사들이 5.18 같은 것에 대해 언급을 하면 개 거품을 물고 몰려드는 집단들에 몇 번씩 질려버린 후에는 아예 언급 자체를 회피해 버리는 것과 같이 야당에게 한미군사훈련에 관한 언급하는 것은 일종의 금기사항이었다. 사실 또 그에 대해 언급하고 싶어도 언급 자체의 논리가 빈약했다. 하지만 궁지에 몰린 상황에서는 이러한 논리가 보이지 않는다. 판단력을 잃을 만큼의 막판에 몰려보지 않은 사람은 무슨 말인지 모른다. '지푸라기라도'가 바로 이럴 때 사용되는 말일 것이다. 지령은 지령이고 논리는 논리다. 그리고 논리는 지령 받는 자의 몫이다. 지령이 먼저고 논리는 만드는 것이다. 그것을 만들지 못하는 무능한 일꾼은 당의 입장에서 용도를 다한 폐기물일 뿐일 것이고 허 의원은 그것을 모르지 않는다.

대선 패배 후 문 후보가 구심점을 잃고는 당을 추스르기로 한 이 의원은 생각에 잠겼다.

엄밀히 말해 사실 논리가 없는 것은 아니다. 지금 진행되는 상황이 수상쩍은 것도 사실이다. 군산에 와 있는 F-16들은 북한의 입장에서 가장 꺼리는 존재임을 모르는 사람은 없다.

그들은 북한의 대공망을 일시에 파괴할 수 있는 능력을 가졌다. 물론 미 전투기들의 한반도 배치가 드문 일은 아니다. 하지만 시점이 너무 이상하다. 선거도 끝났고 정권교체를 앞두고 무엇을 어떻게 하겠다는 말인가? 허 의원의 말에 의하면 그것이 더 수상하다. 더구나 그가 가지고 있는 확실한 정보에 의하면 키리졸브를 1월말에 실시한다고 한다. 후임 대통령에게 부담을 주지 않으려는 명목이기는 하지만 혹한기 훈련은 매우 이례적인 것이다. 더 수상한 것은 한미 간의 훈련일정에 대한 언급이 전혀 없는 것이다. 허 의원에 의하면 태평양 함대의 핵잠수함은 부산에 이미 와 있고 항공모함도 곧 움직인다고 한다.

이미 협의가 완료되었다면 왜 발표가 없는 것인가?

하지만 지금 정권과 싸워 봐야 얻을 것도 없고 지금 시점의 의혹제기는 선거의 뒤끝으로 인식되기 쉽다. 그래도 임기가 끝나는 대통령과의 영수회담이 반드시 실만 있는 것은 아닐 것이다. 당내에서도 입지가 약한 그에게 야당 대표로서의 활동과 인식의 각인은 훗날의 위한 포석에 크게 도움이 될 것이다. 퇴임을 앞두고 무슨 영수회담이냐고 여러 차례 거절의 의사표시가 있었지만 그래도 이 의원은 물러서지 않았다. 그리고 끈질긴 요구 끝에 영수회담의 자리를 마련했다. 물론 청와대는 대과 없는 퇴임을 앞두고 덕담이나 나누는 자리 정도로 여기겠지만 그들의 방심은 그들로 큰코다치게 만들 것이다. 이 의원은 단단히 별렀다.

"이렇게 미묘한 시점에 구태여 북한의 반발을 일으킬 한미군사훈련을 실시하는 이유가 뭡니까?"

"처음 듣는 말인데요?"

"시치미 떼지 마세요. 정통한 소식통에 의해서 이미 다 알고 있습니다."

"하, 그래요?"

뒤에서 비서가 속삭인다.

"아마 그건 회담 후에 자세히 브리핑을 해드릴 것 같군요."

이 의원은 드디어 한 건 잡았다는 확신에 마음이 들떴다.

그가 안내된 방에는 임 의원이 기다리고 있었다.

"아니 임 의원이 어떻게?"

"인수위에서 제가 청와대 연락담당인 거 몰라요?"

'이 재수 없는 놈이 왜 여기서 날 기다린 걸까?'

머리를 굴릴 틈도 없이 임 의원이 다그쳤다.

"빨리 앉지 뭐해요?"

모두 나가고 임 의원을 제외한 한 명만이 팔짱을 끼고 창가에 서 있었다.

"키리졸브 어디서 들었어요?"

그가 앉자마자 임 의원이 다그쳤다.

"지금 야당 대표인 나를 취조라도 하는 거야?"

"내가 맞춰 볼까? 허무호 의원?"

"대체 뭐하는 수작들이야?"

그가 일어서며 소리쳤다. 임 의원이 신호하니 팔짱낀 사람이 다가와 파일을 하나 책상에 내려놓았다. 임 의원과는 비교가 될 수 없게 재수 없는 험악한 인상의 사나이였다.

"나는 브리핑이 있다고 해서."

"여기 있잖아."

그의 성질에 대해서는 많이 들었지만 야당대표인 자신에게 감히 소리 칠 수는 없는 것이었다. 하지만 분위기가 심상치 않음을 느낀 그는 파일을 들춰보았다.

"이게 뭡니까?"

"정말 브리핑이라도 원하는 거요?"

말투가 정말 거슬린다. 하지만 파일의 제목에 온몸과 마음이 얼어붙어서 아무 말도 꺼낼 수 없었다. 국정원에서 올린 역정보 추진에 대한 보고서였다. 그도 바보가 아닌 이상 그것이 의미하는 바가 무엇인지 알고 있었다. 정부의 그 어느 곳에서도 키리졸브에 대한 언급은 없었다. 오직 적에게 감청되는 주파수와 호출부호에 키리졸브에 대한 정보를 흘렸을 뿐이다.키리졸브 이야기를 꺼내는 그 자가 바로 간첩이라는 말이었다. 그리고 법원의 영장을 받아 해킹한 허 의원 메일에서 발견한 북한의 지령. 어떻게 해서든지 키리졸브를 저지하라는 내용이었다. 그리고 허 의원에 대한 체포영장까지… 꼼짝없이 걸려든 것이었다.

"지금 협박이라도 하겠다는 거요?"

"응, 바로 그거야."

"너 지금 미쳤어? 내가 누군지 알고 그러는 거야?"

"응 니가 누군지 정확히 알고 그러는 거야."

눈앞이 캄캄했으나 필사적으로 저항했다.

"그래서 어쩌자는 건데? 나한테 원하는 게 뭐냐고?"

허 의원의 체포는 홀로 집에 들어가는 길목에서 조용히 이루어졌다. 그는 심문이 시작되기도 전부터 야당핍박이니 민주주의의 사망이니 신공안통치의 부활이니 녹음기를 틀듯이 반복되는 구호들을 끊임없이 되풀이 했다. 아무리 증거를 들이대도 막무가내였다.

"변호사나 불러 주시오."

"하여튼 빨갱이 새끼들이 법은 무시하면서도 지들 필요할 땐 법을 찾아요."

"너 지금 뭐라고 했어?"

"호, 싸움꾼이네?"

그의 빈정거림에 허 의원은 이성을 잃었다.

"이 반동분자 새끼들!"

순간 주변이 고요해졌다. 자신도 실수라 여겼는지 만회하기 위한 말들을 다시금 떠들어댔다. 물론 새로운 건 없고 녹음기가 다시 돌아가는 것에 지나지 않았고 모두가 아는 내용 아마 수사관들에게 대신하라고 해도 똑같은 말을 할 수 있을 것이었고 경우에 따라서는 더 잘하는 사람도 있을 것이었다. 그리고 마무리는 항상 변호사를 불러달라는 것으로 맺었다.

"이봐 그놈의 변호사 부르기 전에 먼저 제안을 하려는데 말이야."

"지랄하지 말고."

"호호 그거 사상교육을 제대로 받았구만."

"지금 현역 의원인 나를 이렇게 대하면서도 니들이 살아남을 거 같아?"

하지만 수사관은 대응하지 않았다. 대한민국 내에 간첩들은 너무 많아 한두 놈 잡는 것 자체는 의미가 없다. 오히려 빨갱이들이 들고 일어나 골치만 아프지 들고 일어난 빨갱이들을 다 잡아들일 게 아니라면 하나라도 포섭하여 우리 편으로 만드는 것이 국익일 것이었다.

인내를 가지고 여러 번 설득했으나 도무지 먹히지가 않는다. 허 의원이 특이한 사례는 결코 아니고 오히려 일반적인 사례이다. 진정 공산주의를 혹은 북한 정권을 동경하는 것인지 아니면 무언가 대단한 약점을 잡힌 것인지 아니면 또 다른 무언가가 있는 것인지 알 수 없으나 남북의 모든 실정을 다 알고 있음에도 보이는 그들의 행태를 임 의원은 도무지 이해를 할 수가 없었다.

"마지막으로 한번만 더 묻겠다."

"한 번이고 두 번이고 시간 낭비하지 말고."

"하여튼 빨갱이 새끼들하고는 대화가 안 된다니까"

"지금 그따위"

임 의원이 말을 막았다.

"나가!"

"뭐?"

"나가라고."

허 의원은 이해가 가지 않았다. 하지만 수사관이 문을 열어주는 데야 더 이상 망설일 필요가 없었다.

"당신들 단단히 각오하는 게 좋을 거야."

그래도 다행히 이번에는 파쇼나 유신 독재가 어쩌고저쩌고 혹은 민주주의의 사망이 어쩌고저쩌고는 더 이상 하지 않았다. 그리고 그것은 그가 여기 들어온 후 내린 하나밖에 없는 현명한 결정이었다. 열 받은 임 의원이 한마디만 더 했다면 무슨 짓을 저지를지 알 수 없었으니까. 어두운 밤인데다가 차의 썬팅이 너무 과해 밖이 조금도 보이지 않았다.

"양재역에 내려드리겠습니다."

문이 열리고 허 의원이 내리자 핸드폰을 건네주며 차가 떠났다.

새까만 점들이 레이더를 가득 메우는 말 그대로 일촉즉발의 사태가 장기화 되어도 누구 하나 물러서려 하지 않았다. 적어도 외관상으로는 그랬다. 하지만 속사정은 다르다. 가까이 다가가면 갈수록 북측의 병사들은 초라함을 느꼈고 그들 간의 실력차이를 누구보다 잘 알고 있었다. 여차해서 포격전이 발생한다면 일방적인 희생자가 누구가 될 것인지는 상부에서 뭐라고 말하던 너무나도 명명백백한 사실이고 누구나 알고 있는 사실이었다. 더구나 이들은 물러갈 생각을 하지 않는다.

남측의 함정과 다르게 북은 함정은 소형으로 초계는 어렵고 그때그때 상황이 발생하면 출동하여 상황을 마무리하면 돌아와야만 한다. 교전이 없더라도 먹고 마시는 시설도 없거니와 휴식을 취할 수 있는 시설이 전혀 없어 언제까지 대치하고 있을 수는 없는 것이다. 그렇다고 해서 교대를 해줄 후속 함정들이 있는 것도 아니고 이제 와서 일부 함정들만 빼낼 수도 없는 상황이 되어 버렸다. 그러지 않아도 밀리는 상황에서 일부 함정이 후퇴한다면 그러지 않아도 바닥인 사기가 말이 아닐 뿐 아니라 모든 상황을 적이 간파할 것이다.

적과의 대치 상황에서 등을 보이다니 있을 수 없는 일인 것이다. 아니 적어도 초기에는 그랬다. 적어도 지휘부에게는 말이다. 비록 지칠 대로 지쳐있는 장병들의 상황을 모르지 않지만 조금만 더 기다리면 상황은 곧 종료될 것이다. 아니 그래야만 했었고 그러리라 예상했다. 그러나 극한의 대치가 24시간을 넘어가고 저들은 물러갈 기미가 보이지 않는다.

어디였는지도 모르겠다는 생각에 흥분한 허 의원은 동료의원 몇 명에게 전화를 걸었다. 너무 중요한 사안이라서 당장에 만나기로 했다. 렉싱턴 호텔의 커피숍에 가장 가까운 의원 둘이 기다리고 있었다. 몰론 이들도 다 수사선상에 올라있는 이들이고 당장이라도 체포할 만한 증거들도 있었다. 다만 시절이 시절이다 보니 모든 정부가 시끄러운 것을 피했고 이들 역시 시끄럽게만 하면 무슨 짓이라도 할 수 있다는 것을 너무나도 잘 알고 있었고 이는 지식보다 체험으로 터득한 것이기에 어느 순간도 버릴 수가 없는 것이었다. 허 의원이 들어와서는 물을 벌컥벌컥 들이켰다.

“대체 무슨 일이야?”

“이 새끼들이 말이야.”

물을 한잔 더 마시고 말을 꺼내려 할 때 다른 수사관들이 주위를 둘러

쌓다.

“허무호 의원님?”

“네 그런데요?”

신분증을 보인다.

“중앙지검에서 나왔습니다.”

“이게 뭐하자는 거야?”

“같이 가주셔야겠습니다.”

“뭐야?”

다른 의원들이 일어나려하자 선임 수사관이 영장을 보여줬다.

“조용히 끝냈으면 합니다.”

허 의원이 소리를 지르려하자 다른 수사관이 입을 막으며 수갑을 채웠다. 수사관 한 명이 미란다원칙을 불러줬다.

현역의원의 체포소식은 단연 탑뉴스가 되었다. 그러나 나라가 뒤집힐 듯 떠들어 대는 언론과는 달리 중앙지검의 공안부는 너무도 조용하고 평온하다. 몇 호 검사실인지 확인을 못한 채 앉아있는 검사실에는 아무도 그에게 신경을 쓰지 않는 듯 쳐다보지도 말을 걸지도 않는다. 그가 무언가 이야기를 꺼내려면 “그냥 앉아계세요.” 하는 묵직한 음성이 들려올 뿐이다.

그저 여직원이 커피를 한잔 주었을 뿐이다. 커피를 다 마시자 수사관이 옆의 취조실로 안내했다. 그가 가서 앉자 그마저도 나가 버리며 문을 닫았다.

대통령의 취임일까지는 두 달이나 남았다. 그때까지는 엄연히 그가 대통령이다. 하지만 그것은 어디까지나 헌법상 그렇다는 것이지 현실은 남은 두어 달이 짐을 싸는 일 외에 크게 할 일이 없다. 아니 없었다. 적어도 지금까지는 그랬다. 그게 원칙이고 신임 당선자에 대한 배려이고 뭐 그랬겠지만 신구 정권간의 미묘한 입장 차이와 갈등 그리고 책임을 질 일들에 대한 회피 등이 복합적으로 작용했을 것이다. 하지만 정말 사이가 좋고 깊은 이해를 같이 하는 경우에는 이야기가 다르다. 오히려 부담키 어려운 일들을 구정권에서 털어주거나 혹은 시작해 줄 수도 있을 것이다. NLL선상에서의 미묘한 사태들에 대해서는 여러 소스를 통해서 이야기가 들어왔지만 정부 누구도 확인해 주지 않았다. 사실 구정권에 대해서는 관심 자체가 없었을 것이다. 하지만 당선자 역시 이에 대해서는 전혀 언급치 않았다. 기자들의 질문에 대해서도 그는 항상 우리의 안보태세는 확고하다는 답변만 되풀이했고 일상적인 훈련들이 있다고 알고 있다고만 했다. 또 이러한 훈련들은 정권교체기라고해서 영향을 받아서는 안 되며 현 대통령이 통수권자인 만큼 본인은 100% 신뢰하고 있다고만 했다. 북의 도발행위 중지 성명에 대해서도 일상적인 이야기에 대꾸할 가치를 느끼지 못한다고만 했고 또 많은 이들이 공감했으며 누구도 크게 신경 쓰지 않았다.

몇 시간이 흐른 걸까?

알 수 없는 고통의 시간이 흘러가지만 누구도 아는 척을 하지 않았다. 도무지 참을 수 없게 된 허 의원은 문을 두드리며 소리 질렀다. 수사관은 그의 이야기는 들으려고도 하지 않고 TV를 켜주었다.

"검사님은 아침이 돼야 출근하시니까 편히 쉬고 계세요."

"그게 무슨 소리야."

말이 끝나기도 전에 문이 닫혔다.

TV에 집중을 않으려 해도 자신이 주인공인 뉴스가 귀에 들어오지 않을 수가 없었다.

'허 의원은 비교적 건강한 상태이고 수사에 대해서는 일체 입을 열고 있지 않는 것으로 알려지고 있습니다.'

'하지만 검찰은 수사협조를 낙관하고 있고 또 충분한 증거를 확보한 이상 기소에는 문제가 없다는 표정입니다.'

'웃기는 소리하지 말아라, 죽으면 죽었지 수사에는 협조하지 않는다.'

그러면서도 모든 게 너무 이상하게 돌아가고 있다.

대체 뭐가 어떻게 되고 있는 것인가?

극한 긴장이 오랜 시간 지속되자 그도 모르는 새 잠이 들었다. 검사가 들어와서는 반갑게 인사하고 건강하시냐고 묻고는 그냥 나갔다. 대체 뭐하는 짓들이냐고 소리 질렀으나 그는 돌아보지 않았다. 그가 사라지자 직원이 다가와 조용히 해달라고 점잖게 요청했을 뿐이다.

잠시 후 변호사가 왔다. 동료 의원들이 보낸 변호사 같았다. 흥분해서 떠드는 그의 이야기는 듣지 않고 그가 하고픈 말만 물었다. 아무 이야기도 꺼낸 것이 없다는 말만 되풀이 했다. 심문이 없는 것에 매우 의아해 했다. 검사에게 물어도 묵비권이냐고 물을 뿐이다. 그렇다고 답하자 그거 보라는 듯이 더 이상 상종하질 않는다. 심문할 내용이 없으면 석방해야 하지 않느냐고 따지는 변호사에게 48시간이 아직 있으니 그 후에 이야기하라고만 했다. 변호사는 아무 말 말고 그저 기다리라고만 하고는 나갔다. 허 의원 자신을 변호하러 온 것인지 아니면 무언가 이야기를 꺼낼까봐 염탐하러 온 것인지 그 태도가 무척 마음에 들지 않았다. 나가면 반드시 따질 것이다. 하지만 여기서는 그가 약자다. 비록 변호사가 마음에 안 드나 지금 어쩔 수는 없다.

저녁식사를 마치고야 검사가 들어왔다.

"퇴근하려는데 뭐 불편하신 거 없어요?"

"대체 뭐하자는 거야?"

"죄도 없으시잖아요."

"그렇다니까."

"그럼 나가시겠지요? 체포영장에 기해서 48시간 이상은 계시지 않을 테니 가만 계세요."

"그게 아니고…."

"또 뭐에요?"

"불법감금 체포에 대해서 고소하려고."

"누구를요?"

"임석범 의원."

검사가 웃는다.

"4년 전에 폭행혐의로 무고하신 일 있지요?"

"무고가 아니라니까?"

"알았어요."

검사가 들을 가치도 없다는 듯 서류를 챙긴다.

"이번엔 진짜라니까."

"지난번은 무고 맞아요?"

"아니 지난번도…."

검사가 나가버렸다.

9시 뉴스는 정말 가관이었다. 그의 과거 행적에서부터 주변인의 모든 것까지 캐고 있었다.

"이래서는 안 되는데…."

하지만 아무 것도 할 수 없는 현실이 그를 더욱 힘들게 했다. 오직 빨리 나가야겠다는 생각뿐 이었다. 생각에 생각이 다시 그를 잠으로 인도했다. 아침 뉴스에 본능적으로 잠을 깼다.

꿈에서 들은 말인 것 같아 한동안 귀를 쫑긋 세웠다. 꿈이 아니었다. 그는 그의 귀를 의심했으나 이것은 현실이었다.

"어제 밤부터 허 의원이 심정의 변화를 일으켜 수사에 협조하고 있는 것으로 알려지고 있습니다."

그가 소리를 질렀으나 아무도 와주지 않았다. 아무도 없는 듯 사방이 고요했다. 현장에 나와 있는 기자가 수집한 정보에 의하면 허 의원의 구속영장은 신청하지 않는 쪽으로 의견을 모으고 있다고 한다. 수사에 협조하고 있고 도주의 우려가 없다고 판단하고 있으며 현역 의원이라는 점을 고려하고 있다고 한다.

대체 이게 무슨 말인가….

내가 무슨 협조를 하고 있다고?

그의 마음은 조급해 졌으나 이럴수록 정신을 차려야 한다. 그는 나가서 동지들에게 할 말을 정리해 보았다. 자신을 배신자로 몰아가는 것은 당국의 음모라는 것을 밝혀야만 한다.

다시 한 번 긴급 뉴스가 흘러 나왔다. 피가 거꾸로 솟는다는 것이 이런 경우를 말하는 것이리라 그의 지역구인 구로구를 기반으로 하는 고정간첩망이 검거되었다는 것이었다. 허 의원과의 관련설에 대해서 검찰은 함구하고 있지만 전후의 모든 사항으로 미루어 볼 때 허 의원의 수사협조와 관련이 있는 것 같다고 했다. 기자의 말을 듣다보면 마치 검찰이 자신에게 협조해 줘서 고맙다고 공개적으로 인사하는 것이나 다를 바가 없었다. 그에게 무서운 것은 고문이 아니다. 이 땅에 그런 것이 없다는 것은 누구보다도 그들이 잘 안다. 체포나 조사의 경험이 없는 동지들은 두려워 떨게 마련이지만 경험이 한번 쌓이고 두 번 쌓이면 사법기관의 법집행이라는 것이 어떻다는 것을 알게 되고 마치 잡범들이 경찰서에서 뺀질거리는 것과 똑같은 행태를 보이게 된다. 그렇다고 유죄판결이 두려운 것도 아니다. 그것은 그에게 훈장만 될 것이다. 그것을 이들도 안다는 것이 문제일 뿐이다.

이렇게 파멸시키는 방법도 있는 것인가?

이제 어떻게 해야 하는가?

자신이 변절자가 아니라는 것을 어떻게 납득시킬 수가 있을까?

항상 그래 왔듯이 할 말들을 계속해서 되 내어 보았다. 분명 자신을 믿어줄 것이라고 스스로에게 세뇌를 시켰다. 이제 곧 48시간이 되어가니 마음이 더 조급해졌다. 다시 한 번 변호사를 찾았고 그는 기다리고 있다는 듯이 달려왔다. 하지만 여러 정황으로 미루어 그가 협조하고 있다고 믿는 것이 분명했다. 그가 입을 다물고 있다면 상황이 이리 흘러가지 않을 것이다.

더구나 검사의 태도가 너무도 천연덕스럽다. 허 의원이 아무 말 꺼내지 않았다고 강조할수록 더욱 더 이상한 눈초리만 돌아왔고 법정이 아닌 자신의 변호사에게 결백을 주장해야하는 이상한 상황이 되었다. 그리고 그 이상한 상황은 법률적 유무죄보다는 수사에 협조를 했냐 안했냐의 문제로 귀결되었고 그의 유무죄 여부는 둘째 관심사 아니 아예 관심조차 없는 것이 분명해 보였다.

변호사가 수사상황에 대해 물어도 검사는 그저 할 만한 수사는 이미

다 했다는 듯 답변을 하지 않았고 허 의원 역시 아무 말 않았다는 것만 을 기계적으로 강조했다. 여러 정황에 미루어 의심을 가질 수밖에 없는 상황이었다. 48시간이 다되어 가지만 구속영장 청구의 움직임이 없는 것으로 보아 불구속 처분이 확실하게 보였다. 변호사에게는 매우 의아하게 받아들여질 수밖에 없는 사건이었다. 현직 의원을 구속에 대한 자신도 없이 체포를 하다니 그리고 만일 그게 아니라면 허 의원과의 일정한 거래가 있다고 밖에 볼 수가 없었고 무엇으로 보더라도 후자일 가능성이 농후해 보였다. 이 사건에 관한 한 변호사가 할 일은 거의 없었다. 그런데 웬일인지 변호사는 너무도 바빴다. 계속 전화를 받느라 들락날락 거리며 무언가 중요한 결정을 해야 하는 사람처럼 심각한 표정을 지었다.

변호사 입장에서 피의자가 불구속 처분되면 좋은 거 아닌가?

허 의원의 생각에는 이해할 수가 없는 반응이었지만 지금 그런 것은 허 의원의 안중에 있을 리가 없다. 돌아가서 동료의원들과 동지들에게 설명할 내용이 필요하다. 어쩌면 좀 이상한 일이기는 하지만 하여튼 상황이 너무 이상하게 돌아가고 있다. 변호사가 들어와 가지고는 불구속 처리되었으니 자기 차로 나가자고 했다. 할 말이 있다고 검사에게 다가가려 하는 것을 변호사가 말렸다. 밖에 대기하는 기자들에 대해서도 할 말이 많았으나 그것마저도 그가 말렸다. 당 차원에서 입장을 정리해서 정식 기자회견을 하는 것이 좋겠다는 것이었다. 당 차원의 입장 정리가 무엇인지 잘 모르는 동안에는 당연히 현명한 생각일 것이었다.

서초동을 나와 올림픽 대로를 들어서자 보이는 한강의 야경은 언제 보더라도 아름답고 황홀한 것이다. 특히 조금이라도 인신이 자유롭지 못한 상황에 처했던 사람에게는 더욱 새롭게 보일 수밖에 없었다. 63빌

딩을 바라보며 여의도를 들어서던 지 서울교를 통해서는 여의도로 들어서야 할 것인데 차는 계속해서 행주대교를 향해 달리고 있다.

"의사당으로 갑니까? 아니면 당사로 갑니까?"

"동지들이 다른 곳에서 기다리고 계십니다."

'동지들이란 누구를 말하는 것일까?'

그의 말투에 불길한 예감이 느껴졌으나 더 이상 물을 수가 없었다. 대신 핸드폰을 꺼내 동료의원들을 찾았다. 전화를 받지 않았다. 다시 다른 의원에게 전화를 했으나 계속해서 신호만 울리고 있다.

"전화는 받지 않으실 겁니다."

'대체 뭐하자는 건가?'

'할 말이 얼마나 많은데?'

'얼마나 큰 건을 잡았는데?'

'얼마나 좋은 기회를 잡았고 이번 기회를 잘만 살린다면?'

차는 행주대교를 지나 김포 변두리의 으슥한 호텔 주차장에 들어섰다.

변호사는 특정 차량 옆에다가 주차를 했다. 어디서 많이 본 차량이다 했다. 허 의원 자신의 차량이었다. 허 의원이 내리자 변호사는 아무런 인사도 없이 떠나 버렸다. 자신의 차량 운전석 문이 열렸다. 그가 타자 뒷좌석의 누군가가 말을 건넸다.

"의원 동무 수고 많았소."

그의 목소리에 허 의원은 화들짝 놀랐다.

"아니 당신은?"

"아니, 아니 뒤돌아 볼 건 없소."

"악수 같은 것은 생략합시다. 그저 전할 선물이 있어 들렀을 뿐이오."

“하지만 동무 저는….”

“서로 선수들끼리 긴 이야기는 하지 맙시다.”

“또 이것은 당의 결정이니 다른 말하지 맙시다.”

‘당이라니 대체 어느 당을 말하는 걸까?’

“선물은 트렁크에 있고 이건 동무가 담배를 하지 아니한다니 특별히 내가 주는 선물이오.

라이터를 운전석 옆에다가 내려놓았다.“

“하지만 동무.”

“동무!”

그가 소리를 높였다. 그가 조용해지자 그가 등을 한 번 두드리고는 차에서 내렸다.

“다른 동무들에게 자꾸 전화하고 해서 민폐 끼치지 맙시다.”

다른 차가 다가와 그를 싣고 사라졌다. 설마하며 차에서 내려 트렁크를 열자 신나 통에 신나가 채워져 있었다. 그의 다리가 풀려 서있을 수가 없었다.

하지만

하지만….

누군가에게 전화를 하려 핸드폰을 꺼냈으나 누를 용기가 없었다. 받지 않을 것이 분명했다.찌질한 이야기를 듣지 않으려는 것이었다. 전화에 매달려 변명을 늘어놓으려는 모든 시도는 찌질한 인간의 찌질한 짓거리 외에는 그 아무것도 아닌 것이다. 그 역시 비슷한 지시를 받은 기억이 있었고 너무나도 현명한 결정이요 당연한 귀결이라고 믿었었다. 하지만 그는 경우가 다르다. 너무도 억울한 것이다. 그러면서도 어느 누구에게 무슨 말도 할 수가 없다.

당의 결정이라고 하지 않나? 당의 결정에 이의를 제기하려는 것인가?

지금까지의 모든 존재이유 자체를 부정하려는 것인가? 지금까지의 업적과 동료들 그리고 가족까지….

그가 당의 결정을 받아들인다면 영웅적인 죽음으로 동료와 가족 모두를 살리는 것이지만 그렇지 않다면….

그 결과가 무엇인지 다른 누구보다 그 스스로가 잘 알고 있었다. 너무도 억울하다. 하지만 방법이 없었다.

북에서는 여러 번 계속되는 대화제의에 남측에서 반응이 없자 조선중앙TV를 통해서 공개적으로 대화를 제의했다. 그러나 통일부 대변인은 정권교체를 앞둔 시기에 중요한 결정을 할 수가 없는 현실인 만큼 새 정부가 들어서면 대화를 시작하는 것이 도리이고 순리라며 거절하면서 그토록 갈망하던 대화를 왜 이제까지 계속 외면해 왔는지 모르겠다고 매듭지었다.

북에서는 난리가 났다. 대체 이게 어찌된 일이란 말인가? 대화에 매달리던 남측이 대화를 거절한 예는 없다. 모든 주도권은 북이 쥐고 있었으며 대화를 포함한 필요한 모든 조치는 북의 의지에 의해서 북이 원하는 시기와 장소에서 열릴 것이었다. 아니면 그만두면 되는 것이고 남측은 항상 따라오게 되어 있다. 그들은 거절하지 못 한다. 언론을 얼마든 이용할 수 있고 또한 남측에는 남로당 동지들이 있지 아니한가?

감히 북남대화를 거절한다든가 지연한다든가 하는 반민족적인 행태는 상상도 할 수가 없는 것이었다.

근데 이게 어찐 일인가?

중앙당사 에서는 강 부부장이 코너에 몰려 진땀을 흘리고 있다.

"동무 대체 어찌된 일이요?"

"강성이라거나 호전적인 인물은 아니라고 하지 않았소?"

"그렇습네다."

"그럼 대체 어찌된 일인지 설명을 한 번 해 보시오?"

"전임 대통령이 뜻을 이루지 못한 것에 대한 화풀이 정도이지 신임 대통령의 의중이라고는 생각되지 않습네다."

"동무의 생각에는 그저 일회성 시위고 이제 곧 그칠 것이라는 것이오?"

"그렇습네다."

정 대좌는 아까 악수한 동무의 이름을 생각해 봤다. 분명 들어본 이름이지만 잘 기억은 나지 않는다. 그래도 들어봤다는 것은 적어도 당서열에 이름을 올리고 있다는 것일 것이다. 더구나 사령관이 꼼짝 못하는 것으로 봐서 대단한 서열일 것이다. 그런데 중앙당에서 어떻게 벌써 나올 수가 있었을까? 그렇다면 중앙당에서는 지금의 사태를 예견하고 있었다는 것일까?

그는 일체 말이 없지만 그의 조치 사항으로 봐서 너무 긴장을 고조시키는 것은 피하는 쪽으로 생각하고 있음에 틀림없다. 적의 의도를 다는 알 수 없지만 적이 이렇게 나오는 것은 분명 무언가 의도가 있고 우리가 먼저 나서서 적의 의도에 휘말리는 것을 우려하고 있는 것이다. 결국 무한정 대치하는 길 외엔 다른 방도가 없다는 뜻인가? 공화국 수립이후 적이 먼저 물러가 주길 바라던 때가 있었던가?

"정 동무!"

"네."

"무슨 생각하오?"

"아닙네다."

"말해보시오."

"남조선 동무들이 의도하는 바가 뭔지는 모르나 단단히 반격을 벼르고 있는 이상 이에 대한 빌미를 주지 않는 것이 중앙당의 판단이고 현명한 판단이라고 믿습니다."

"하 그렇게 생각하오? 동해 상황은 어떨 거 같소?"

"동해에서도?"

"그렇소."

"그렇다면 저들은?"

"저들의 의도가 뭐 인거 같소?"

"전혀 모르겠습니다."

"허 허…."

그는 그저 웃기만 한다.

'중앙당에서는 이 사태에 대해 무엇을 얼마나 알고 있는 것일까?'

12억불….

'이런 대단한 돈을 대체 어떻게 준비한 것일까?'

어떤 꼴통이 금융실명제를 만든 이후 돈을 만드는 것보다도 더 어려운 숙제가 돈을 숨기는 것이 되었다. 조그마한 돈의 움직임도 숨길 수가 없게 된 것이다. 그런 와중에도 이 많은 돈을 쥐도 새도 모르게 준비할 수 있다는 것 자체가 참 대단하게만 여겨졌다. 주문을 넣으면서도 머릿속을 맴도는 단어는 오직 하나였다. '미쳤어…' 두말할 것도 없이 정상적인 거래라면 이런 짓을 하지 않는다. 하지만 이것은 정상적인 거래가 아니다. 가장 공격적인… 가장이라기까진 몰라도 최상위 레벨의 공격적인 그러면서도 시장에 영향을 미치지 않고 조용하게 가장 효과적인… 그가 낸 주문들이 시간이 지나면서 하나씩 거래되는 모습을 지켜보면서 마음 한 구석에 씁쓸한 생각이 들었다. 하지만 필요한 작전이라는 것을 안다. 아마도 하루 이틀 사이에 마무리하는 것은 어렵지 않을 것이다. 하지만 작업은 더 신중히 더 천천히 진행해 나가야만 한다. 가격에 영향을 미치지 않으며 또 드러나지 않도록 극도로 조심하지 않으면 안 된다. 비록 전 세계적인 외환시장규모는 일평균 5조 달러를 넘는다고 하지만 원달러 거래는 한계가 있을 수밖에 없었다. 일평균 거래량이 500억불이라면 적다고 할 수는 없으나 적은 양의 거래증가에도 예민하다. 달러당 원환율은 1150원을 조금 넘어서는 선에서 크게 흔들리지 않았다. 어찌 보면 그저 무주공산에 말뚝 박는 것과 다를 바 없었고 말 그대로 봉이 김선달이었다. 달러가 오르면 손해를 보겠지만 원이 오르면 예정된 만큼의 이익을 보게 될 것이었다. 여러 계좌를 통해서 약 150억불 어치의 달러를 팔고 원화를 샀다. 원화로 말하면 17조원이 넘는 금액의 돈을 산 것이다. 물론 투자원금의 12배에 달하는 금액을 빌려서…심장이 터질 것만 같았다. '만에 하나…' 누군가 또 언젠간 비정상적인 외환거래에 대해서 알 수는 있을지도 모른다. 하지만 그 흔적은 누구도 찾을 수 없을 것이고 그 윤곽이 드러날 즈음에는……워낙 조심스럽게 주문을 내다보니 주문을 다 마치는 것에 4일 정도가 소요됐다. 레버리지는 12배가 조금 넘는 선으로 했다. 얼마든지 더 공격적일 수도 있었지만 첫 단추를 꿰는 만큼 신중에 신중을 기해야만 했다. 그의 첫째 작업은 마무리 되었으나 진짜 드라마는 이제가 시작이었다.

공군에는 전술조치선(TAL)이라는 개념이 있다.

DMZ 혹은 NLL선 이북으로 20에서 50KM선에서 중요도에 따라 임의로 설정해 놓은 선으로 북의 전투기들이 이선을 넘으면 우리 전투기들도 긴급 발진하여 만약의 사태를 대비하게 된다. 대비가 없는 상태에서 적의 전투기들이 도발을 하면 속수무책으로 당하기 때문이다. 물론 이러한 개념은 북한에도 있다. 공군력의 열세를 피부로 느끼고 있는 북한의 입장에서는 이러한 개념에 더욱 더 민감할 수밖에 없다. 냉정하게 따지고 본다면 크게 의미가 없을 수도 있다. 이미 북한을 타격할 수 있는 무기들의 사정거리가 어마어마하게 확대되어 충청에서 한반도 전역을 커버할 수 있는 상황에서 이러한 선이 어떠한 의미가 있는가? 하지만 이는 모르는 소리다. 전투기는 반드시 폭격의 기능만은 아니다. 전투기들 간의 전투는 더더욱 그러하고 전쟁에서 가장 중요한 요소 중 하나는 바로 심리적인 요인이다. 적의 전투기가 접근해 오고 있는데 조치를 취하지 않는 상황을 상상할 수 있는가?

육군 자체의 전력이야 해볼 만하지만 해공군에 있어서는 남조선과 비교가 될 수 없다는 것은 공공연한 사실이고 군인이라면 특히 작전 분야에 있는 군인이라면 모를 수가 없는 엄연한 사실이다. NLL의 해군대치사항을 찡그리며 노려보고 있던 오 소장은 이제야 마음을 좀 가다듬고 생각해 볼 수 있는 여유를 찾았다. 최전방서 작전분야에만 있다가 무력부 상황실에 부임한지 얼마 안 돼 이제야 좀 업무를 익힐 만하니 이런 사태가 터져 버렸다. 북에서의 소장은 별이 하나이다. 그래도 북이나 남이나 대좌와 별의 차이는 다같이 말 그대로 하늘과 땅 차이로 처우가 다른 여러 항목들을 떠나 계급 하나 불러주는 것으로 모든 설명이 끝난다.

특히 선군을 지향하는 북에서의 장군의 위치는 남과도 비교할 바가 못 되는 가문의 영광이 아닐 수 없고 그 자신 스스로도 매우 자랑스럽게 여기고 있었다. 작전분야 그것도 육군의 업무에만 종사해오던 그가 진급과 동시에 맡은 업무는 작전과 정보를 총괄하고 또 육해공군의 업무를 총괄하는 매우 낯설고 익숙치 않은 업무였기에 업무파악에 유난히 많은 노력과 열정을 기울였고 그 가문의 영광을 안고 지난주에야 비로소 고향에 다녀올 수가 있었다.

홀로 계신 어머니는 물론이고 멀리 친척들까지 모여서 축하해 주었을 뿐 아니라 시당책임자가 열성당원동무들과 함께 찾아와 축하해 주었다. 어머니가 눈물을 흘리며 기뻐하며 돌아가신 아버지 묘소에 절하던 감동이 아직도 생생한데 평양에 돌아오기가 무섭게 또 다시 전혀 낯선 상황과 마주하게 된 것이다.

의도를 파악해야만 한다. 무력부장 동지께 보고할 내용이 필요하다. 하지만 그 어디에서도 이렇다 할만한 보고는 없다. 오히려 상황실의 동무들은 남조선의 도발에 대해서 분개만 하며 어서 속히 깨부수자는 감정풀이에만 매달려 서로서로 위안을 삼을 뿐 전혀 도움이 안 되는 존재들이다. 차라리 그와 오랜 기간 손을 맞췄던 전방의 작전실 동지들을 데려왔다면 금방 훈련을 시킬 수도 있었을 것이라고 자위해 보기도 했다.

그러던 중 갑자기 남측 제11전투비행단 소속의 F15기 20대가 대구에서 이륙하더니 바로 정북 방면으로 북진하여 전술조치선(TAL)을 넘었다. 이에 상황실 요원 모두는 혼비백산하여 전군 전투경비태세에 들어갔다. 평양 방어의 임무를 맡고 있는 평안남도 순천의 전투기들을 가장 먼저 긴급 발진시켰고 요격임무를 가진 MIG-23,29 SU-25등 기동 가능한 모든 전투기들을 발진시켰다. 군사분계선 직전까지 접근한 F15들은 갑자기 선회하여 아무 일 없다는 듯이 대구로 되돌아 갔다.

이게 대체 뭐고 어떻게 된 일인가?

무력부장동지를 비롯한 장군들이 우르르 몰려 내려와 상황을 보고받았다. 해군에서 벌어지던 노골적인 군사도발을 드디어 공군으로 확대한 것이다. 해군과 마찬가지로 공군에서도 역시 남측이 이토록 노골적으로 도발을 감행한 일은 없었던 것이다. 분명코 이것은 우발적인 혹은 일시적이거나 즉흥적인 사건이 아니다.

그런데 왜 하필 지금?

그것도 해군에 이어 공군까지 동시다발적으로?

대구공항의 착륙을 확인하며 안도하는가 싶더니 이번에는 서산의 제20전투비행단 소속 F16 30여대가 똑같은 형태로 정북방면으로 최고속도로 접근했다. 대응 출격했다가 돌아온 전투기들을 다시금 부랴부랴 띄울 수밖에 없었다. 사실 대응 강도를 조절했어도 가능했을 지도 모른다. 하지만 그때만 해도 처음 겪는 일이고 남조선의 전투기들이 떼 지어 전술조치선을 넘는데 대응 않고 눈뜨고 지켜본다는 것은 상상할 수도 없는 일이다. 이런 형태의 군사도발이 오랜 기간 지속되리라고는 누구도 예상할 수 없었을 뿐 아니라 날이 갈수록 강도를 높이리라는 것을 당시에 상상이나 할 수 있었겠는가?

국방위에서는 즉각 준전시 상태를 선포했다. 휴전 이래 4번밖에 발령하지 않은 최고도의 비상사태였다. 남측의 비상계엄에 해당하지만 통제정도는 훨씬 더 강하다. 이보다 더한 조치가 있었다면 그것이라도 서슴치 않았을 것이다. 하지만 전쟁선포가 아닌 다음에는 이것이 최선이다. 물론 전쟁선포를 할 수는 있을지 모르나 실효성이 거의 없다는 것은 몇번의 사용으로 이미 검증된 바 있다. 방법이 있다면 실제 전쟁의 개시밖에는 없을 것이다. 하지만 이번에는 아직 준비가 되지 않은 쪽은 북이다.

북측은 공격하고 남측은 방어한다. 공격자 측은 항상 적극적이고 능동적이며 수비하는 측은 수동적이고 피동적일 수밖에 없다. 아무리 철벽수비를 말하더라도 허점은 있을 수밖에 없다. 그 허점을 공격하면 그에 대한 방어책을 마련하고 다시 새로운 공격 루트를 찾는다. 물론 공격은 공격 자체가 목적은 아니다. 여러 형태의 정치 경제적인 필요와 목적이 따른다. 그리고 대부분의 경우 쟁취 가능한 것들이었다. 반면 지금의 상황은 전과는 전혀 다르다. 그들은 항상 주도권을 쥐어 왔다. 지금까지의 모든 준전시 상태 선포가 그러하였고 미군과의 복잡한 구도가 있기는 했었지만 위대하신 수령 동지의 영도 이래 주도권을 놓아 본 일은 없었다. 하지만 지금의 준전시는 상황이 다르다. 상황이 달라도 아주 다르다. 우리는 아무런 준비 없는 상태에서 발을 들여 놓았고 피동적으로 상황에 끌려가고 있다. 그리고 이 끝이 어딘지는 아무도 모른다. 처음 시작부터 일시적이고 즉흥적인 작전이 아니라는 것은 직감할 수가 있었다. 하지만 이러한 혹한기에 연말이 다되도록 작전을 이어가리라고는 누구도 생각지 못했다. 날이 갈수록 병사들의 피로도와 불만은 극에 달했지만 남측의 도발에 대응하지 않을 수 없다는 것을 모르는 사람은 없었다. 연료가 모자라 내부적으로는 비명을 지르고 있지만 정말 비상용으로 비축한 모든 연료를 사용할 수밖에 달리 방법이 없음을 지도자 동지가 깨닫는 데까지는 시간이 걸렸다. 선거 때 긴장을 조성하려는 그들의 시도가 무모했다고 지적하는 사람은 물론 없었다.

'국가급 기동훈련만 없었더라도 아니 소티 수를 조금만 조정했더라도….'

그들의 도박은 실패로 끝났지만 그 결과는 모두가 받아들여야만 한다. 도박에 올인을 했다고 지적한 인물도 없었고 지적할 분위기도 아니었지만 적어도 지금이야말로 개국 이래 최대의 비상사태이고 그 비상을 위해 비축한 연료를 사용해야할 때가 바로 지금이라는 것 정도는 알아야 하지 않는가? 비상사태를 대비한 그 비상이 바로 지금이라는 것을 깨닫는 것이 그리 어려운 일인가?

그나마 공군은 사정이 좀 낫다. 정말 최악의 상황에서는 어쩔 수 없이 대응 전투기의 수를 줄일 수도 있고 물론 곧 이런 사태가 닥칠 것이고 누구보다 적이 먼저 이 상황을 알아차릴 것이지만 해군은 대응한 함정들이 사태가 길어짐으로 연료가 없어 표류하기 일보직전이라 회항을 강력히 요구하고 있는 상황인 것이다. 연료가 없어 작전을 못하고 회항해야 하다니 너무도 한심한 일이지만 익히 예견되었던 사태이기도 했다.

21억달러….

어느 새 추가로 입금된 금액이었고 더군다나 이는 더 높은 레버리지를 요구하고 있었다.

'김경수', 이 인간이 아무래도 미친 것이다. 비록 원작은 그의 극본이었지만 이 정도까지 판을 키우리라고는 또 그것이 정말 가능하리라고는 누가 생각이나 했겠는가? 더 많은 금액에 더 높은 레버리지를 요구당하고 있었지만 거래는 5일밖에 걸리지 않았다. 신속함까지 요구받고 있었기에….

오퍼에 충실했는지는 몰라도 개략 20배에 가까운 400억 달러를 팔았고 원화로 따진다면 46조에 이르는 돈이었고 지난 주 주문까지 합치면 63조에 이르렀다.

실물거래라면 당연히 불가능했으리라. '만약에'라는 단어가 떠오르긴 하지만 그래도 오히려 지난주보다 마음은 편했다. 이제 내가 할 수 있는 일은 별로 없었기 때문이다. 말 그대로 주사위는 던져진 것이다. 주문내역과 체결현황은 서울에서도 다 보고 있을 터였다.

'그들은 과연 밥 잘 먹고 잠을 편히 자고 있을까?'

쓸데없는 사실이 갑자기 궁금해졌다.

무력부 상황실의 특권 중 하나라면 무력부 내의 어느 정보부서에서 생산된 정보이든지 다 보고를 받을 수 있다는 것이었다. 비밀취급인가의 최고등급일 뿐 아니라 필요한 협조도 계통을 통해서 요청할 수가 있었다. 물론 이는 특권만이 아니라 엄청난 부담으로 작용하기도 한다. 그리고 머지않아 그의 부임 이래 가장 중요하고 긴박한 정보보고가 한 장 날라 왔다.

부산에 정박했던 미제의 핵잠수함 컬럼버스호가 부산항을 출항하였으나 행선지가 불상이라는 정보와 함께 남조선 해군 작전사령부의 9전단 95전대 소속의 214급 잠수함들이 진해에서 모두 사라졌다는 정보보고가 동시에 올라온 것이다. 그는 즉시 상부에 보고함과 동시에 각급 대남 공작부서에 협조 공문을 날렸다. 어찌해서든 이들의 행선지를 찾아야만 한다. 수단과 방법을 가리지 말고 조직을 총동원해야 하고 이보다 더 시급한 과업은 없는 최우선 순위의 과업인 것이다.

이들은 대체 어디로 갔으며 이들이 한 번에 사라졌다는 것은 무엇을 뜻하는가? 그리고 더 중요하고 심각한 질문 '과연 무엇을 위해서?'

남측에 배치된 주한 미군의 F-16은 약 40여 대로 알려져 있다. 그러나 어제 오늘 미 본토에서 대수 불상의 F-16들이 오산 및 군산 기지에 도착했다는 첩보들이 계속해서 들어오더니 오늘 급기야 엄청난 소티 수를 기록하며 수십백대가 하루 종일 이착륙을 계속했다. 미군의 전투기는 남측의 전투기와는 차원이 다르다. 같은 기종이라 하더라도 또 똑같은 짓을 하더라도 남측의 전투기가 할 수 있는 일들은 매우 제한되어 있을 것이다. 물론 최근의 행태가 매우 수상한 것이기는 하나 그래도 최소한 지금까지 남측이 먼저 공격한 예는 없었다. 또 그럴 수도 없을 것이다. 우리의 믿을 만한 동지들이 많이 있으니 적어도 지금까지는 그랬다. 하지만 미군은 이야기가 다르다. 이들은 무슨 짓을 할는지 알 수가 없다. 전 세계적으로 또 역사적으로 이들은 무수히 많은 도발과 공격을 감행하였고 또 우리에게 대해서도 불순한 언동을 금한 예가 없었다. 더구나 이들 F-16은 북의 방공망을 타격하는 것을 주임무로 하는 것으로서 선제공격의 명백한 징후가 아닐 수 없는 것이고 이는 남조선의 수상한 움직임과 맞물려 너무나도 중대한 사태가 아닐 수 없었다.

드디어 올 것이 온 것인가?

누구도 말을 꺼내지는 않지만 가정할 수 있는 최악의 상황은 무엇이겠는가?

이에 비해 남측의 신구 양 대통령은 마치 연기라도 하듯이 너무도 태연하게 모른 척 하고 있다. 기자가 물어도 야당에서 물어도 그저 웃으며 그게 뭐냐는 식으로 넘어가고 만다. 국회차원에서 보다 확고하게 진상을 파악해야 한다고도 했지만 대선이 끝나고의 양상은 힘이 떨어질 수밖에 없었고 누구도 그들의 말에 귀 기울여 주지 않았다. 대선 패배 후에는 전열을 가다듬을 지도자도 없었거니와 자칫 패배를 인정치 않는다든가 거기까진 아니더라도 뒤끝으로 내비쳐진다면 좋을 것이 하나도 없을 것이고 무엇보다도 나설 사람이 없었다. 일부 언론에서만 끝없이 문제제기를 해댔으나 모두가 부인하거나 외면하는 한 그저 메아리에 그칠 뿐이었다.

선거가 끝난 다음다음날부터 내리 계속된 남측의 도발은 열흘이 넘게 계속되더니 연말연시에도 그칠 줄을 모른다.

저들은 양심도 없는가?

가정도 없고 인륜도 모르는 무리들인가?

성원들의 성토 분위기는 고조되어 가지만 대책이 될 수 없다는 것은 알 만한 사람 아는 사실이다. 그래서 군의 모든 불만과 원성은 당의 대남요원에게로 타깃이 옮겨갔다.

대체 무엇을 하는 동무들인가?

대책은 둘째 치고 이러한 사태를 예상조차 하지 못했다. 아니 벌어진 사태의 진상조차도 모르고 있다. 조속히 북남간의 토론이라도 시작하라고 요청한지가 얼마인데 뭐이 어드렇게 되가고 있는 것인가?

그토록 대화에 목을 매던 남조선 동무들을 데리고 지금 뭐하자는 건가?

그들과 마주앉아 토론을 한다면 군부의 누구라도 대남일꾼들을 반 죽여 놓을 수가 있을 것이지만 사실 이는 이치에 맞지 않는다. 북한의 권력구조 안에서 강온 혹은 비둘기 매파를 구분하는 것은 의미가 없다는 분석에 동의를 하지만 그래도 생리상 대화의 틀 안에서 실리를 구해야 하는 집단이 있는가 하면 긴장이 고조될수록 입지가 강화되고 이득을 보는 집단이 있다. 군부가 대화를 좋아하지 않는 것은 바로 그런 이유였다. 적당히 뒤로 물러설 때가 없었던 것은 아니지만 그것은 어디까지나 전술상의 이유였고 대화 분위기가 조성되는 것을 생리상 환영할 수가 없는 구조였다. 하지만 이제는 이야기가 다르다. 긴장을 고조시킨다는 의미가 그를 통해서 당내외적으로 그리고 국내외적으로 이해관계의 증대가 필요할 때 그렇다는 뜻이지 정말로 전쟁을 하자는 뜻은 결코 아니다. 전쟁을 가장 많이 이용하고 준비하고 그것이 힘인 집단이지만 역설적으로 가장 전쟁을 두려워하고 잃을 것이 많고 북남간의 경제 군사적 인 현실을 가장 정확하게 꿰뚫어 보고 있는 집단 역시 군부임에 틀림없었다. 그리고 지금은 누가 보더라도 대화를 시작해야할 때이지 긴장을 고조시켜서는 결코 안 되는 시기이다. 그리고 대화에 애타게 매달리는 남조선 동지들의 애원에 최대한 거드름을 피우며 마지못한 척 나가 요구사항만 내놓으면 되는 시점이었다. 최근 몇 년간 이러한 구도가 이상적으로 운영되었다는 뜻은 아니지만 그래도 기본적인 구도는 변하지 않았다. 모든 헤게모니는 북이 쥐고 있었고 남은 그저 종속변수였고 남과 미제국주의 사이에서 적당히 줄을 타는 데에 그들보다 능숙한 사람들은 역사상 없었다. 하지만 이 구도가 변화하는 한 가운데에서 모든 책임을 떠맡은 일꾼의 심정은 가시방석이라는 표현은 반의반도 대변을 못하는 표현일 뿐이다. 이현수 통일전선부 부부장의 어깨를 짓누르는 책임감의 무게는 그가 감당할 수 있는 한계를 조금씩 벗어나고 있었다. 당대회에서 지도자동지를 앞에 두고 군부가 그의 무능과 무책임 그리고 무사안일을 추궁할 때의 심정이란 그러면서도 아무런 대책이 없는 현실을 생각하면 정말이지 제발 누군가로 자신의 자리를 대체해 주기만을 간절히 바랄 뿐이다. 하지만 그러한 바람이 얼마나 사치스러운 것인가는 자신도 잘 알고 있었다. 모두가 자신을 밀어붙일 때에는 차라리 자결이라도 하고 싶다. 하지만 지금의 엄중한 현실은 자결마저도 사치다. 적어도 공화국에서는 그렇다. 자신을 따르는 많은 요원들과 가족들의 운명을 위태롭게 하는 짓은 할 수가 없다. 어찌해서든 살아남아야만 하는 절박한 상황에 몰려있는 것이다.

현역의원의 분신자살이라는 초유의 사태를 맞이하여 정계는 발칵 뒤집혔다는 표현으로는 부족한 사태를 맞이하게 되었다. 그러지 않아도 대권을 뺏기고 주도권마저 빼앗긴 채 닭 쫒넌 개 신세인 야당입장에서는 주도권을 만회할 좋은 기회를 얻었다. 이 모든 사태는 공안 탄압의 결과물이고 현역의원을 고문하는 역사상 유래가 없는 파쇼의 행태에 책임자들은 모두 각오해야만 할 것이었다. 너무도 당연하겠지만 실제 고문여부는 하나도 중요하지 않다. 아주 좋은 재료라는 것만으로 모든 게 충분했다. 하지만 야당입장에서는 시기가 좋지 않았다. 대선이 끝나고 시국이 어수선했을 뿐 아니라 책임이 분명치 않았다. 퇴임하는 대통령에게 책임을 물어 무엇하랴? 하지만 신임 대통령에게 책임을 묻는다는 것은 무엇으로 봐도 무리가 있었다. 더구나 이들은 허 의원의 거룩한 죽음을 비웃기라도 하듯 허 의원의 사망 날 한미군사합동훈련의 모든 일정들에 대해서 합의를 마쳤다.

금융통화위원회는 매달 둘째와 넷째 주 목요일에 열린다. 하지만 이번의 금통위가 의미가 있는 것은 정권이 바뀌고 처음 열리는 회의라는 것이다. 인터넷 매체들에서는 금리동결을 점치고 분위기가 우세했다. 강한 금리인하의 압력에도 불구하고 말이다. 몇몇 매체는 금리인하시 전개될 금융장세에 대해서 소개하기도 하고, 두말할 것도 없이 금융장세에선 은행주와 건설주라고 하며 추천종목까지 올려놓았다. 또 몇몇의 점잖은 언론들은 새 정권의 기업신규투자와 일자리 창출을 위해 급격하지 않은 금리인하를 예견했다. 예견했다기보다는 금리인하가 바람직하고 또 요구됐다는 표현이 맞을 런지도 모르겠다. 이에는 그제 발표된 피치의 한국 국가신용등급상승과도 관련이 있다. 갑작스럽다는 언론보도에도 사실상 한국의 국가신용등급 상향은 당연한 것이었다. 무엇보다도 기업들의 실적이 좋았다. 피치가 앞장서기는 했지만 다른 평가사들이 뒤따르리라는 것은 의심의 여지가 없었다. 전망까지도 긍정적이라는 것은 조금 후에 아마도 2년 내에는 다시 상향할 가능성을 보여준 것이다. 신흥국들의 경제위기에도 불구하고 안정적인 회복을 보이고 있는 한국으로의 외국인 투자가 급격히 늘 것을 대비하고 환율을 적정하게 유지하려면 선제적 금리인하가 유효하다는 전문가의 의견이 항상 인용됐다. 금리를 올리면 일반적으로 예금을 선호하게 되어 주식과 실물경기에 악영향을 미친다고 경제원론에 쓰여 있다. 하지만 현실은 반대다. 현실세계에는 국경을 넘나드는 수많은 트레이더들이 있기 때문이다. 이들은 더 높은 수익을 위해 수많은 돈을 움직인다. 조금이라도 더 높은 수익률을 위해서 말이다. 그리고 이러한 가상의 거래는 상상할 수도 없는 큰 규모로 거래될 뿐 아니라 이러한 가상의 거래가 실물거래를 뒤흔드는 비정상적인 현실이 많은 경제위기의 배후로 지목받았으나 이에 대한 순기능 역시 무시할 수 없어 손을 대지 못했고 갈수록 그 규모는 커져서 외환시장 규모만으로 전 세계적으로는 하루 평균 5조4천억 불이 거래되고 국내에서만 일평균 500억불에 이르는 거래가 이루어지고 있다. 당연히 실제로 현금이 오간다면 이러한 거래는 불가할 것이다.

이는 오직 서류와 전산 상으로만 오갈 뿐이며 이러한 거래의 가장 큰 특징 중 하나는 레버리지를 끝없이 높일 수 있다는 것이다.보증금이 단 1% 혹은 2%만을 요구하는 상품도 월스트리트에는 수도 없이 많다.

즉 1억불 혹은 2억불만을 가지고 100억불의 투자가 가능한 것이다.

두말할 것도 없이 이는 어마어마한 리스크를 안고 있겠지만 투자란 본래 그런 거 아닌가?

한국은 한번도 환율조작국으로 지목된 일이 없다. 하지만 누구도 한국과 한국정부가 환율에 신경을 쓰고 있다는 것을 모르지 않는다. 수출이 한국경제를 이끌고 세계에 유래가 없는 발전과 기적을 안겨준 이래 그리고 외환위기의 고환율이 얼마나 나쁜 것인지를 몸으로 처절히깨달은 이래 환율이 정부경제정책에 중요한 부분임을 모르는 사람은 없다. 더구나 차기정부가 누구보다도 친기업적이라고 믿는 많은 사람들에게 이번 조치는 너무나도 충격적인 것이었다. 물론 작년 무역수지는 유례없는 대 기록을 수립했다. 작년 대비 흑자 증가율도 그러했지만 GNP 대비 무역 수지 흑자액은 중국 독일과 함께 세계 탑이었다. 그로 인해 환율에 대한 압력이 매우 강해지고 있는 것도 사실이었고 특히 미국과 같은 만년 적자국이 그 중심에 있었다. 한결같은 압력에도 불구하고 원화가 버틸 수 있었던 것은 외환당국의 눈물 어린 노력 덕분이었다.

물론 신용등급과 금리인상만으로 환율이 요동치는 것은 아니다. 적어도 장기적으로는 모든 경제요소들이 복합적인 요인을 이루어 정상적인 통화가치의 균형을 맞추어 갈 것이다. 장기적으로는 말이다. 하지만 시장가격이라는 것은 반드시 그렇게 이성적으로 형성 되는 것은 아니다. 일정한 소재 그중에도 충격적인 소재에 대해서는 시장참여자들의 심리 특히 공포나 두려움, 당황 초조 등의 비정상적인 심리가 반영되는 경우가 많은데 시장가격이라는 것이 인간들이 형성해 가는 것이고 특히 이러한 비정상적인 요인들이 반영되는 단기적인 상황에서는 아주 비정상적인 가격을 형성하는 경우가 많이 있고 이때는 어쩌면 비정상적인 가격이 정상이라고 해야 할지도 모른다.

이러한 비정상적인 상황은 그 해의 마지막 금통위인 12월 넷째주 목요일에 일어났다.

연말연시에 한해를 마무리하며 더구나 새 정권을 앞두고 금리를 바꾼 예는 이제껏 없었다.

더 충격적인 것은 시장의 예상을 깨고 금리를 인상한 것이었고 진짜로 충격적인 것은 그 금리의 인상폭이었다.

나름대로 안정된 경제상황을 반영하듯 금리는 26개월간 2.5%에서 변동하지 않았다. 그런데 느닷없이 금번에 기준 금리를 2.5%에서 3.75%로 1.25%포인트나 인상을 한 것이다.

언론도 놀랐고 기업도 놀랐고 국민도 놀랐다.

그리고 정부는 더 놀랐다.

하나같은 반응은 도저히 이해할 수 없다는 것이었다. 금리인상의 요인이 무엇이고 목표가 무엇인지에 대한 의문과 비난이 각처에서 쏟아졌다. 수출중심의 경제정책 파라다임 자체가 변화하는 것이라는 분석도 나왔다. 당연히 무역 상대국인 미국과 중국, 그리고 특히 일본에서는 이러한 조치를 내심 반겼다. 일부 경쟁기업들은 대놓고는 환영을 하기도 했다. 한국이 환율조작국은 아니지만 일정 환율관리가 경제운영의 필수요소이고 한국의 비약적 발전과 수출정책 성공의 이면에 환율관리가 있다는 것을 모르는 경제주체는 없다. 이런저런 많은 해설들이 쏟아지는 와중에 환율시장은 현실로 모든 것을 대변해주고 있었다. 원의 가치는 끝도 없이 치솟고 있었고 그 치솟는 속도의 면에 있어서 보도를 할 때는 신기록이라는 단어를 빼고는 설명할 수가 없었다. 1150원선을 오랜 기간 유지하던 원달러 환율은 한순간에 1000원이 무너지고 말았다. 물론 지금의 충격적인 금리인상이나 이틀 전의 신용등급 향상이 환율결정의 절대요소는 아니다. 아니 오히려 더 그러기에 결정적으로 원화 가치 폭등을 불러왔는지도 모른다. 그는 다름 아닌 외환당국의 정책기조의 변화였다. 그 실질적이고 직접적인 조치는 무엇보다도 금융당국의 움직임이고 특히 외환담당자들과 외환보유고의 운용방안이 금융기관의 방향성을 제시할 것이다. 결코 용인하지 않았고 또 용인할 수 없었던 원화가

치 폭등을 그들은 가만히 보고만 있었다. 어쩌면 그 단계를 넘었을지도 모른다. 적어도 시장참여자들 만큼은 지금의 원절상이 당국의 방조를 넘어 비호되거나 교묘히 조장되고 있는 냄새를 맡을 수 있었다. 사실 금융당국 누구도 원고를 용인하겠다는 이야기를 꺼내지 않았다.

오히려 우리의 수출 주요 경쟁국들의 환율하락은 매우 우려스러운 일이고 적극적으로 대처할 것이라고 까지 했다. 하지만 현실은 정반대였다. 원달러 혹은 원엔 환율 추이를 보면 확연히 드러나고 누구에게서 나온 물량인지 외환시장참여자 중에 모르는 사람은 없었다. 이해할 수 없고 미치기까지 했지만 시장을 따라가야지 달리 방법은 없다. 최소한 당분간은 적어도 원화에 대해서만큼은 엔과 달러는 끝없이 떨어질 것이다. 어찌 보면 이는 일본과 미국 정부가 각기 엔과 달러를 무제한 공급하면서 너무도 당연한 결과로서 지금까지 원화에 대해서 버텨왔던 것은 결코 정상이 아니었다. 물론 그 이면에는 적정 환율을 유지해 수출업체와 한국경제를 보호하려는 외환당국의 노력 때문이었지만 막상 이 보호막을 벗고 나면 그 결과는 상상 이상이었다. 지금까지 버텨 왔던 용수철이 한꺼번에 치솟아 버리고만 것이다. 더구나 경제를 살리기 위해 어마어마하게 풀어 왔던 달러들과 엔약세를 위해 끊임없이 풀어 왔던 엔화가 갈 곳이 어디에 있겠는가?

누구보다 안정적이며 견실한 경제지표를 나타내면서도 프리미엄 금리까지 선사하는 대한민국을 놔두고 말이다. 환율은 1000원을 뚫고 곧 900원마저도 뚫을 기세였다. 이는 즉시 적정 환율에 대한 전 국민적인 논란을 가져왔다. 모든 언론들이 이 논쟁에 뛰어들었다. 그리고 적정 환율은 3공화국 때 보다 약간 낮은 달러당 500원이라고 주장하는 전도유망한 학자들이 많이 나타났다. KDI 같은 관변 연구소는 600원 정도를 제시하는 반면 그룹의 경제연구소에서는 700원에서 400원에 이르기까지 다양했다. 두말할 것 없이 낮은 환율전망의 제시는 원유가에 가장 민감한 그룹사의 몫이었다. 정유나 운송 항공의 비중이 압도적으로 높은 회사들이 그들이었고 그들의 소망을 담아 환율전망을 제시할 기회를 얻은 것이었다.하지만 현실은 현실일 뿐이다. 기업 스스로도 그것이 소망일뿐임은 누구보다 잘 알고 있었다. 그는 1000원이 뚫리면서 부터 포지션을 정리하기 시작했다. 당연히 정리를 시작한 그 시점이 적정환율 논쟁이 불붙은 그 시점이었고 포지션 정리가 끝날 때까지도 그 논쟁은 끝나지 않았다. 86억 달러에 우수리들…. 그는 원금 33억불을 송금하고 남은 수익정산금액을 한동안 넋을 잃고 쳐다보았다. 그의 극본, 그의 연출, 그가 주연한 완벽한 그의 작품이었다. 사실 보고서를 가지고 김경수와 함께 각하 아니 아직 각하가 되기 직전의 그의 방을 두드리던 시점부터 그는 정말 자신이 있었고 또한 확신했다. 하지만 그것이 현실이 되었을 때의 감회는 또 다른 것이었다. 이토록 뼈가 떨리고 살이 오그라드는 작전을 김경수는 대체 무엇을 믿고 그토록 나섰으며 전폭적인 지지와 지원을 했고 큰 책임을 떠안으며 자금까지 다 모은 것일까?

머릿속의 작전은 얼마든지 있을 수 있지만 그것이 실행되기까지의 과정은 험난하다. 대부분의 것들은 머릿속에서 사장되고 만다는 생각에 김경수에게 전화라도 걸어 함께 축하를 나누고 싶었으나 그럴 수도 없고 그래서도 안 된다는 것 또한 잘 알고 있다. 진정으로 가슴 벅찬 승리의 산물이었지만 오래 감상할 시간은 없었다. 비록 불법은 없었지만 큰 돈이 돌아다니는 것은 보통 문제가 아니었다. 나중에 언젠가 누군가가 추적을 한다면 좋을 것이 하나도 없을 것이다. 아무도 모르면 모를수록 좋을 것이다. 가능한대로 잘게 쪼개서 미리 준비된 각국의 계좌로 송금을 하는 데에만도 하루를 온통 소비해야만 했다. 이름도 뜻도 모를 수많은 이름의 페이퍼 컴퍼니들. 그리고 주로 조세회피국이라 알려진 거의 가보지 못한 수많은 나라들에 산재한 듣도 보도 못한 은행의 계좌들…. 조세회피는 중요한 문제가 아니었다. 익명성, 비밀유지가 최대의 관건이었다. 이렇게 송금된자금들은 다시 절차를 거쳐 산마리노와 같은 국가에 산재한 자금세탁전문은행들의 솜씨를 다시 한 번 요구받게 될 것이다. 물론 많은 곳들 중에 홍콩만은 철저하게 피했다. 사실 홍콩이면 좋았을 것이다. 워낙 시설과 여건이 좋았고 무엇보다 익숙한 곳이었지만 거기만은 안 된다는 것을 그도 알고 있었다.

대통령의 신년사는 지난 5년간의 재임기간을 되돌아보는 것으로 크게 의미는 없었다. 모든 관심이 신임 대통령에게 있다면 현 대통령의 취재는 거의 형식적이고 예의상의 것일 수밖에 없었다. 그냥 예의에 맞는 질문과 답변만이 의미 없이 오갈 것이었다. 그의 신년사 마지막에 잠시 언급한 금년도의 키리졸브 훈련은 취임하는 대통령의 부담을 덜어주기 위해 평소보다 조금 앞당겨 실시한다는 발표도 아무런 주목의 대상이 아니었고 어쩌면 당연하기까지 한 결정이었다. 일부 이야기가 있었던 것 같이 새 정부의 부담을 덜어 주기 위해 1월말부터 보름간 실시되는 이번 키리졸브 훈련은 평소의 규모로 평소와 같이 치러진다고 한다.

적어도 남측에서는 조금도 관심을 받지 못한 소식이었다.

하지만 북한에서 받아들이는 것은 다를 수밖에 없었다. 군부는 물론이고 대남 담당자들은 실로 이 소식에 경악을 금치 못했다. 혹한의 동절기 훈련이 문제가 아니다. 연료의 바닥도 문제지만 지금 중요한 것은 그것도 아니다. 연말 내내 계속된 남측군사훈련을 빙자한 도발의 의도가 너무나도 미심쩍은 가운데 미군까지 가세한다면 이들이 의도하는 것은 무엇이겠는가? 더구나 그들이 그토록 매달리는 북남대화마저 아주 교묘히 거절을 해오고 있다. 지금까지의 관례로 미루어 이는 참을 수 없는 치욕의 단계를 이미 넘어선 것이었으나 더 큰 문제는 그 정도로 끝날 거 같지 않다는 데에 있었다.

대체 어디까지 가겠다는 것이며 무엇을 노리는가?

대체 무엇을 하겠다는 것인가?

저들이 노리는 것이 설마?

그토록 호된 추궁을 몇 번 당해보고 나서는 체면이나 자존심 혹은 적절한 타이밍 같은 단어들은 떠오르지 조차도 않는 법이다. 이부부장은 즉시로 핫라인을 돌렸다. 심정 같아서는 당장이라도 그 자신이 수화기를 들고 싶었지만 아무리 그래도 그럴 수는 없는 일이다. 그나마 작년의 합의에서 국장급으로 대화채널을 격상시킨 것이 다행이라는 생각이 들었다. 마지못해 합의를 해주었지만 얼마나 잘한 일인가? 부부장은 수화기 옆에서 자리를 떠나지 못했다.

남측 담당자들이 수화기를 드는 시간이 점점 길어지고 있더니 얼마 전부터는 아예 통화가 안 되는 일까지 발생했다. 자존심 상한 담당국장이 수화기를 집어 던졌으나 이제는 그럴 여유마저도 없어져 버렸고 국장 역시 분위기를 모르지 않았다.

아주 오랜 기간 애간장을 태우며 신호음이 울리더니 신호음이 그쳤다

"안녕하십네까?"

"네 안녕하세요?"

너무도 친절한 목소리에 긴장이 누그러졌다.

"지난 번 대화제의에 연락이 없어…."

"그건 좀 어렵다고 말씀 드렸잖습니까?"

"새로운 정권이 들어서는 것은 잘 알고 있으나 지금 정부와도 긴밀히 토론하고…."

"저희가 별로 할 이야기가 없어서요. 다음 정부 들어서면 다 바뀔 텐데 서두를 이유가 뭐 있습니까?"

"남북현안의 시급성에 비추어 일부러 연내로 잡은 것인데 성사 못 할 특별한 사유가 있습네까?"

"그런 건 알거 없고 우리 입장에서는 좀 그러니 영 급한 사유가 있으면 회담의제를 적시해 보내주세요."

오 국장의 피가 거꾸로 솟는 것은 사무실 안의 모두가 알 수 있었다. 그래도 인내력을 발휘해야만 한다. 조국과 지도자 동지를 위해서….

"의제에 얽매일 것이 아니라 당면한 현안문제 전반에 대해서."

"알았고 연내는 아예 불가하니 꼭 서두르시겠다면 날을 다시 충분히 잡으셔서 보내주세요."

"그게 아니고 보다 조속한 시일 내에…."

"의제가 뭡니까?"

올라오는 열을 다스리다 보니 말이 나오질 않는다.

진정시키려 애쓰는 오 국장을 남측에서 다시 한 번 긁었다.

"의제가 있어야 보고를 하잖습니까?"

"시국현황 전반에 대해서…."

"무슨 시국 말하는 겁니까?"

"현재 당면한 문제들 있잖습네까?"

"내정 간섭이라도 하겠단 것이오?"

오 국장의 인내력이 이미 한계를 넘었지만 그는 초인적인 능력을 발휘하고 있었다.

"그게 아니라 호상간에 토론을 통해서…."

"그걸 왜 당신들과 토론을 하자는 겁니까?"
"뭐이 어드레?"
딸깍.
"이보라우! 이보라우!"

금통위의 독립성과 중립성 보장 이슈는 야당의 끊임없는 레파토리 중에 하나였다. 하지만 사안이 사안이니 만큼 국정조사 이야기가 나오지 않을 수 없었고 충분히 이해할 수 있는 상황이었다. 문제는 야당 대표가 청와대를 다녀온 후 잔뜩 움츠려 있었다는 사실이다. 대표를 떠나 야당의원으로서의 자질에 문제가 있음을 분명하게 보여주는 예일 것이다. 가장 치명적인 자질문제, 그에게는 다른 동료들에게는 없는 양심이라는 것이 있었다. 다른 동료들이라면 더욱 더 날뛰며 공안탄압을 부르짖었을 텐데 그는 그러지 않았다. 물론 다른 이들은 모른다. 그러면서도 사태를 잠재울 수 있었던 것은 며칠 후면 새로운 대통령이 취임하니 그를 상대로 싸우는 것이 훨씬 효과적인 방법이라는 현실인식 때문일 것이다.

송금을 완료하고 계좌는 거의 비었지만 흔적을 완전히 없애기 위해서는 증권사를 한번 더 직접 방문해야만 했다. 이는 계좌를 개설할 때부터의 계약조건이었고 이 증권사는 제법 깨끗하게 일을 처리하는 것으로 정평이 나 있었지만 흔적조차도 지우기 위해서는 계좌의 자취를 날려야만 했다. 그들의 정평은 좋은 것이지만 과연 그들이 개점 이래 이만한 규모의 자금을 거래해 본 일이 있었을까?

아마도 없었을 것이고 앞으로도 거의 없을 것이다. 지점장의 거래폐쇄를 요구받은 직원의 표정과 달려온 지점장의 벌어진 입을 보아 그의 추정이 확실할 것이라고 생각해 보았다. 당연히 그들의 수수료 역시 전무후무한 기록일 것이다. 대강 알기는 했지만 그는 계산하고 싶지 않았고 알 필요도 없었다. 거래한 것이 영광이었고 다시 한 번 기회가 있으면 혼신의 힘을 다하겠다고 했지만 그럴 기회가 없다는 것은 모두가 알고 있었다. 송금을 완료하고 계좌를 청산함으로 이곳의 임무는 모두 마친 샘이다. 하지만 안도의 한숨을 쉴 여유는 조금도 없었다. 아무리 익명성이 보장된다고 해도 돈의 뿌리를 자를 수는 없는 것이고 결국 추적을 하면 어디서 어떻게 조성된 것이라는 것을 파악하는 일은 어려운 일이 아니었다. 더구나 일이백만 불도 아니고…. 물론 전 세계 조세피난처에 은닉된 자금의 규모는 11조 달러를 넘는다. 하지만 그 어느 누구도 이토록 빠른 시일에 이런 규모의 자금을 불리지는 못했다.

더구나 이는 국가안보와 관련된 일이 아닌가?아무리 조심을 한다고 해도 과하다고는 할 수 없을 것이다. 나중에 아주 나중이라도 사건의 전모에 관심을 가지는 사람들이 아주 많을 것이고 많은 국가와 단체 그리고 여러 모양의 세력들이 끝까지 전모를 파악하려 달려들지 모를 일이다. 그리고 어쩌면 이미 추적이 시작되었는지도 모른다. 송금된 돈들은 다 인출이 되어 각각의 복잡다단한 세탁절차를 밟을 것이다. 하지만 전 세계 어디도 그만한 돈을 완벽하게 세탁할 장소는 없었다. 이미 짐을 싼 그는 계좌를 청산한 자리에서 바로 선착장을 향했다. 렌트카 직원이 차를 인수해 가자 요트에 올라 뒤는 한 번 돌아보았다. 그렇다고 해서 미련을 가질 이유는 없었다. 만감이 교차하는 것은 사실이지만 이제는 먼 훗날 아주 먼 훗날 여행 삼아 한 번 정도 오게 될지 모를 나라일 뿐이다. 그가 이토록 조심하는 것이 무슨 불법행위와 관련된 것은 아니다. 하지만 지금의 엄청난 업적과 또 그와는 비견할 수 없는 앞으로의 웅대한 계획을 위해서 그는 철저히 숨어야만 한다. 물론 작전이 다 끝난 다음의 이야기고 잠시 휴식을 취해야 하겠지만 그에게는 새로운 작전이 아직도 대기하고 있다.

무대는 조금 바뀌겠고 성격은 아주 상반되겠지만 처음처럼 걱정되지는 않았다.

한편 유엔에서는 유난히 다사다난했던 한해를 넘기고 희망찬 새해를 맞으면서 아주 의미 있는 결의가 하나 통과되었다. 북한 인권조사위원회가 권고한 김정은 및 그 일당들의 국제형사재판소 회부 건에 대하여 안보리가 결의를 한 것이다. 이는 G2의 위상에 맞게 처신하라는 각국의 노력과 설득에 중국이 기권함으로서 비로소 가능해졌다. 그리고 안보리 결의와 동시에 인터폴 등 국제사회의 사법경찰에는 김정은과 그 일당의 체포명령이 떨어졌다. 그 일당들을 포함한 사실이 매우 중요했는데 인권유린에 대한 책임을 북한수령, 지도층뿐만 아니라 하수인과 공범들까지 추궁하는 취지로 반인도 범죄를 적용한 것이었다. 또한 유엔이 북한체제가 인권을 보호하지 않기 때문에 대신 해결에 나서야 한다는 것으로 국제사회가 북한인권문제의 해결사로 나서야 한다는 의미였다. 군사개입을 명시적으로 적시하지는 않았으나 북한 영토 전체가 창살 없는 감옥임을 규정하고 국제사회는 그들의 해방을 위하여 행동해야 한다고 결의했다. 군사개입 조항이 빠짐으로 의미 없는 선언적 내용에 불과하다는 비판도 있었지만 그것이 어떤 의미가 있는지를 이해한 사람들은 의외로 많지 않았다.

북의 입장에서도 온통 혼미하고 정체 모를 한해가 가고 희망을 찾아야 할 새해가 밝았다. 그리고 북에서는 나름대로 이번의 취임사에 커다란 기대를 걸었다.

전임 대통령은 호전적인 전쟁깡패 미제의 주구로서 실로 악질 반동분자가 아닐 수 없었다.

그나마 그의 전쟁 책동을 초기에 남조선에서 분투하는 동무들이 잘 분쇄해 줘서 그나마 여기까지 왔지 그렇지 않았더라면 정말 큰일 날 뻔했다.

퇴임을 두고 저지른 마지막 발악을 보면 정말 찢어 죽여서 션찮을 인간이 아닐 수 없다.

이제는 변화가 올 것이고 긍정적인 신호가 여러 경로에서 들어오고 있었다.

이제까지의 대치정국과는 다른 유화 제안이 오면 적극적으로 대응할 것이었다.

취임사 내용에 대한 기대는 시대 상황과 맞물려 어느 때보다 컸다.

부부장도 아침 일찍 출근해서 취임식을 지켜볼 만반의 준비를 갖추었고 취임사 내용을 분석할 요원들에게도 주의를 당부하고 타기관보다 먼저 보고서를 올리기 위한 독려를 마쳤다.

왠지 기분이 좋은 것이 반드시 좋은 일이 생길 것이다.

취임사를 분석하는 보고서는 대외연락부가 가장 먼저 올리게 될 것이고 지도자 동지가 안도하며 좋아하는 모습에 마음껏 박수를 쳐드릴 상상을 떠올렸다.

그간 얼마나 마음의 고생이 크셨겠는가?

취임사가 막 시작하려 하는 때 긴급 정보보고로 사진이 한 장이 전송되었다.

네 명이 같이 회동하는 사진이었다.

이 사진에는 김경수 의원과 임 의원과 국방장관으로 지명되었다가 낙마한 김 장군과 박 의원이 같이 회동하고 있는 것이 아닌가?

더구나 이들이 정기적으로 같은 자리에서 회동을 하였었다고 한다.

그게 의미하는 바가 무엇인가?

나머지 세 명은 강경한 보수꼴통들로서 가장 호전적인 악질 반동들이 아닌가?

인민의 이름으로 지금 당장 처단해도 션찮은.

취임사가 시작되기 전까지만 해도 아무도 예상하지 못했다. 그의 취임사는 마치 그의 선거전과도 비슷하게 그저 무난한 이야기들로 시작했다. 오늘의 그가 있게 해준 이들에게 감사하고 그를 잊지 않기 위해 그는 혼신의 힘을 다해 국정을 수행하며 특히 그에게 맡겨진 시대적 사명을 다하는 데에 소홀함이 없을 것이다. 교육과 젊은이들에 대한 비전에 대해 잠간 언급하고 공약과 같이 사회와 법질서를 엄격히 수립해 나갈 것이고 경제에 대해서도 우리경제의 근간인 수출산업에 대한 지원을 계속할 뿐만 아니라 대기업과 중소기업간, 그리고 기업가와 근로자간, 저소득층과 고소득층간의 조화와 균형을 이루어 같이 잘사는 사회를 만들어 가야 한다고 했다. 따지고 든다면 불가능한 소리나 늘어놓고 있는 것이지만 가장 무난하고 모두가 해왔던 이야기기에 그냥 사용하기로 했다.

연설의 크라이막스는 대북정책이었다.

그의 취임을 축하해 주러 단상 앞에 앉은 야당 대표의 얼굴이 클로즈업 되었을 때 그의 표정은 국민 모두의 반응을 대변하는 것이었다.

그의 연설 요지는 이랬다.

말문을 열면서 그가 꺼낸 이야기는 북의 횡포를 더 이상 가만 두고 보지 않겠다는 것이었다. 이런 저런 이유로 대응을 자제해 왔지만 그것은 힘이 없을 때 힘을 기르기 위한 방편으로 지혜롭게 처신해 온 시대였다면, 이제 우리의 시대가 우리에게 요구하는 것은 지혜라기보다는 용기이고 행동할 때라는 것이었다. 그리고 그는 더 나아가 북한 주민의 인권에 대해서도 적극 개입하겠다고 선언했다. 그들도 우리 민족인 이상 더 이상 방치하고 외면할 수는 없다. 지금까지 그것은 북의 변화를 기다리는 인내의 한 방편이었었다고 한다면 그 인내는 이제 바닥을 드러냈고 북이 더 이상 스스로 변화할 수 없는 것이 너무도 자명한 사실인 만큼 같은 민족의 생존을 위해 더 이상 방관만 하고 있을 수는 없다는 논리였다. 그리고 그를 위해서 필요한 위험도 각오하겠다는 의지를 밝혔을 때 그것이 무엇을 의미하는 것인지 알 만한 사람은 다 알았을 것이고 그 충격을 가장 먼저 받은 사람들은 기사를 송고하던 기자들이었을 것이다. 왜냐하면 기자실에서 그의 연설을 받아쓰다가 터져 나오는 감탄사에 자판을 다 따라가지 못한 기자가 한둘이 아니었으니까. 어떠한 위협에도 굴하지 않고 정책을 실현해 갈 것이라고 이야기를 매듭지었다.

물론 이는 정치문제였다. 하지만 논평이 나오기도 전에 주식시장이 먼저 반응했다. 전에는 코리아 디스카운트라는 것은 주로 북한 측이 주도하는 예상치 못한 리스크를 상정한 것이었다. 그래도 남한 측에서 상상이상의 인내력과 그들 특유의 무관심으로 여러 고비를 넘겨왔다고 한다면 이제는 남한 측의 인내력이 바닥이 난 것이 분명했고 이는 결국 전쟁반발 가능성을 말해주는 것이고 이의 가능성이 조금만 높아진다면 아니 조금만 예측된다면 외국자본의 이탈은 불을 보듯 뻔한 것이다.

그는 차라리 이 아수라장 판에서 멀리 비껴있는 것이 잘되었다는 생각이 비로소 들었다. 자금을 돌리고 돌려서 세탁에 세탁을 거치는 동안 약간의 휴식을 취했던 그가 이번에는 그랜드 케이먼의 조용한 리조트 해안에서 석양을 맞으며 시세변동을 감상하고 있었다. 지난번보다 마음의 여유를 가진 그의 문제는 지난번과 정반대로 원화가 과연 어디까지 떨어질 것인가의 문제였다. 자본주의의 문제일까? 아니면 금융시스템의 문제일까? 파생상품의 거래가 가지고 있는 놀라운 기능이라고 한다면 좋고 나쁘고의 문제를 떠나 그 상품이 주가가 되었든 환율이 되었든 떨어질 때도 돈을 벌 수 있다는 사실이다. 눈에 보듯 뻔한 결과 앞에 중요한 것은 언제 빠져 나갈 것인지? 즉 얼마나 수익을 낼 것인지의 문제였고 어차피 목적이 있는 거래인 이상 레버리지를 최대화하고 최대의 수익을 노려 빠져나가는 길밖에는 없었다. 개별종목을 공매도 할 수도 있었지만 일개 종목에 너무 많은 금액을 싣는 것도 어렵고 무엇보다 레버리지의 문제가 있어 피했다. 그가 사랑하는 외환시장이 다시 한 번 수고를 해주어야만 했다. 비록 지난번과는 전혀 반대방향으로겠지만 말이다.

달러로 환산한다면 1500억 달러를 조금 넘어서는 금액이 될 것이다.

자본금 86억 달러에 레버리지 20배에 달하는 금액이니까….

지난 작전의 원금은 아예 청산하고 수익금만 여러 형태로 쪼개고 나누어서 송금했다.

그리고 돌리고 돌려서 재차 작전에 투입한 것이다.

주가지수는 낙폭이 100포인트를 넘어가고 있다. 퍼센트로 따지면 5%를 넘는 것이다. 매스컴에서는 얼마만의 기록인지에 대해 열심히 설명하고 있다. 하지만 그것은 새 정부가 추진할 정책이 가져올 메가톤급 폭풍에 비하면 아무것도 아니다. 오히려 시장의 반응은 새 정부가 추진할 정책의 원칙이 그렇다는 뉘앙스였고 장 막판에는 일부 낙폭을 줄이기까지 했다.

하지만 외환시장은 말 그대로 패닉이었다. 900원 대를 유지하던 원 달러 환율이 불과 며칠 만에 1100원을 다시 뚫었다. 어쩌면 제자리로 다시 돌아온 것인지도 모른다. 218억 불…. 원금과 제반 모든 수수료를 정산하고 남은 금액이었다. 이 중 일부는 국내로 유입해 원화로 환전할 것이고 금일시세 1100원/달러로 계산한다면?송금을 마무리하고 계좌를 청산하고는 즉시 짐을 쌌다. 물론 전과 같은 이유였고 이번에는 자가용 비행기를 이용했다. 지구 반대편 발리의 해안가 외곽의 작은 주택은 그가 오래전에 점찍어둔 곳이었다. 사실 풀빌라에 마음이 가기는 했지만 이웃하고 너무 이웃하고 사는 것은 피해야 했다. 그가 수영을 즐길 수 있을지는 잘 몰라도 빌라가 둘러싼 수영장은 고급빌라의 한 정형같이 여겨지는 도시였다. 바다를 앞에 두고 구태여 그럴 필요가 있을까? 또 리조트와의 차이점도 잘 모르겠지만 하여튼 그거는 그의 관심사는 아니었다. 투자메리트를 강조하는 중개업자의 유혹을 뿌리치고 그의 대리인은 임대계약을 체결했고 육 개월 치 임대료는 한 번에 치렀다. 언제 오게 될지 모르니…. 국내에서는 월세를 일 년 치 납부하는 경우가 있다고 들었지만 이곳에서는 그러한 경우가 별로 없었고 일 개월 임대료 보증금에 일 개월 임대료 선납이 관례였다. 일 년 치를 납부할 수도 있었지만 괜히 이목을 끌 필요는 없었고 아주 잘한 일이라는 것은 곧 알 수 있었다. 중개업자가 몇 번이나 생색을 내며 주인에게 강조했으니까. 분명 다른 곳에서도 쉬지 않고 떠들어댈 것이다. 자랑스런 업적의 하나로….

대리인에게 키를 넘겨 받을 때 잠시 들은 이야기만으로도 중개하는 여자가 앞으로도 얼마나 우려먹을지 눈에 선했다. 대통령 선거가 끝나고 바로 계약을 체결했으니 두 달이 훨씬 넘은 셈이다. 다행히도 문을 열고 들어간 풍경은 두 달 전 그대로였다. 피곤한 마음에 짐을 놓고는 바로 침대에 누웠지만 잠은 생각대로 찾아오지 않는다. 그저 지난 두 달 여의 여정이 주마등처럼 지나갈 뿐…. 많은 일들을 해낸 듯한 뿌듯함과 왠지 모를 불안감. 그리고 앞으로의 계획들을 하나씩 되짚어 봤다. 모처럼의 깊은 잠에서 깨어난 그는 샤워를 마친 후 제네바신탁은행에 개설된 본인 명의의 구좌를 두들겨 보았다. 지난번 입금된 1000만 불 외에 별도의 1000만 불이 입금되어 있었다. 수수료로 계산한다면 0.05%?많은 것일까 적은 것일까? 하지만 상관없었다. 어차피 돈 때문에 시작한 일도 아니었을 뿐 아니라 사업을 할 것이 아닌 한 일정 한도를 넘는 돈은 다 쓸 수도 없을 테니까….

돈이 싫을 리는 없지만 적어도 지금은 돈이 들어갈 일이 없다. 사람을 만날 일도 극히 드물어 의복에 신경 쓸 필요도 없었다. 더구나 그는 술을 마시지 않았다. 그저 밥 먹고 잠자고…. 적어도 당분간은 그렇다. 평생 쓸 돈이 얼마나 될까? 쓸 수 있는 돈은? 그저 생활을 위한 자금 자체만은 그리 많이 들어갈 것 같지 않았다. 호화스럽게 수준을 조금 높여서 계산해 보아도 역시 결과는 마찬가지로 그리 큰 돈이 필요할 것 같지 않았다. 주택임대료 월 1100불. 구형 캠리 렌트료 월 700불. 식료품 및 생활용품은 일주일에 한번씩 가더라도 100불을 넘는 예가 드물고 아무리 마음먹고 사더라도 200불을 넘어갈 수 없다는 것을 오래 전 자카르타에서 배웠다. 당연히 이곳의 물가도 크게 다르지 않을 것이고 전 세계 어디나 거기서 거기였다. 아마도 전 세계 공장인 중국이 있기 때문이기도 할 것이다. 주택임대료 수준이 조금 다르고 자동차브랜드의 가치가 조금 다를 뿐 낭비를 위해 특별한 노력을 기울이지 않는다면 년 3만 불을 넘기기는 어려울 것이다. 특히 혼자 사는 그에게 더구나 은둔까지는 아니어도 은둔 아닌 은둔을 해야 할 그에게는 더욱더 그렇고 그의 단조로운 삶의 스타일 상 더욱 더 그러했다. 100만 불의 이자 4-5%라면 각국마다 다른 이자소득세를 감안하더라도 충분한 금액일 것이다. 제네바은행의 돈은 당분간 건드리지 않을 생각이다. 그 정도의 돈은 가지고 있었다. 100만 불만 현지은행에 예치하고 당분간은 아무것도 안할 것이다.

그저 숨죽이며 기다려 보자.

4

한국의 전시 군수물자 생산량은 대단하다. 다른 분야도 마찬가지겠지만 미사일 분야에서만큼은 지난 오래 전 정권부터 공을 들여서 충분한 생산시설과 인원들을 보유하고 유지해 왔다. 순항 미사일은 개략 일일 50개, 탄도 미사일은 그보다는 적었으나 누군가의 요청에 의해 일일 생산량을 일정 목표로 시설을 늘려 가고 있다. 사실 기업의 생리로 볼 때 미친 짓이었지만 오너가 지시하고 책임질 일에 나서는 것은 쉽지 않다. 상장회사도 아니었고 방산 업체의 특성상 노조도 힘을 발휘하지 못했다. 탄도미사일 사거리 재협상 이후로 사거리를 크게 연장한 미사일을 개발한 후 하루에 5개씩 생산하던 생산량을 10개로 늘리더니 다음 달부터는 20개로 늘린다고 한다. 하루 20개씩 일 년을 생산하면 7000개를 만든다는 이야기인데 그것을 어찌하겠다는 것인가? 정확한 가격은 알 수 없지만 개당 10억 내외라고 모두가 알고 있다. 그렇다면 7조의 예산이 필요한데 미사일 생산에만 그러한 예산을 쓴다거나 책정했다거나 계획 중이라는 이야기를 그 어디에서도 들어본 일이 없다. 그렇다면 어떻게 된 것인가? 어디에 수출이라도 한다는 것일까? 모든 것이 비밀이기에 다 알 수도 없고 알려주지도 않지만 같은 회사라는 것이 아무리 비밀을 따져도 알만한 것은 다 알게 되어 있다. 하지만 이번 일은 왠지 수상하다. 일체 말이 없이 오직 생산량 증가에만 온 회사가 몰두하고 있다. 공식 비공식의 어떠한 문의에도 일절 답을 않는다. 그렇다고 외부 어디에다가 물을 수도 없다. 직원들끼리 모여서 이러쿵저러쿵 이야기들만 많았다. 가장 설득력 있는 이야기는 중동 모 국가와의 밀약설이었다. 그 국가의 왕자가 여러 차례 현지 시찰을 다녀갔고 방산 수출을 위해 사장도 여러 차례 다녀왔다. 경영지원실에서는 사용설명서를 아랍어로 만들고 있다고 한다. 하지만 수출이 가능한가? 그것도 이토록 많은 수량이?

변호사의 차량에는 불가능했지만 허 의원의 차량에는 위치추적과 도청 장치를 부착했다. 변호사의 차량이라고 해서 기술적으로 불가능한 것은 아니겠지만 영장, 어쩌구 하면 골치만 아파진다. 허 의원은 체포영장 때 필요한 절차들을 다 밟아 놓았기에 어려움 없이 설치할 수가 있었다. 의문의 남자의 목소리를 들었을 때 그것이 무엇을 의미하는지는 모두가 아는 것이었지만 그를 추적하는 사람들은 끼어들지 않기로 했다. 대신 뒷좌석에서 내린 의문의 사나이를 뒤쫓기로 했다. 말의 억양이나 지령을 내리는 톤, 단어의 선택에 이르기까지 남조선 흉내를 내느라 많은 훈련을 받은 티가 나지만 북에서 직접 남파된 간첩이라고 확신했다. 그럴수록 미행은 조심에 조심을 더 해야만 한다. 그들은 고도의 훈련을 받아서 냄새만으로도 미행을 알아챌 수 있다. 여러 명의 숙련된 요원들이 필요하고 추적에는 입체적이고 첨단화된 장비들도 필요하다. 하지만 약간 거리를 둔 사이 추적하던 차량이 그만 사라지고 말았다. 눈앞에서 그를 놓쳐버리고 만 것이다.

- 정부에서 추산할 때 현재 남한 내에서 활동하고 있는 여러 부류들 중에 실제로 조선 노동당에 가입해서 북의 직접적인 지령을 받고 있는 숫자는 약 15,000명 정도였다. 이러한 추산도 상당히 오래된 것이니까 아마도 지금은 숫자가 더 많을 것이다. 그리고 북의 입장에서 조직을 관리하는 데에 가장 어려운 부분은 정보전달의 문제였다. 통신기의 사용과 암호격자판 혹은 난수표와 같은 것은 아무래도 번거롭고 부담되는 장비였다. 하지만 인터넷의 발달과 함께 이러한 문제들은 일거에 해결되었다. 인터넷의 또 다른 장점이라고 한다면 아무래도 위험부담이 따르고 결과도 불투명한 사안의 선전선동에 너무나도 유용한 도구라는 것이다. 정부정책을 반대하고 비난하는 여론을 조성하고 특히 댓글들을 집중적으로 달기 위해 이미 북한에서는 이를 전담하는 부서가 생긴 지 오래이고 대한민국 국민의 주민등록번호 등의 정보를 입수한 것만 30만 명 이상이고 이중 상당수의 아이디가 본인이 알게 모르게 활동하고 있는 것이다.

창원의 한 레스토랑에서 정현식은 노조 사무실에서 들은 이야기들과 자신이 알고 있는 이야기들을 정체모를 한 남자에게 자세히 설명해 주었다. 사실은 그가 자세한 설명을 시작하기도 전에 몇 마디만 듣고도 그 남자는 정현식이 이야기를 하려는 것이 무엇인지 그리고 얼마나 중요한 것인지 간파한 게 분명하다. 오 수사관은 그들이 나눈 이야기가 뭔지 정확히는 몰라도 멀리서 그들이 주고받는 이야기의 폼과 자세 그리고 반응으로 알 수 있었다. 지난 번 놓친 이 정체불명의 사나이는 꾸준히 연락을 취하다가 사건의 중요성에 비춰 다시 확인하려 나타난 것이 분명하고 이 자가 타고 온 차가 선팅이 강한 검은 색 무쏘라는 것이 특히 의미심장하다. 비록 번호판은 바뀌었으나 김포서 추적하다 놓쳤다는 문제의 그 차량임에 분명했다. 다행히 운전사와 승강이를 하는 동안 이번에는 위치추적기 부착에 성공했다. 여유 있게 따라갈 수가 있게 된 것이다. 보고를 받은 본부에서도 요원들이 추가로 급파됐다.

큰 사건은 처음인 오 수사관에게는 이 사건의 상황이 너무나 흥미진진해져 갔다.

순항미사일은 비록 정밀도에서는 평가받을 수 있을지 몰라도 파괴력은 약하다. 더구나 공화국의 주요 시설들은 이미 지하화 갱도화되어 있다. 물론 이는 남조선을 염두에 두었다기보다는 미군을 염두에 둔 것이다. 미군폭격의 위력을 이미 전쟁 때 몸소 체험했을 뿐 아니라 베트남전 그리고 최근의 중동전에서 익히 보아왔다. 하지만 미사일이 비록 파괴력이 약하다 해도 많은 수량은 수많은 지상의 모든 주요 시설들을 무력화할 것이다. 그래도 순항미사일은 순항미사일이다. 제한된 파괴력이 정확도를 가지고 얼마나 커버될지 몰라도 분명한 제한이 있을 것이다. 그러면서도 남에서는 지나치게 많은 수량을 보유하고 있었다.

적어도 북의 입장에서는 그랬다. 하지만 탄도미사일은 이야기가 다르다. 그 엄청난 파괴력을 생각하면 비교가 되지 않는다. 이러한 미사일 전력에 있어서는 북조선이 항상 우위에 있었고 상대의 입장에서 생각한다는 것은 아예 불가능했던 시절이 있었다. 하지만 이제는 이야기가 다르다. 수많은 탄도 미사일은 지상의 주요 시설들을 싹쓸이 할 것이다.

지상의 것이 다 파괴된다면 지하에서 과연 얼마나?

하지만 아직은 정확한 의도를 모른다. 물론 지금 들어오는 첩보들은 결코 예사로운 수준이 아니다. 지금까지 북에서 파악하고 있는 남측의 미사일 전력은 300KM 이하의 탄도 미사일 약 1500기 그리고 300KM 이상의 순항 미사일 약 1500기 정도였다. 사거리가 개정된 이후의 개발과 실전배치 상황은 아직 확실하지는 않다. 800KM 탄도탄이 약 100기 정도 생산된 것으로 추정할 뿐이다. 물론 이것도 엄청난 숫자로서 북의 거의 모든 지상 주요 시설들을 일시에 무력화시키기에 충분한 전력일 것이다. 아랍 수출가능성에 대해 언급하고 있지만 택도 없는 소리인 게 수출 자체도 불가능하지만 이런 어마어마한 수출을 그것도 비밀리에 누구에게 판다는 말인가?

직원들과 정보요원들을 혼란시키려는 수작임이 분명하다. 더구나 탄도미사일 중 관통형 탄두의 비율을 보라 그 어마어마한 수량을 그것을 누구에게 쓰겠다는 것인가? 그런 어마어마한 수량이 필요로 하는 나라는 전 지구상에 북한밖에 없을 것이 틀림없다. 바보들만 엉뚱한 희망사항을 나열할 뿐이지 너무나도 불을 보듯 뻔한 사실이 아닐 수 없다. 지금 저들이 준비하고 있는 것은 정전 후 지금까지 축적해 온 모든 수량을 초과하고도 넘는 숫자의 전력을 일시에 보유하려 준비하고 있다. 더구나 비밀리에 이 모든 것을 추진하는 의도가 너무나도 불순하지 않을 수 없다. 그 의도가 무엇이겠는가? 당면한 과제인 핵을 물리적으로 제거한다면 당연히 반격이 예상되고 이러한 반격을 일거에 제압해버리겠다는 의도가 아니고 무엇이겠는가? 그렇다, 분명 그는 그것을 노리고 있다. 지금까지의 모든 남조선 정부는 이승만은 예외라고 치더라도 지극히 방어적이고 소극적인 대북정책을 수립해 왔다. 하지만 이제 그는 선제공격을 노린다. 실제 감행 여부는 모르겠다. 하지만 분명코 현실 가능한 수단을 가지려하고 아마도 가지게 될 것이다. 물론 이를 저지하려는 많은 사업들이 간구될 것이고 성공 여부는 불투명하지만 이 사업은 우리 대외연락부가 주도하게 될 것이고 반드시 그래야만 한다. 그는 그게 미사일 카드라고는 생각지 못했지만 결국은 올 게 오고야 말았다는 것을 알았다. 남조선은 조종사 한 명의 손실도 없이 버튼하나로 모든 주도권을 쥐게 된다. 이는 사실 공화국에서 십여 년 전 핵무기를 이용한 전략과 유사하다. 하지만 핵무기는 비록 의견을 달리하는 동무들도 있지만 그리 유용한 카드가 아니었다. 물론 공화국의 현실에서 그것은 어쩔 수 없는 선택이기도 했다. 하여튼 이제는 공이 남으로 넘어가려고 하고 아마도 이는 누구도 막을 수 없을 것이다. 얼마나 더 늦추어 볼 수 있을 것인가의 문제일 뿐. 그런데 왜? 무엇을 위해서? 그리고 더 중요한 누구를 위해서? 그때그때 고개를 들곤 하는 문제 제기들이 마음 깊숙이 서 쏟아져 나오지만 다 부질없는 것이라는 것 역시 모르지 않는다. 하여튼 이제는 모든 것이 바뀌었고 또 바뀔 것이다. 남북의 패러다임 자체가 근본적인 전환을 맞게 될 것이다.

이제는 이 수단이 상대로 넘어간다니 생각만 해도 몸서리쳐지는 일이 아닐 수 없다. 하지만 실제로 남조선이 북에서 취할 모든 조치들을 무력화할 힘을 가지게 된다면 더 나아가 선제공격을 통해서 북을 완전 무력화시킬 뿐 아니라 남측의 피해는 극소화하고 그것도 단 몇 시간만에 실현할 수단을 가지게 된다면? 국방위원회에 보고할 사항들을 요약하면서 그의 머리 속은 복잡하기만 했다. 과연 국방위원 중 몇 명이나 이 상황을 이해하고 있는 걸까? 세상이 완전히 달라졌고 또 달라질 것이라는 현실을….

부부장이면 남으로 말하면 차관직에 해당한다. 부장이 장관직이니까 하지만 북의 부부장은 수명이 길다. 더구나 견제 기구가 별로 없어 특별한 과오가 있거나 특별히 사상적 문제가 있는 것이 아니라면 오랜 기간 권력과 특권을 누릴 수 있다. 하지만 그럼에도 불구하고 그는 실세는 아니었다. 국방위원회 후보위원 후보로 몇 번 거론된 일은 있었지만 거듭 고배를 마셨다. 오늘과 같이 정보 브리핑을 위해 여러 번 회의에 참석은 해 보았지만 그에게는 발언권이 없었고 정보와 관련한 내용이 아니면 그의 의견에는 관심이 없었다. 하지만 속으로 경멸하기는 그도 마찬가지였다.

'이들 중에 공화국이 처한 현실을 직시하고 판단할 수 있는 동무들이 과연 몇이나 되는가?'

누가 들어도 이런 숫자의 미사일을 준비하고 있다는 것은 한 가지 의미밖에 없다.

국방위원회에서는 그가 브리핑을 마치자 위원장이 물었다.

"전면전을 상정하고 있는 것이오?"

"미사일이 비록 공격무기이기는 하지만 그것만으로는 판단할 수가 없습니다."

진정한 그의 의도는 지하시설물 무력화를 위한 무기의 추가 구매를 통해서 분명하게 들어날 것이다. 그들이 개발했다는 관통형 탄두는 우리 지하요새를 무력화 못한다. 정확한 성능은 아직 파악이 되지 않지만 사정거리 500KM 혹은 800KM의 탄도탄이 1000KG 혹은 500KG의 탄두를 장착하고 뚫을 수 있는 능력은 극히 제약될 수밖에 없다. 그래도 그들이 1톤급 관통형 탄두를 개발했다면 갱도의 미사일 발사대나 무수단의 사일로까지 파괴할 수 있을 것이다. 더 나아가 요새화, 지하화된 지휘부의 갱도는 파괴하지 못해도 입구에 치명적인 타격을 줄 수 있을 것이다. 지휘부를 지하에 묶어 두는 능력은 확보가 된 것이다. 하지만 그것만 가지고 남한이 선제공격을 시도할 리는 거의 없다. 그들은 지하시설을 직접 파괴할 수단을 가지려 할 것이다. 그때 비로소 그들의 정확한 의도와 음모가 명확히 들어날 것이다. 그리고 그의 경험과 지식에 의하면 그리 오래 걸리지 않을 것이다. 하지만 추가 행보를 더 기다릴 필요는 없고 기다릴 수도 없다.

"어찌하면 좋겠소?"

여지껏 정보내용에 대한 토론은 많았지만 대책에 대해 질문 받아 본 경험은 없었다.

"저지해야 합네다."

너무나도 당연하기는 하지만 그것만으로도 공화국은 결사 저지해야 하는 충분한 일이었고 어떠한 수단과 방법도 가리지 말고 총역량을 경주해야 할 사업이었다.

"강 동무가 직접 남에 다녀오는 것이 어떻겠소?"

속으로는 무척 놀랐지만 어쩔 수 없는 명령이었다.

사실 그는 작전요원은 아니었다. 교육도 훈련도 다 받았지만 그는 책상 앞에서만 근무를 하는데 익숙한 지 오래였고 남을 다녀온 것은 더 까마득한 오래였다. 아무리 가혹한 훈련을 받은 요원이라도 남으로의 침투는 긴장되는 일이었다.

회사 부근의 레스토랑에서 그들은 식사와 함께 술을 마셨다.

취하지까지는 않았고 그저 기분이 좋다할 때 임재규가 먼저 분위기를 잡으며 말을 꺼냈다.

"정 선생하고 오늘은 진지한 이야기를 좀 했으면 좋겠습다."

정이 맞장구를 치자 임이 주위를 둘러보고 갑자기 목소리를 낮추었다.

"나는 평양에서 온 사람입니다. 정 선생과 평양의 국가정책을 도와주는 문제에 대해서 의논하고 박 선생의 협조를 얻고 싶습니다."

정은 속으로 깜작 놀랐다. 혹시나 하는 생각을 전혀 안 해본 것은 아니었지만 혹 그렇다고 하더라도 무방하다고 여겼고 어쩌면 정말 그러기를 마음 한구석에서는 꿈꾸었을는지도 모르겠지만 그것이 현실이리라고는 전혀 생각지 못했다. 마구 심장이 뛰었다. '진실일까?' 전혀 농담하는 거 같지가 않고 또 평소 보아왔던 것으로 미루어 농담일리는 없는 거 같았다. 간혹 이쪽에서도 되지도 않는 것들이 뭐나 되는 것 같이 적당히 거짓말 하는 경우는 얼마든지 있었다. 하지만 그의 인간 됨됨이로 미루어 그럴 리는 없었다.

"지금 그 가부에 대하여 대답을 해줄 수 있겠습니까? 아니면 시간을 줄 테니 생각을 좀 해 보시겠습니까?"

정은 잠시 망설였다.

"갑작스러운 제의가 되어 당황스러우니 생각을 좀 해봐야겠습니다."

"얼마나 시간을 주면 되겠습니까?"

"다음주에 다시 만나 이야기하면 어떻겠습니까?"

집으로 돌아온 그는 긴장이라기 보다는 흥분되었다. '말로만 듣던…' 한편으로는 겁도 났지만 그보다는 왠지 모를 흥분이 그를 덮었다. 무슨 감정일까? 이제 드디어 인정받았다 하는 그러한 것일까? 나도 드디어 어느 정도의 레벨에 올라서고 밖에서 떠드는 졸개들과는 전혀 다른 신분이 되어 버린 것이다. 그의 마음을 따라가는 중 한쪽에선 끊임없이 반론을 제기했다. 정말로 가려는 것이냐? 시간을 달라고는 했지만 그는 스스로의 결정을 이미 알고 있었다.

이를 도청하던 오 수사관 역시 그의 결정을 이미 알고 있었다.

그들은 일주일 후 같은 장소에서 만났다. 미리 섭외한 종업원이 지정하는 좌석으로 안내되었다. 오 수사관과 요원들은 현장에는 있지 않고 도청장치와 카메라만 설치했다. 아무래도 같은 실내에 있으면 눈치 채기가 쉽다. 그래서는 안 된다.

"지난번에 내가 얘기한 것에 대해서 생각을 좀 해보셨습니까?"

수없이 많은 다짐을 하였지만 그래도 대답은 망설여졌다.

"동지 도와주시오."

그가 손을 잡았다.

"우리 조국통일을 위해 같이 일해 봅시다."

정은 감격했다.

"알겠습니다. 열심히 노력해 보겠습니다."

정의 목소리는 떨렸다. 하지만 그의 마음은 이미 결심했다. '조국통일을 위해서 이 한 몸 아끼지 않겠다'고.

"이제 정현식 선생을 정식으로 조선노동당에 현지 입당시키도록 하겠다."

정은 당황했다. '이렇게 빨리?' '그것도 즉석에서?'

"동지는 이제부터 영광스런 조선노동당의 충성스러운 당원이다.", "정 선생의 당원부호는 비둘기2호이다." "우리 당의 당원이 된 것을 충심으로 축하한다."

상대의 이야기는 소리가 작아서인지 위축이 되어서인지 잘 들리지 않았다.

"동지가 당장 해야 할 일은 현재 남조선에서 벌이고 있는 전쟁책동을 저지하는 사업이다." "정 선생은 앞으로 매우 중요한 과업을 진행해야 하는데 그러자면 현 노조원 중에서 젊은 유망한 노조원을 몇 명 확보하여 비밀 지하당을 조직해야 하오." "과거 너무 한 명에게만 의존하다가 개인에게 문제가 생기면 조직이 와해되는 사례도 있었고 또 너무 과욕을 부리다가 조직을 덩치만 키워 방만하게 운영하던 사례도 있었으니 참고하여 박 선생은 핵심당원 몇 명만을 확실하게 조직하여 지하지도부구성사업을 추진토록 하시오."

"잘 알겠습니다."

"현 조직원 중에서 30대로서 가장 핵심적인 활동능력을 갖춘 사람이 누구이겠습니까?" "지금 조직 내에서는…."

구체적으로 이름을 대는 것 같았으나 오 사무관에게는 잘 들리지 않았다.

"L과 K는 내가 생각하기에도 똑똑하고 당내에서도 신망 높아 적합할 것으로 생각됩니다." "하지만 P는 성격이 과격하고 독단적이어서 문제가 있는 것으로 생각됩니다." 정은 속으로 놀랐다.

'이 사람은 정말 조직원들 성향까지도 다 파악하고 있단 말인가?'

"일단 L과 K에 대해서만 잘 관찰해서 요해한 후 접근, 포섭토록 하시오."

"최선을 다해서 그들을 포섭해 보도록 노력하겠습니다."

그가 마무리하고 일어나려다가 마지막으로 다시 주의를 주었다.

"그리고 혹시라도 다른 지하 망에서 선이 들어와도 절대 응하지 말고 거절하시오. 복선 연계되면 위험하니 명심해야 하오."

거물급이 내려온다는 첩보는 여러 군데에서 들어오고 있었지만 정확히 어느 급의 누군지는 파악이 되지 않았다. 어쩌면 이는 극히 예견된 절차일 런지도 모른다. 북의 정보당국에서는 남에서 벌어지는 일들을 샅샅이 알고 있을 것이고 특히 최근 모 군수공장에서 이루어지고 있는 일들은 아무리 비밀이라고 해도 그 정확한 수량과 성능 그리고 그것이 가지는 의미까지 다 파악을 마쳤을 것이다. 어쩌면 선제공격을 상정한 초석이라는 데까지 생각이 미쳤을 것이고 그들이 총력을 다해 저지하려 할 것이라는 것은 쉽게 생각해 볼 수 있을 것이다.

그렇다면 과연 누가 올까?

특히 어제부터 선포된 서해상의 포사격을 위한 항해금지구역 선포는 매우 의미심장하다.

거물급이 온다면 잠수정을 이용할 것이고 이 잠수정이 가장 우려하는 것이 무엇이겠는가?

아군의 대잠작전보다 훨씬 두려운 것이 어선들의 그물이고 동해 잠수함 사건과 같은 실례에서도 여실히 드러난 바 있다. 확신할 수는 없지만 그들이 포사격 몇 발을 위해 항해금지를 선포하진 않았을 것이고 이는 분명 거물급의 직접 침투와 관련이 있을 것이다. 그리고 아마도 지금쯤 우리 군과 어민들은 그들의 침투를 환영하듯 일제히 침투로에서 철수해 주고 있을 것이다.

그래도 이번만큼은 달랐다. 드디어 국방부에서 국정원의 건의를 받아들여 대대적인 대잠작전을 실시하기로 한 것이다. 물론 예전과 같이 수상함들은 모두다 철수했다. 수상함들이 갑자기 대잠작전을 펼친다면 적이 먼저 알아차릴 것이고 작전의 성과도 없지만 의도한 바도 이루지 못하고 거꾸로 적에게 우리 정보 상황만 누설하는 꼴이 된다. 그래서 이번 대잠 작전에는 잠수함들이 대거 동원되었다. 잠수함의 전력 면에서 북한은 압도적으로 많은 수량을 거느리고 있지만 잠수함 자체의 성능 면에서는 다른 수상함들과 마찬가지로 비교가 되지 않는다. 그럼에도 북한은 잠수함의 유용함을 잘 알고 또 매우 유용하게 사용해 왔다. 잠수함은 그 은밀성 면에서 평가해야 하고 남측의 수상함으로는 탐지가 거의 불가능하다. 수상함의 위치를 알고 수상함 음파탐지기의 성능을 아는 한 음파탐지 범위 안으로 들어가는 일은 거의 없기 때문이다. 간혹 남측의 어부들이 쳐놓은 그물에 걸려서 곤혹을 치르기도 했지만 이것마저도 항해금지구역 선포라는 발상이 그들을 그물의 공포로부터 구해주었다. 그 뒤로 그들은 높은 작전 성공률을 기록했지만 이번만은 확실히 그들도 방심했다.

서해에는 비파곶에 잠수함 기지가 있지만 해주, 남포와 사곶에도 전개기지가 있다. 그중 사곶에 전개한 잠수정이 인천을 목표로 한다면 백령도를 우회하여 택할 수 있는 항로는 수심 등을 고려할 때 매우 제한되어 있고 남측의 잠수함이 매복되어 있는 바로 그 항로에 그들이 나타났다. 당연히 격침이 목표는 아니다. 잠수함은 그들을 추격하면서 위치를 끊임없이 알렸다. 그리하여 최종 목적지에 잠수정이 모습을 나타내었을 때에는 대공요원들이 미리 대기하고 있을 수 있었다. 대공요원들 말고 그들을 기다리던 또 다른 무리들은 잠수정서 내린 인물에게 깍듯이 인사했다. 그리고 그가 차에 오르자 차는 쏜살같이 내달리더니 바로 고속도로에 들어섰고 그 방향을 남쪽으로 향했다.

이 상황을 지켜보던 본부에서는 어렴풋이 그들의 목표가 창원일 것이라고 추측해 보았다.

며칠 후에 정현식과 그 일당은 같은 자리에서 또 한번 만나야만 했다.

"오늘은 평양에서 직접 아주 귀한 손님이 오셨습니다."

"반갑습니다. 강이라고 합니다."

"영광입니다."

"그래 사업진행 이야기 한번 들어 볼까요?"

북에서 직접 남파된 간첩들은 검거 시 자결을 하는 것이 필수 자격요건 중의 하나이기에 자결을 못하도록 꽁꽁 묶고 또 24시간 감시를 소홀히 할 수 없다는 것이 아주 곤혹스러운 일이다. 이에 대해서는 어떠한 설득도 협박도 무용지물일 뿐이다. 더구나 당서열이 있는 거물 간첩이 다른 생각을 한다는 것은 생각하기 어렵다. 국정원에서도 아예 각오를 하고 모든 것을 꼭꼭 묶은 채 허 의원의 비디오만을 계속 반복해서 틀어 주었다. 그가 어떻게 수사에 협조하지 않았으며 그들 스스로를 배신하지 않았는지. 그리고 차 안에서 도청한 내용도 들려줬다. 그리고 허 의원의 최후에 대해서는 길게 설명할 필요가 없을 것이다. 그의 서열이나 직책상 그 결과를 모를 리 없고 아마도 당의 결정이라는 그것에 깊이 관여했을 가능성이 높다. 그리고 그의 운명이 무엇이라는 것 역시 모를 리 없었다. 그가 무서워하는 것은 허 의원만큼이나 유죄판결이나 수사상의 고문이 아니다. 오히려 이러한 것은 그들에게 훈장이 될 것이다. 국정원도 이들을 영웅으로 만들어 주고 싶은 생각이 전혀 없다. 하지만 그들이 무서워하는 것이 무엇인지 이제는 서로가 잘 안다. 그도 직책이 직책이니만큼 바보가 아니었고 비디오를 계속해서 틀어주는 이유가 무엇인지 자신과 가족이 살 길이 무엇인지 궁리하고 있을 것이다. 최소한 허 의원과 같은 운명이 되지는 않을 것이고 만일 그가 협조하지 않으면 허 의원과 같은 운명에 처할 것이라고 이들은 말 한마디 없이 웅변하고 있다. 그의 모든 것이 늘어지자 비디오를 보던 요원들 둘이 방을 들어왔다.

선임같이 보이는 이가 그를 살피다 눈짓하니 손을 풀어준다.

"담배?"

그가 깊이 들이 마시고는 맛을 음미한다.

"무엇을 원하오?"

"아주 좋은 질문이오."

"하지만 지금은 먼저 조금 쉬시오 천천히 합시다."

"그래선 안 되오."

의외라는 듯이 쳐다보자

"체포시간이 길어지면 저희들이 눈치를 채고 동무들도 뜻한 바를 이루지 못할 것이오."

수사관 둘이 모두 기가 막혀 CCTV 카메라를 쳐다본다.

"원하는 것이 있다면 빨리 말하시오."

"할 수 있나 없나를 판단 후 말해 주겠소."

"아무리 그래도."

"내가 복귀 후에도 동무들이 쓸 수 있는 카드는 많소. 내가 배신하더라도 나와 가족을 죽이는 것도 식은 죽 먹기라는 거 우리가 다 알고 있는 사실이오."

"하지만 시간이 늦어지면 모든 게 죽은 패들일 뿐이오."

카메라에 빨간 빛이 반짝이자 선임이 옆방으로 급히 나간다.

"동무 일없으십네까?"

"일없어."

"늦어지시길레 걱정 많이 했습네다."

"쓸데없는 걱정 말라."

연안에 대기하던 잠수정을 타고 바다로 들어간다.

"믿어도 될까요?"

"두고 봐야지."

그 모습을 멀리서 망원경으로 지켜보던 팀장이 걱정되듯 말했다.

대통령의 취임사를 기점으로 모든 언론이 나서서 대북정책의 논의에 불을 붙이더니 북에 대한 선제공격을 둘러싼 찬반양론이 다른 사회의 모든 이슈를 압도해 버렸다.

이러한 논리는 전쟁이 정말 불가피하다면 핵시설에 대한 정밀폭격과 그에 대한 대응에 전면전도 불사해야 한다는 것으로 전면전이 임박했다면 아예 공격력을 무력화 시켜 남측의 피해를 최소화해야 한다는 것을 포함했다.

말은 있었으나 누구도 꺼리던 전술핵문제가 정면에 등장했다.

저들이 전술핵을 손에 쥔다면(시간의 문제일 뿐 반드시 그렇게 되겠지만) 누구도 통제할 수 없는 상황을 어떻게 하겠느냐는 것이었고 방치해서는 안 된다는 의견이 주류를 이루었다.

이런 불경스러운 것들이 감히 그런 말을 입에 담다니 있을 수 없는 일이였지만 최근 남측에서 벌어지는 일련의 움직임들은 이러한 감히 입에 담을 수조차 없는 망극한 일이 아예 불가능하지 않다는 것을 보여주고 있다. 일찌감치 제기한 대화제의에 대해서도 아무런 답변이 없다니 불과 몇 년 전만 하더라도 상상할 수도 없는 일이었다.

군 간부는 북에서도 결코 무시 받는 직업이 아니다.

젊은 지도자 동지가 들어서며 별들의 값이 떨어졌다고들 하지만 그래도 별은 별이다. 군간부는 북한 체제의 근간이고 말로 뭐라고 하던 누구도 그것을 부정할 수 없다.

특히 오 소장과 같이 정통 엘리트 작전통이 밟는 코스들만 거쳐 온 간부들의 자부심은 더할 나위가 없다. 하지만 오 소장도 평양근무는 처음이다. 그만큼 설레고 기대가 컸으며 그의 가족이 갖는 기대감이란 말할 필요가 없다. 그들이 이사 가기로 결정되던 날 온 가족이 얼마나 기뻐했는가? 모두가 동경하는 평양 내에서도 별의 위치는 결코 만만한 것이 아니다. 비록 야근이 많아 집에 들어가지 못하는 날이 많기는 하지만 전방에 있을 때에도 이미 익숙한 일이다. 그러나 비상이 걸리고 너무나 오랜만에 집으로 돌아가는 길목은 결코 가볍지 않았다. 제기된 상황이 만만치 않아 그의 어깨가 무거운 탓도 있겠으나 정녕 그의 발걸음을 가볍지 못하게 한 것은 평양 시내에 깔린 삐라들 때문이다. 당에서 지급한 승용차에 자랑스레 오르며 무심코 집어든 전단지에 오 소장은 그만 기겁하고 말았다. 전방에서도 삐라는 얼마든 있었고 온갖 불경스러운 언어들로 가득 차 있기는 마찬가지였다. 특히 지도자동지를 폄하하는 글들은 도저히 눈뜨고 볼 수 없었다. 사실 그런 것을 손으로 만진다는 것 자체도 너무도 불경스런 것이 아닐 수 없었으나 수거를 위해서 어쩔 수 없기는 했다. 그러나 그가 평양에서 집어든 전단지는 그 차원이 달랐다. 그는 정치장교도 대남일꾼도 아니고 심리전 분야에서는 일한 경력도 없다. 그래도 제기된 시국의 중요성과 현실을 알 만큼은 안다. 전단지의 내용과 그것이 의도하는 바를 파악하는 것이 고등학문이나 전문 경력이 있어야만 하는 것은 아니다. 그도 남과의 대치에서 평생을 보낸 사람이다. 하지만 이런 류의 글들은 군 생활 삼십 년이 넘는 동안 본 적도 들은 적도 없다. 더구나 그 양에 있어서도 너무도 많은 삐라가 평양 시내를 완전히 뒤덮어 눈보다 높이 쌓인 듯 평양 시내를 물들였다.

이게 어찌된 일인가?

운전병에게 묻고 싶었으나 이러한 일들을 입에 담는 거조차도 불경스러운 일은 아닐까? 혹은 촌스럽다 여길지 어쩔지 하여 그냥 말기로 했다.

그가 집에 들어서자 온 아파트가 울리도록 자식들이 맞아 주었다. 상점이라도 들러 가려 하였으나 영 그럴 기분이 아니었고 그래도 부관이 쥐어준 초코파이가 있어서 다행이라 생각했다. 식사를 마치고 삐라 이야기를 꺼냈다. 아내도 한 장 숨겨놓은 것을 보이며 몹시 분개했다.

모처럼의 여유가 찾아오자 오 소장은 한숨을 돌리며 삐라를 다시 찬찬히 읽어 보았다. 대강 다음과 같은 내용이었다.

- 곧 북진할 국군에 대하여 어떠한 적대행위도 하지 말자.
- 북한 주민간의 어떠한 반인도적인 행위도 일체 금한다.
- 주거지를 이탈하지 마시고 평시와 같이 생업에 종사하시기 바란다.

이처럼 노골적으로 그리고 북침약욕을 적나라하게 드러낸 뻔뻔스러운 전단지는 정말 있을 수 없는 일이고 어떻게 감히 입에 담아야 하는가? 그저 망연자실할 뿐이었다. 아예 북침을 전제로 선동하는 내용이 아닌가? 더구나 뒷면은 더 가관이다. 국군이 진주하면 초코파이 혹은 라면 중에 하나와 교환을 할 수 있는 교환권이 박혀 있었던 것이다. 참으로 기가 막힌 노릇이다. 뭐 저거 하나를 주워가면 라면 하나와 바꿔 줘? 물론 '일 인당 1000개 한'이라는 단서를 달았지만 순 사기꾼 같은 것들…. 일 인당 천 개면 도대체 얼마야? 하는 생각과 함께 한 끼 한 개씩이면 일 년을 꼬박 먹을 수 있다는 계산이 서면서 다시 한 번 도리도리를 쳤다.

순 사기꾼 같은 것들….

하지만 교환권이라고 하지만 지폐와 다를 것 없이 너무 잘 만들었다. 인쇄술이나 이런 거는 잘 모르지만 잘 만들었다는 것 정도는 충분히 알 수 있다. 더구나 지폐만큼이나 적기에 단속도 더 어려울 수밖에 없을 것이다.

일 인당 천 개라?

전단지를 오만원권보다 더 작게 만들었다, 원가문제도 있겠지만 북한 주민이 소지하기도 쉽고 보관하기 쉬워야하고 무엇보다 많이 멀리 보낼 수 있어야 한다. 2000만 주민이 1000장씩 모을 수 있게 200억장을 찍기로 했다. 그래봐야 원가는 워낙 대규모이기에 인쇄비용을 포함해서 장당 1원을 조금 넘어서는 선이고 물론 운반비용의 문제가 있겠지만 예산은 충분하다. 북한 전역을 도배할 수 있을 것이다. 또 그래야만 한다.

오만원권 만한 종이가 200억장이라 하더라도 부피 자체가 차지하는 양은 많지 않다. 화물선을 이용하면 배 한 척에도 다 실을 수 있을 것이다. 하지만 그럴 수는 없는 일이다.

우선 이것은 한 번에 다 뿌려서도 안 되고 무엇보다도 골고루 뿌려져 북한 전역에 배포되어 야만 한다. 그러기 위해서는 포장 단계에서부터 신경을 써야 하고 부피가 커질 수밖에 없다. 상공에서 풍선이 터지면 자연적으로 흩어지지만 일반 전단지와 다르게 부피가 작은 것은 뭉쳐서 떨어질 확률이 크다. 여러 번의 실험 끝에 최적의 포장을 발명했고 또 풍선에도 간단한 추진체를 달았다. 물론 일회용이고 원가가 가장 먼저 고려되었지만 그래도 멀리 멀리 가지 않으면 안 된다. 또 너무 큰 반발이 부작용을 초래하지 않으려면 가능한대로 순식간에 끝내는 것이 좋다. 저들이 발광할 때를 즈음 해서는 효과를 나타내기 시작하고 또 다른 카드로 압박을 가해야 하니까 강도를 조금 높여서라는 생각을 떠올리니 갑자기 흐뭇해진다.

강 부부장은 북으로 귀환한 후 그는 지도자 동지 앞에서 그가 파악한 남조선에서 진행 중인 사건들에 대해 자세히 보고했다. 미사일 생산량, 증가 속도, 그리고 비밀리에 진행 중인 것, 미사일 이외에도 군수물자가 극비리에 예산 이외의 항목에서 비정상적으로 증가하고 있는 것, 다른 루트에서 파악되는 비밀 연구들….

적의 의도가 분명해진 이상 지도자 동지가 나서지 않으면 안 된다. 지금까지는 어떻게든 대결구도를 피해왔고 북의 입장에서는 엄청난 인내력을 발휘했다 말할 수 있을 것이다. 새로운 남측 정부의 공식 입장이 확인될 때까지는 불필요한 마찰을 일으킬 이유도 없었다. 하지만 그들의 입장은 오히려 전 정권보다도 더 강경한 노선인 것이 확인된 만큼 대책을 서둘러야 한다.

물론 그 대책이라는 것이 바로 문제의 핵심이라고 한다면 그 대책이라는 것이 별로 없다는 것이 진짜 문제였다. 항상 해 왔듯이 중국에 가서 협조를 구해야 하지만 지금의 분위기가 어떠하다는 것을 모르는 사람은 없다. 그래도 지도자가 나설 수밖에 없다. 특히 연료 문제는 당장 직면한 전 국가적인 문제이고 이 문제의 해결 없이는 아무런 앞날도 기약할 수가 없다. 팔 수 있는 것을 모두 팔아버린 지금에는 구걸밖에 없다는 것이 애석하기는 하지만 그래도 기댈 곳이 있다는 것이 어딘가? 할아버지 혹은 아버지 지도자 동지 때를 생각해 보면 그들과의 관계가 공화국이 여기까지 오게 하였을 리가 없을 것이다. 혈맹을 떠들던 떼놈들이 지도자의 방중 요청을 차일피일 미루는 꼴은 정말 울화통이 터지는 일이었지만 어쩌랴? 서글픈 현실이지만 누구에게 뭐라고 할 일도 아니다. 이미 하루 이틀의 일이 아니니…. 남조선 놈들의 방해공작도 수없이 보고되었다. 천하에 찢어 죽을 놈들이지만 대책이 없다는 게 문제였다.

그가 시름에 잠겨있을 때 누군가 문을 열고 들어오자 그는 화들짝 놀라 일어나 인사했다.

북에서 조직지도부라 함은 당 간부와 당 조직은 물론 군, 내각, 사회단체 등의 인사, 검열, 조직 등의 모든 권한을 쥐고 있는 최고 권력부서이다.

더구나 최제강이라 하면 중앙당 담당 부부장으로서 군사담당인 이현욱 제1부부장이 불의의 사고를 당한 이후 제1부부장까지 겸임하고 있는 북한 내의 최고실세 아닌가?

이름만 부부장인 자신과는 비교도 될 수 없으며 같은 자리에서 식사하기도 어려운 그가 왜?

"동무 이번 사업에 수고 많았지요?"

"아닙네다. 당과 조국을 위해서라면."

"그렇지 그렇지. 위원장 동지께서도 이번 과업을 크게 상찬하셨소."

"과찬이십네다."

"기런데 말이오?"

강 부부장의 숨이 턱하고 막혔다.

"과업 중에 자리를 비우셨다고."

"잠간 길을 잃어 헤매었을 뿐 다른 일은 없…."

"당연히 그렇겠지. 하여튼 수고 많았소."

그가 나가려다 다시 한 번 비수를 꽂는다.

"그… 길을 잃은 것 말이오?"

"네, 동무!"

"아니오 그냥 신경 쓰지 마시고 나중에 다시 한 번 이야기 나눕시다. 아주 조용히."

사지가 녹아내리는 듯 뼈가 떨려 서있을 수조차 없어 의자에 간신히 주저앉았다. 그가 조사를 시작한 이상 누구도 살아남을 수 없을 것이다.

"동무! 국회에 입성한 것을 축하드리오."

"감사합니다."

"당에서도 국회에 교두보 마련한 것을 얼마나 기뻐하고 동무에 대한 기대가 큰지 모르오."

"기대를 저버리지 않도록."

"근데 말이오. 동무 전에 말한 거 어이 되었소? 왜 과업보고가 없는 것이오?"

"하지만 동무 지금 새 정부가 들어선 지 얼마 되지도 않았고…."

"동무, 지금 혹시 국회의원이라는 신분에 도취되어 조국해방이라는 숭고한 사명을 망각하고 있는 게 아니오?"

"아니 그럴 리가 있겠습니까? 바로 과업 시작하겠습니다."

새 정부의 조각이 다 완성도 되기 전에 야당에서는 국정조사를 들고 나왔다. 탈북자들의 어마어마한 전단지의 제작 배포비용이 어디에서 났느냐는 것이었다. 여당은 국회가 상관할 바가 못 된다고 버텼다. 십시일반으로 모금을 했든, 뜻있는 독지가가 거액을 기부했든 무슨 상관인가? 하지만 배후의 누군가 후원자가 있다면 이런 큰 금액을 기부할 수 있는 사람은 매우 한정적일 것이고 그 고리를 끊지 않으면 안 된다. 정부에서는 일절 대응을 안했다. 국가 예산이 들어간 것도 아니니 이를 저지하는 데에도 한계가 있었다. 국방위원회에서 전단 살포 선박을 지원하는 함정에 대해 질타도 해보았지만 자국민 보호가 군의 최우선 목적이라는 논리에 더 이상 진척이 없었고 법무장관 지명자에게는 북한주민에게 그 정도의 라면 등을 공급할 능력도 없으면서 전단 살포를 강행하는 것이 사기죄에 해당하지 않느냐고 따져 물었다. 해당 여부는 변호사 출신인 의원 스스로가 잘 아는 내용이었겠지만 그저 최선을 다하는 모습을 보여주려는 것이었을 것이다.

"꼭 이렇게까지 해야 돼?"

"강 부부장은 꼭 필요한 사람입니다."

"알았어. 보도국장에게 안부 전해줘."

9시 뉴스에는 주의를 끌만한 아주 흥미로운 보도가 나왔다.

북한 노동당 조직지도부에서 제1 부부장과 제2 부부장을 겸임하고 있는 최제강이 북한의 최고실세이며 사실상 김정은은 꼭두각시에 불과하다는 주장이었다.

그리고 그 근거로 그가 김정은의 연설 등에 삐딱한 자세로 경청을 한다든지 아니면 그를 수행하면서 호주머니에 손을 넣고 딴 데를 본다든지 하는 모습들을 자세히 보도했다.

북한체제의 현실을 고려할 때 그가 실세가 아니라면 결코 불가능한 일이라는 의견이 지배적이었고 김정은이 꼭두각시라는 말을 유난히 여러 번 강조했다.

그리고 북한의 한 전문가는 인터뷰에서 최제강은 매우 합리적인 개혁성향으로서 그가 명실상부한 북한의 1인자가 된다면 남북관계에서도 획기적인 전환점을 맞을 것이라고 주장했다.

전단지의 파급효과는 의외로 컸다. 그리고 그 큰 효과는 너무도 당연하게 평양이 아닌 지방에서부터 일어났다. 어쩌면 평양에서 거리가 먼 함북 회령에서부터 시작된 것이 우연이 아닐는지도 모른다. 풍선으로 날린 것이 함경도 끝에까지 온 것인지는 잘 모르겠다. 하지만 여기에도 어김없이 전단지는 뿌려졌고 회령시 전체를 여러 번 뒤 덮었다. 하긴 200억장이라고 하니 이 얼마나 어마어마한 규모인가? 전단지가 처음 뿌려졌을 때에도 이번의 경우에는 예전과 달랐다. 단순히 공화국을 매도하고 지도자 동지를 비하하는 내용의 전단지는 많이 받아 보았지만 그게 어떤 가치가 있는가? 신고를 하는 것도 골치 아픈 일이지만 대부분의 경우에는 주의를 끌지 못했다. 하지만 지금은 경우가 다르다. 국경지역인 만큼 정세에 민감한 탓도 있겠지만 무엇보다도 주변에 탈북의 경험이 있는 사람의 비율이 압도적으로 많다. 그래도 처음에 한 두 번은 회수율이 높았다. 하지만 한 장 두 장씩 보관하는 사람들이 늘어났고 급기야는 탈북 시에도 라면이나 초코파이가 유효하다는 소문까지 돌았다. 헛소문이라도 좋았다. 남조선이 살 만큼 산다는 것을 모르는 사람은 없었고 살 만한 그들이 헛소리를 해봐야 얼마나 하겠는가? 한두 장 보관하던 사람들이 보관의 차원을 넘어 수집의 차원으로 넘어 갔고 이는 전염병같이 유행하기 시작했다. 시내에 깔리던 전단지들이 수거의 어려움 없이 사라져 버리곤 했고 그 규모로 보아 수집에 동참한 주민의 규모를 짐작할 수 있었다. 열풍과도 같이 번진 유행은 모두에게 공공연한 비밀이었고 수집한 장수를 가지고 자랑하는 일까지 생기면서 일종의 경쟁이 벌어지게 되었다. 문제는 보안성 직원과 사이좋지 않던 주민에 대한 복수 차원의 검거에서부터 시작되었다. 집을 수색하는 과정에서 그 주민은 입회했던 당원들 앞에서 나만 그런 것이 아닌데 왜 그러느냐며 물귀신 작전으로 알고 있는 주민들의 이름을 다 대어 버렸다. 공개적으로 밝혀진 이상 그 누구도 묵과할 수가 없는 단계가 되어버린 것이었다. 하지만 주민 누구도 그냥 물러서지를 않았다. 모두가 물귀신 작전으로 나오면서 끝내는 인민보안성 직원의 가족이름까지 나오게 되었다. 진짜 문제는 그 보안성직원마저도 물귀신 작전을 엄포하고 있다는 데에 있었다. 그의 물귀신 작전은 당연히 보안성 직원 내부를 향한 것이었고 사실상 누구도 자유로울 수 없는 지경이었다. 누구보다도 가장 큰 화를 당할 것은 보안성의 시담당 책임자이라는 것은 본인도 알고 직원도 알고 주민도 알고 있었다. 그리고 진짜진짜 문제는 이 문제가 덮어질 수 없는 것이었는데 덮으려 했다는 것이었다. 소문은 순식간에 퍼졌고 비밀유지 여부는 생사가 달린 일이었지만 전단지 역시 경제문제로 생사와 별 다를 바 없는 중요문제인 만큼 덮어질 리가 없었다. 어쩌면 그 망할 놈의 전단지만 더 살포되지 않았더라면 덮어졌을 런지도 모른다. 하지만 공공연한 비밀이 아예 공개적인 경쟁으로 돌변하면서 문제가 커지고 말았다. 사건은 도당 비서와 보안성책임자에게 보고되고 앙숙인 안전보위부마저도 알고 말았다. 같은 공안기관이지만 보안성과 보위부는 그래도 경우가 다르다. 적어도 회령시에서 만큼은 그랬다. 보위부가 대대적인 인원을 동원해 회령시를 포위하고 모든 집들을 뒤졌다. 시당 책임비서와 시의 보안성 책임자가 체포되었고 직원들 거의 모두가 그랬다. 대대적인 수색과 체포가 며칠이고 계속되었다. 그리고 체포된 자들은 예외없이 모두 처형한다는 엄포가 사실일 것이라는 것에는 추호의 의심도 없었다. 바로 이때 처형에 대한 엄포보다 주민들을 더 놀라게 한 사건이 벌어졌다. 대대적인 수색과 체포가 벌어지는 그 와중에 살포된 전단지에 안전보위부의 시 그리고 당책임자와 간부들의 명단이 박혀있는 것이다. 반인륜범죄에 대한 경고와 함께.

주민 간의 반인도적인 행위를 금지한다는 문구는 보아왔지만 실명이 적혀서 경고를 보내는 것은 전혀 이야기가 다르다.

당사자들이 움찔했는지는 모르겠다. 적어도 겉으로는 아무런 효과가 없는 듯했다. 엄포와 같이 체포된 모든 주민 간부들을 일제히 공개처형해 버리고 말았다. 이천 명을 헤아리는 어마어마한 숫자였다. 이토록 많은 이들을 처형한 사례가 얼마나 되는 걸까? 사실 이러한 사례가 아주 없지는 않았다. 따지고 보면 그들 입장에서는 별 대수론 사건도 아닐 수도 있다. 핵심계층이나 지지계층이 아닌 적대계층에 대해서는 그들이 몰살을 당하더라도 누구도 눈 하나 깜짝 않을 준비가 자세가 되어있을 테니까. 어쩌면 그들은 스스로 당연하게 여길는지도 모른다. 2000만 주민 중에 적대계층으로 분류된 비율이 40%에 이르는데도 말이다. 하지만 진짜 주민들을 놀라게 한 사건들은 그 뒤에 벌어졌다.

회령시의 보위부 책임자가 자신의 자랑스런 2층집에서 저격을 당한 것이다. 그리고 이러한 공안담당자에 대한 저격 사건은 회령에만 국한되지 않고 반인도범죄가 자행된 북한 전역에서 광범위하게 발생했다.

전단지와 관련한 혹은 반국가행위와 관련한 처형에 대해서 관련 보위부나 보안성 직원들이 하나 둘씩 암살되기 시작한 것이다.

한두 번의 개인적인 보복은 있을 수도 있는 일이었다. 하지만 지금의 사태는 누가 보더라도 조직적으로 이루어지고 있었다. 북에서는 있을 수 없는 일이기에 남조선의 특수부대 소행이라는 소문이 돌았다. 신빙성이 거의 없었지만 공안기관원을 움추러들게 하기에는 충분한 사건이었다. 설마 아무리 반인도범죄라 하더라도 남의 땅에서 처형이 이루어질 리가….

그러나 공화국 내에서는 구할 수 없는 총알이 살해자의 몸속에서 발견되었다.

시당 책임비서가 직접 나서서 단단히 입단속을 시켰지만 시 전체가 술렁거렸다. 그리고 비슷한 사건은 다른 시와 군에서도 일어났다.

이 사건이 북에서는 매우 조용히 진행된 반면 남측에서는 아주 많은 논란을 불러 일으켰다.

북한의 주민을 위해서 남한이 자위권을 행사할 수 있느냐 특히 특수부대를 동원해서 소극적으로 나마 주민을 보호하는 행위를 할 수 있느냐의 문제였다.

사실 이러한 논의가 진행된다는 것 자체가 시대가 바뀌어도 너무 바뀐 것이다.

한번 물꼬가 트이면 누구도 막을 수 없듯이 어찌 보면 당연했을 현실이기도 했지만 북한인권법을 놓고 외면하는 국회와 국민들을 놓고 대북

인권운동가 솔티 여사가 자신들만 살겠다고 승객 버리고 달아난 사건의 선장에 비유한 것이 불과 얼마 전인 것은 진정 격세지감이 아닌가?

군과 정부에서는 당연히 부인했다. 하지만 전과 같지 않게 너무 나서서 선을 긋지 않도록 각별히 조심했다.

문제 하나가 발생할 때마다 군과 정부가 호들갑스럽게 방어에 나설 필요는 없고 그러한 방침이 선명하게 드러났다. 군에서는 들어보지 못한 일이라고만 답변했고 청와대 역시 군에서 특별히 보고받은 것이 없다고만 했다. 이러한 정부의 소극적 해명이 더 많은 국가적인 논쟁을 불러 일으켰다. 사건의 전말들은 여러 경로로 남한에도 비교적 소상히 전달되었다.

두말할 것도 없이 탈북자들과 탈북자들의 통신을 통해서였다.

반인륜범죄에 국가가 적극적으로 나서는 문제에 대한 여론조사도 벌어졌다.

또 북한 주민의 보호를 위한 정책을 집행함에 가해지는 일정한 위협을 감수하면서까지도 정부가 나서야 하냐는 설문에도 의외로 많은 긍정적인 답변이 있었다.

물론 아직은 과반이 넘거나 그 비슷한 수준에는 훨씬 못 미쳤다.

군과 정부도 부인을 하고 있다.

하지만 정서적으로는 혹 군의 일부에서 이런 미친 짓에 조금 관여를 했더라도 나라가 뒤집힐 정도로 놀라운 반응을 일으키지는 않을 만큼 젖어들었다.

대한민국 국군의 작전은 아니었다.

북의 위협을 감수해야 할 경우가 있지만 아직은 아니었고 북의 보복을 현명하게 피해나갈 필요가 있었다.

하지만 정부의 부인이 100% 맞는 것도 아닐 것이다.

직접 간접으로 관련이 있다고 해야 하고 적어도 처음의 한두 건에 대해서만큼은 관련이 있었고 또 그래야만 했을 것이라는 추측이 많았다.

처음에 불을 붙이기가 어렵지 일단 한번 붙은 불은 쉽사리 꺼지지 않는다. 전과 조금 다른 것이 있다면 예전에 북에서 남을 향해 사용하던 방법이 이제는 주체가 조금 바뀌었다는 정도일 것이다.

탈북자 중에는 특수부대 출신들이 의외로 많다. 분명 그들이 받은 혹독한 훈련이 탈북의 어려운 고비마다 도움이 되었을 것이다. 고향과 가족에 대한 사랑과 그리움에 유난히 시달리는 사람들이기도 했다. 그래서 이들 중에 자원하는 사람들이 많았지만 자질과 성품을 가려서 신중하게 선발했다. 작전 자체에 대한 훈련은 많이 필요 없었다. 사람이 평생 해온 일들은 쉽게 잊히지 않는다. 하지만 전반적으로 알아두어야 할 일들은 의외로 많다. 특히 문제가 생겼을 때에 군이나 정부에 누가되지 않는 것이 무엇보다 중요하고 선발 시에도 이를 위한 자질과 성품이 최우선이었다. 저격용 총이나 기타 무기들도 출처를 확인할 수 없는 제품들로 신경을 썼다. 남한과의 관련성을 처음부터 배제해야만 했고 이것이 최우선이다.

가짜 신분증 같은 것은 거의 완벽했지만 무엇보다 이들은 북한 출신들이다. 지리와 언어에 그리고 문화에 익숙하다. 자금도 충분하다. 작전을 위한 전반적인 조건들은 성숙한 것이다.

중국을 통해 침투할 수도 있었지만 처음에는 많은 무기들이 필요했기에 직접 침투를 했고 이에는 해군 그중에서도 잠수함 전대의 협조가 필요했지만 아직은 군이 직접 관여하는 것에 신중할 수밖에 없었다.

군의 안팎에서는 인권문제에 관심이 많은 유럽의 모국가가 작전에 잠수함을 투입했다는 말까지 나왔지만 누구도 확인할 수 없었고 확인돼서도 안 되는 일이었다. 하지만 야당도 쉽게 물러나지 않았다.

매일 같이 되풀이되는 국정조사 요구가 관철되기 전까지는 국방장관이 국회에 끝없이 불려 다녀야 했다. 북에서 벌어지는 사태에 대해서 아느냐고 물었다. 모른다고 하면 무능 장관이니 사퇴해야 한다고 하고 안다고 하면 이것이 얼마나 큰 국기 문란 사건인지 아느냐고 따졌다. 군과는 관련이 없다고 해도 여러 의혹들을 장황하게 늘어놓았다.

여당에서 왜 북에서 벌어진 일을 국방장관이 책임을 지느냐고 따져도 소용이 없었다.

북한이 중국에서 들여오는 원유수입량은 연간 약100만톤 정도였다.

그중 정식 수입량은 약 50만톤 정도이고 나머지 약 50만톤 정도는 무상원조의 성격이었다.

그렇다고 해서 이러한 원유수입이 원활한 것은 아니고 한반도 정세에 따라 기복이 심했다. 6자회담인가 뭔가 때문에 중국 놈들이 장난을 치는 데에는 죽을 지경이었고, 왜 친애하는 지도자 동지께서 그들을 믿지 말라는지 그분의 유지가 새삼 떠오르게 만드는 사건들이었다.

그러던 차에 오랜만에 재개된 원유 수입에서 중국 놈들이 불량 원유를 속여 판매한 사실이 들어나 전 국가적인 문제가 제기되었다.

수입에 관련한 자들은 예외 없이 모두 총살을 당했지만 그것으로 끝나지 않았다. 조금은 억울할 수 있는 보관에 관련한 창고근무자들까지 총살에 처해진 것이다.

불량 원유를 보관하면서 그것도 몰랐다는 것은 태만이거나 비리에 합류한 것이라는 당의 결정이었지만 지금까지 원유의 불량 여부를 시험해 본 일은 없었다. 하지만 쓰지 못할 불량 원유가 너무 많이 섞여서 기존의 원유 탱크에 보관하던 원유마저도 이산이 생기면서 가뜩이나 제로이던 원유 비축량이 정말 심각한 지경에 이르게 되었고 책임질 일꾼들이 몇 명 더 필요했다.

중국에도 정식으로 문제를 제기했다.

중국입장에서도 당혹스럽기는 마찬가지였다.

페트로차이나는 중국 최고의 기업일 뿐 아니라 포춘지가 선정한 500대 기업의 10위안에 몇 년을 계속해서 들어간 중국의 자부심이 아닌가?

이러한 대기업이 비리와 관련해 외국에 불량 원유를 팔다니 있을 수가 없는 일이였다.

자체 진상조사를 벌인 결과 이 사건을 주도한 책임자를 찾아냈다.

하지만 사건의 전말은 정말 이해하기가 어려웠다.

비리라고는 해야겠지만 너무나도 이상했던 것이다.

분명 직원은 돈을 받고 그것도 거액의 뇌물을 받고 불량 원유를 북조선에 보냈다.

거기까지가 이 사건에서 이해할 수 있는 유일한 한계였다.

아주 이상한 것은 이 사건으로 이득을 본 사람이 없다는 것이었다.

나머지 원유를 빼돌린 것도 아니었다.

뇌물을 제공한 사람이 다른 무엇을 요구한 것도 아니었다.

그는 그저 돈만 제공하고 그것도 아주 거액을 직원은 그냥 쓸 수 없는 불량 제품을 운송하면 되는 것이었다.

대체 누가? 왜?

돈을 제공한 배후에 한국 사람으로 추정되는 미스테리의 인물이 있다는 것 외에는 그 어느 것도 밝혀지지 않았다. 그리고 수사당국은 이 미스테리의 한국인이 이미 출국했을 것으로 확신하고 있었다.

5

건국 이후 최악으로 치닫던 조중 관계가 새로운 전환점을 맞았다.

이제야 방중 해도 좋다는 회신을 받은 것이다.

안보리 결의를 문자 그대로 해석한다면 공화국 영토를 벗어나는 순간 체포의 위험이 있다고 해야 할 것이고 비록 극비리에 방중을 추진한다고는 하지만 망설임이 없는 것은 아니다. 그러나 이러한 절실한 순간에 움추려드는 것은 지도자의 모습이 아니다.

오히려 이러할 때일수록 당당히 세상에 나가 전리품을 가득 싣고 돌아오는 모습을 보여야만 하고 꼭 필요한 시기에 꼭 필요한 원군을 얻은 셈이었다.

그들 역시 도움이 절실한 이상 또 중국 역시 필요를 아는 이상 원조를 받게 될 것이다. 그 양과 시기는 줄다리기가 있겠고 지도자의 능력이 좌우하겠지만 이는 정치문제지 경제문제가 아니다.

경제논리로 풀어지지 않고 정치문제로 풀어야 하는 것이다.

당연히 인권문제에 대한 권고를 많이 듣겠지만 또 유엔에서의 동맹국으로서의 소행은 괘씸하기 그지없지만 너무도 절박한 그들의 상황은 그딴 것에 염두를 둘 때가 아니었다.

이는 철저히 북조선의 생각이고 대부분 희망사항이겠지만 아직도 그들은 현실을 모른다.

물론 돕자고 나서는 당원들이 없는 것은 아니다.

하지만 깨진 장독대에 부어도 부어도 소용없다는 것이 자명하게 드러난 마당에 그런 발언이 힘을 얻을 리가 없다.

상황이 너무 어렵고 앞이 보이지 않으면 현실이 제대로 보이지 않는 법, 지도자를 둘러싼 측근들은 희망 섞인 바램들만을 내뱉고 원로들 역시 옛날이야기에 여념이 없다.

이는 대부분 공치사를 곁들여서 한껏 부풀려진 이야기들이고 하도 오래 써먹다 보니 어디까지가 진실이고 어디까지가 부풀려진 이야기인지 자기 스스로도 알 수 없는 때가 많았다.

절망 가득하던 보고들이 넘치던 사무실에 한 줄기 희망이 보이자 활기찬 방중계획에 모두가 참견했고 특히 다른 때보다도 군부에서 많이 동행을 희망했다.

급히 서둘러야 하기에 대규모 방북단을 꾸리지는 못했지만 군부의 핵심인사들은 나름대로 중국과의 연줄이 있는 만큼 포함시키지 않을 수 없었다.

아무래도 군사적인 요청과 목적이 주를 이룰 것이기에 어쩌면 당연한 결과이기도 했지만 결과적으로 현명한 결정은 되지 못했다.

한때는 사관학교 같은 동기 중에서 25%씩 장군을 배출하던 시대도 있었다.

그만하면 정말 해볼 만한 시절이었을 것이다.

하지만 세월이 지나 한 기수에서 10%가 나올까 말까 한 시절이 되고 나서는 모든 것이 경쟁이고 끈끈한 동기애보다는 경쟁대상자로 여겨지는 경우가 더 많아진 것이 현실이다.

또 이러한 현상은 선후배 간의 관계에도 영향을 미쳐 전과 같이 깍듯하던 시절은 사라졌고 이해관계가 이 자리를 대신하게 되었다.

이해관계에서는 결국 정치 바람을 배제할 수 없는 것이 현실이 되었고 어느 선이냐가 장군 진급에 영향을 미칠 수밖에 없는 것이 현실이라고 하면 과연 어떻게 하는 것이 정말 현명한 처신일까?

현실이 어떻든 우직하게 전형적인 직업군인의 길을 걷는 것?

아니면 현실을 인정하고 현명한 처신을 통해 더 큰 물에서 자신의 뜻을 펼칠 수 있는 것?

한 장군의 30년 군대생활은 이러한 현실과 당위가 복잡하게 어우러진 세월이었으나 사관학교 동기로부터 시작된 김 장군과의 라이벌로서의 악연이 그동안 누려온 높은 지위와는 다르게 그를 불행하게 만들어 온 것은 아닌가? 김 장군의 인사파일을 보며 스스로 돌아보았다.

그는 아무리 생각해도 도대체 이해할 수가 없었다.

개인 문제로 중도 사퇴한 인물을 다음 정권서 다시 장관으로 지명하는 경우도 있는가?

한 장군 자신의 견해로는 그리 특출난 자질이 있는 것도 아닌 김 장군에 왜 그리 집착을 하며 엄청난 정치적 부담에도 불구하고 그를 고집하는 이유가 대체 뭔가?

정치에 관한 한 대통령이 그런 기초 상식을 모를 리 없지 않은가?

그러면서도 자연스레 떠오르는 생각 하나는 야당은 대체 왜 그토록 그의 지명을 저지하기 위해서 이토록 애를 쓰는 것일까?

그가 아는 한 자신이 속한 당이기는 하지만 이토록 한명의 임명을 좌절시키기 위해 합법과 불법의 경계를 넘나들면서까지 애를 쓴 모습은 본 일이 없고 이해할 수도 없었다.

이번에도 역시 청와대의 인사파일이 고스란히 야당의 의원들 손에 들어왔다.

너무 의아해 출처를 물었으나 알려줄 리 만무하다.

오히려 그를 묻는 그에게 너무 순진한 거 아닌가 하는 눈초리만 돌아왔을 뿐이다.

의혹을 찾으라는 특명이 별도로 그에게도 떨어졌다.

당연하다 그가 동기생이니 누구보다 잘 알 것 아닌가?

질문할 사항들에 대하여 자세히 준비하고 여러 번 연습해 보았다.

군에서 브리핑 연습은 많이 해 보았지만 질문을 연습해 본 일은 없다.

하지만 이에는 TV를 포함한 여러 언론에 포커스를 받게 되는 이상 거울 앞에서 여러 번 연습을 거듭할 수밖에 없다.

그의 신분은 바뀌었다.

이제는 군인이 아니라 이 나라의 국회의원인 것이다.

상임위를 들어가는데 동료의원이 속삭였다.

"의원님 긴장되시죠?"

"네 조금."

"긴장하지 마세요. 아마 의원님까지 차례가 오지 않을 수도 있습니다."

"무슨 말씀인지?"

"어제 밤 기막힌 제보를 하나 받았는데."

"전에 그 소스?"

"네 전에 그 소스."

"아마 견디기 힘들 겁니다."

"재밌게 구경하세요."

예상과 달리 지루한 신상의 질문과 답변이 이어지고 같은 상임위의 동료의원의 차례가 되었다.

동료의원의 질문이 끝나면 바로 자신의 차례가 될 것이다.

마치 자신이 장관 후보자라도 되는 듯 긴장이 되었다.

군 시절 어느 때가 이보다 더 긴장이 되었었는지 기억이 잘 나질 않는다.

긴장감을 억누르며 조용히 동료의원의 질문에 귀를 기울였다.

"2015년에는 어느 직책에 계셨습니까?"

"참모총장직에 있었습니다."

"혹시 현직에 계시면서 관련업체로부터 리베이트 같은 거 수수하신 일 있습니까?"

"없습니다."

"그해에 급격히 늘어난 재산이 있습니까?"

"없습니다."

"선서하신 거 맞지요?"

"네 공직재산 신고한 것을 보면 다음 년도에도."

"차명으로 가지고 계신 예금 있으신가요?"

"없습니다."

"확실한가요?"

"확실합니다."

"만일 있다면 어떻게 하시겠습니까?"

"전혀 없습니다."

“만일 후보자의 차명예금이 발견되었다면 어떻게 하시겠냐는 겁니다.”

“제가 책임을 져야지요.”

“물러나겠다는 뜻입니까?”

“차명예금 같은 거 없습니다.”

“자꾸 같은 이야기 말고 물러나는 겁니까?”

“네 그렇습니다.”

야당의원들끼리 묘한 눈빛을 주고받았다.

‘제대로 걸려들었다’ 하는 눈빛이었으리라.

“본인은….”

온갖 거드름을 피워가며 그는 서류 한 장을 들어 보였다.

“2015년 미국의 한 업체가 후보자의 차명계좌로 송금한 리베이트 50만불에 대한 증거를 가지고 있다면 어떻게 하시겠습니까?”

“저는 그런 일이 전혀 없습니다.”

“저는 여기서 증인을 신청하겠습니다.”

이에 대한 논란이 분분했다.

여당에서 증언을 막아보려고 필사적으로 애쓰는 모습이 애처로워 보이기까지 했다.

증인 선서를 마치자 동료의원이 의기양양하게 물었다.

“어느 직책에 계시지요?”

“민정수석실의 이양호 행정관입니다.”

“어떤 일을 하시지요?”

“공직 후보자의 재산 중 주로 금융재산 조사를 주로 맡아서 하고 있습니다.”

“제출한 계좌 사본 알고 계시지요?”

"네."

"누가 보낸 것입니까?"

"스티븐의 이름으로 되어 있지만 미국의 방산업체 L사로 알고 있습니다."

"어느 은행에서 어디로 보낸 거지요?"

"씨티뱅크 뉴욕지점에서 국내의 HSBC로 보낸 것으로 알고 있습니다."

한 장군 아니 한 의원은 더욱 긴장하며 귀를 기울였다.

"HSBC 예금주는 누구였지요?"

"이영숙이었습니다."

'뭐야?'

한 장군 아니 한 의원은 너무도 놀랐다.

기절한다는 표현이 맞았을 것이다.

다만 기절할 시간도 여유도 없다는 것이 문제이기는 했지만, 더구나 초선인 그는 뭘 어떻게 해야 하는지 몰랐다.

"차명인이지요?"

"네 그렇습니다."

"금액은 50만불 맞습니까?"

"그쯤 됩니다."

"그쯤 된다는 것은 무슨 말입니까?"

"정확히는…."

서류를 보면서 뜸을 들인다.

"49만 8752불인데… 아마 50만불인데 수수료를 제한 거 같습니다."

"아 그렇군요. 정확히 498,752불이지요?"

"네 그렇습니다."

"의장님!"

한 의원이 소리를 질렀다.

모두가 놀라서 한 의원을 쳐다보았다.

파랗게 질린 한 의원의 모습이 군인 출신이라는 것을 의심하게 만들었다.

"정회를 요청합니다."

"하지만 질문중인데요?"

"정회를 요청합니다."

질문중인 동료 의원이 나섰다.

"의원님, 제 질문만 마치고 잠시 정회하겠습니다."

아마도 동기생이 난처한 입장에 처한 것이 애처로워 정회를 요청했다고 생각했는지도 모르겠다.

하지만 한 의원은 물러서지 않았다.

아니 물러설 수가 없었다.

"본 의원은 정회를 강력히 요청합니다."

그의 표정을 보고 노련한 5선의 같은 당 김 의원이 나섰다.

"우리 초선의원님이 급한 사정이 있으신 거 같은데 잠시 정회하시죠?"

북한의 실질적인 실세는 최제강이라는 보도에 누구보다 경악한 사람은 최제강 자신이었다.

북한과 같은 일인 독재체제에서 넘버원에게 조금이라도 위협이 될 수 있는 인물이 결코 살아남을 수 없는 구조라는 것을 그 누구보다도 잘 아는 사람이 또한 바로 그였다. 위협이 되는 일물을 제거하는 것이 그가 맡은 제1의 과업이었다고 한다면 이제 그 대상은 바로 자기 자신이 되어버린 것이다. 한 번 두 번 정도는 있을 수도 있는 일이다. 하지만 남조선의 언론들이 연일 자신을 실세로 꼽아 대는 데에는 어찌 해볼 도리가 없었다. 살아남을 유일한 길은 지도자 동지께 직접 해명을 하는 길이고, 빠르면 빠를수록 좋았다. 하지만 비서실에서는 사흘 동안이나 연락이 없다. 지금까지 이런 일은 단 한 번도 없었다. 그리고 그게 의미하는 것이 무엇인지 그 스스로도 잘 알고 있었다. 분하고 원통하지만 넘버원 외에는 누구에게도 말을 꺼낼 수가 없고 꺼내서도 안 된다. 만일 다른 사람과 이 문제로 토론을 한다면 나중에는 그가 큰 화를 입을 것이 분명하고 공범으로 몰려 살아나오지 못할 것이 분명하다.

특히 이는 바로 그 자신이 지금까지 해왔던 일이 아닌가?

이제 모든 것을 내려놓고 마음을 비우고 단단히 각오를 해야 할 단계가 온 것이다.

어떻게 하다가 여기까지 왔고 남조선에서는 대체 왜 이리 나오는 것일까?

몇 가지 시나리오가 있었고 강 부부장 건도 그 중 하나였지만 확신할 수 있는 건 없었다.

모든 것을 내려놓고 마음을 비운 그가 할 수 있고 또 해야 할 마지막의 것이 있었다면 소중하지만 소중한 것을 그때까지 잘 몰랐던 가족들과의 저녁식사였다.

비록 그마저도 다 마치기 전에 요원들이 들이닥치기는 했지만….

보고서를 작성하면서 강 부부장은 생각을 해 보았다.

정말 이번 한 번만으로 그들이 나를 놓아줄까?

그들 스스로도 그렇게 약속하지는 않았다. 내게 선택의 여지가 없다는 것만 강조했을 뿐이고 그것이 사실이었다. 반대로 그가 공작을 하면서 매수를 하거나 약점을 잡은 의원들이나 고위관료 혹은 다른 형태의 남측인사들의 협조에 감사하며 놓아준 기억이 있는가?

오래 생각해 볼 것도 없이 불가능한 구조라는 것을 알았다.

당과 공화국을 한번 배반하면 다시는 돌이킬 수 없다. 그러면서도 빠져나올 방법은 없다. 상의는커녕 누구 하나에게도 입도 뻥긋할 수 없다. 그래도 지금까지 몸담았던 당과 공화국을 이렇게 허무하게 배신할 수는 없다. 타협안으로 나름대로 마련한 것이 불완전한 보고서였다. 나중에 객관적으로 확인이 가능한 방북 일시라든가 수행원 규모, 수행원 명단 같은 것은 사실대로 알려주고 중국 측 인사와의 회담 의제나 회담당사자에 대해서는 생략하기로 했다. 다시 재촉이 오더라도 모른다고 일관하기로 했다.

하라는 대로 협조하는 것이 결코 좋은 방법이 아니라는 것을 그는 경험을 통해 알고 있었고 최악의 사태를 대비해서라도 최소한의 빠져나갈 구멍은 필요하다고 느꼈다. 물론 지금이 최악의 사태다. 여기서 더 나빠진다는 것은?

생각도 하기 싫었으나 대책은 필요하다. 물론 그것이 좋은 대책은 되지 못했다. 사실 남측에서 필요한 것은 회담의제나 상대방은 아니었다. 그 부분을 강조한 것은 그가 그렇게 믿기를 바라서였을 뿐이고 정작 중요한 것은 지도자 동지의 출발일시였다.

반면 국정원의 입장에서는 강 부부장의 생각을 모를 리 없었고 지금 같이 다른 생각이 많을 땐 길을 한번 들여 주는 것이 좋다는 것을 경험으로 알고 있었다. 타깃은 김철종 내무성 부상으로 정했다. 처음 포섭 당시에는 나름대로 원만한 협조가 이루어져 왔으나 어느 순간부터 협조가 이루어지지 않더니 이제는 완전히 배 째라고 나오는 것이다.

막상 그가 막무가내로 나가면 남조선에서도 별로 어쩔 도리가 없다는 것을 깨닫게 되었다.

협박은 협박일 뿐이지 남조선에서도 굳이 협박을 실행해도 이득이 없으리라.

그의 카드는 시효가 만료된 것이 맞다. 그러나 남측 입장에서 협박실행의 이득이 없다고는 할 수 없었다. 다른 포섭 대상자에게 경종을 울리는 메시지로서의 역할을 충분히 담당해 줄 것이기 때문이었다.

평양 시내를 완전히 뒤덮는 어마어마한 양의 삐라가 새삼스러운 것은 이미 아니지만 오늘의 삐라는 너무도 새롭고 신선한 내용이었다.

뒷면의 교환권은 조금도 변하지 않았지만 앞면의 선동문구는 너무도 충격적인 것이었다.

항상 언급되던 '주민간의 반인도적인 행위 금지'는 당연히 권력기관이 주민에게 행해지는 반인도적인 작태들이라고 이해되었으나 최근 공공연히 벌어지는 주민들의 개인적인 복수들에 대해서 공개적으로 금지하는 내용을 처음으로 담고 있었다.

'악질'로 평가되는 기관원에 대한 개인적인 처벌이 한두 번에 대해서는 이해될 수 있는 현상일수도 있을 것이다.

'하지만 이것이 하나의 현상처럼 사회에 만연하게 된다면?'

그러나 오늘의 선동문구가 충격적인 것은 이런 상투적인 내용이 아니다.

'주민 간의 반인도적 행위에는 권력기관원도 포함된다'고 언급한 거까지는 충분히 이해되는 내용이었다. 하지만 뒤에 부가된 내용이 너무나도 중요했다.

'특히 김철종 내무성 부상은 끝까지 보호하자.'

특정인의 이름이 적대적으로 거론되는 것도 충격적인 일이지만 이렇게 노골적이게 우호적으로 거명되는 것은 훨씬 더 충격적이고 사형선고 그 자체라는 것을 모르는 사람은 없었다.

아니 북에게 있어서는 단순한 사형선고 그 이상이다. 가족의 생존까지 위태롭게 할 것이 분명하고 죽음을 애원할 수는 있어도 죽음이 그를 피하는 상상할 수 없는 바로 그 사태를 맞게 될 것이었으니까.

더구나 불행한 소식은 본인이 맨 마지막에 알곤 하는 법. 연행이 되었을 때에만 해도 그는 전혀 사태를 파악하지 못했다. 수사관들이 책상위에 내려놓은 삐라를 보고서야 비로소 전말을 깨닫게 되었을 뿐이다. 항변해 봐야 소용없다는 것은 잘 알고 있는 사실이었다.

후회해야 늦었다는 것도 관심의 대상이 아니었다. 유일한 관심의 대상은 포섭 대상자들의 반응이었고 이번 사태가 결코 남의 일이 아닌 만큼 당분간의 협조는 어렵지 않을 것이다. 협조를 않으면 언제든 앞면에 자신의 이름이 거명될 수 있다는 것을 잊을 때까지는 그 약효가 지속될 것이고 가능하면 약효가 오래가기를 바랐다. 카드를 버리는 것이 쉬운 일만은 아니다. 아쉬움이 클 때가 있다. 특히 사상 최대의 공작을 염두에 둔 경우에는 특히 그러하다.

어떻게든 조직지도부를 장악하는 것이 염두에 둔 사상 최대의 공작이었다.

가장 좋은 시나리오는 강 부부장과 같이 생각이 있는 사람이 조직지도부를 맡는 것이다.

'그는 우리 사람이다'라고 말할 수 있는 단계는 아니고 그럴 필요도 없었지만 가장 필요할 때 필요한 도움은 받을 수 있을 것이다. 군부에 우리사람을 심는 것도 중요하지만 군을 장악하는 조직에 우리 사람을 넣는 것은 더욱더 중요하다.

부장은 뚱땡이가 직접 겸하고 있다고 믿어지기에 어쩔 수 없더라도 1부부장만큼 만이라도. 그렇게만 된다면 핵무기를 장악하는 것도 용이해지고 그렇게만 된다면?

어렵게 제거한 최제강의 후임을 김철종이 천거해 주기를 바랐다. 사상 최대의 공작은 그렇게 시작되었어야만 했었다. 참으로 아쉬운 일이다.

어렵게 만든 우리 사람을 우리 손으로 정리하다니.

풍랑의 한 가운데에서도 풍랑이 익숙해지면 숨을 쉴 수 있는 법이다. 한숨을 돌릴 상황이라고 결코 이야기할 수 없는 상황에서도 오 소장은 모처럼 한숨을 돌릴 수 있는 여유를 맞고 있었다. 잠시 그에게 허락된 여유를 맞아 그는 부임 후 지금까지의 상황을 잠시 돌아보았다. 지금의 시국은 위기상황이라는 표현을 넘어 이러다가는 국가 붕괴직전으로 몰리는 것이 아닌가 하는 의구심까지 들기도 하였으나 붕괴라는 것은 그렇게 쉽게 찾아오는 것이 아니다.

자신이 어렵게 입성한 지도층의 특권들을 음미해 보면서 아직도 공화국의 위대한 면을 여러 각도에서 곱씹어 보았고 또 그러기 위해 안간힘을 쓰며 노력해 보았다. 하지만 그의 여유로운 음미가 마저 다 끝나기도 전에 다시 한 번 의구심을 불러일으킬 수밖에 없는 풍랑이 휘몰아치기 시작했다.

남조선의 대통령이 취임하기가 무섭게 미국으로 달려갔다는 것은 알고 있었다. 워싱턴이 아니고 LA에서 회담을 한다는 것도 알고 있었다.

'특정 도시에서 회담을 연다는 것이 무슨 의미가 있는 것이겠는가'마는, 문제는 그 다음 행로였다. 회담을 마치고 양 정상은 마치 친구라도 되는 것처럼 다정하게 함께 네바다로 옮겨갔다. 그리고 거기에는 특정 무기의 실험장이 있었다. 벙커버스터에도 종류가 있다면 그 중에서도 가장 악질은 단연 GBU-57이다. 제원 상으로는 지하 60M를 뚫고 내려가 지하요새를 타격한다고 되어 있지만 여러 발이라면 그 이상도 가능할 것이고 공화국의 어떠한 지하 요새도 자유로울 수 없을 것이다. 그러나 다행히도 남조선에는 이를 투발할 수단이 없었다. 폭탄 한 발의 무게만도 2.4톤이나 하기 때문에 미군에게도 이를 투발할 수 있는 폭격기는 B-2나 B-52 정도만이 거론될 뿐이다. B-2 한 대의 가격은 약 12억 달러라고 알고 있지만 그것은 단순히 가격의 문제가 아니다. B-2는 아무 비행장에서나 이착륙이 가능하지도 않거니와 미국이 아무에게나 팔 수 있는 물건도 아니었다. 하지만 따져보면 반드시 투발수단을 소유해야 하는 것만도 아니다. 그들이 거기서 다정히 앉아 함께 감상하며 관람하듯 즐긴 새로운 무기의 시험 장면은 바로 이 GBU-57의 개량형이었다. 무게는 획기적으로 줄인 반면 관통력이나 폭발력은 한층 강화되었다고 한다.

'그래 좋아, 그래서 어쨌다는 말이냐?'

사춘기 학생들이 반발하듯 한 심리가 머리끝까지 치솟았으나 그의 질문에 답변이라도 하듯 미제국주의의 대통령은 명령문에 서명을 했다.

'개량형 벙커버스터를 즉시 괌의 엔더슨 공군기지에 배치하라!'

남조선의 대통령은 바로 옆에서 그의 명령문에 서명하는 것을 지켜보았다.

그가 박수를 치는 모습 하나만으로도 그는 영원히 죄를 씻을 수 없는 악질 반동분자로서 삼대를 멸하고도 부족한 민족반역자가 아닐 수 없을 것이다. 더 마땅한 표현도 있겠지만 지금은 생각이 안 나고 생각하기도 싫었다. 더 이상은 어떠한 질문도 싫었고 이러한 행위의 의미를 생각하기도 싫다. 보고서도 쓰기가 싫어졌고 제발 무력부장 동지께서 브리핑을 요구하지 않으셨으면 좋겠다는 생각뿐이었다. 모두가 뻔히 아는 것을 구태여 물을 것도 들을 것도 생각할 것도 무엇이 있겠는가? 두말할 것도 없이 그들은 선제공격을 노린다. 아마도 핵시설에 대한 폭격을 상정한 것일 것이다. 그리고 우리가 반격하면 혹은 반격의 기미만 보이면 우리가 타격을 입힐 원천에 대해서 일거에 제압해 버리겠다는 의도 말고 무엇이 있겠는가? 그들은 충분한 화력이 있다. 그들에게 위협이 되는 야포나 장사정포는 물론이고 장거리 미사일 등에 대해서도 일거에 제압할 만한 능력을 이미 갖췄다. 마지막 기대를 걸어 볼 수 있는 지하 요새와 지휘부를 타격할 능력까지 갖추게 된다면 모든 주도권은 그들이 갖게 되고 이미 가지고 있는 셈이다. 그의 미국 방문의 목적은 여차하면 우리의 공격능력을 선제적으로 대응해서라도 일거에 무력화 해 버리겠다는 강력한 의사표시 말고 무엇이란 말인가?

그렇다. 이들은 자신들에 피해를 줄 수 있는 공화국의 모든 시설들을 필요하다면 사전에 완전 초토화시키는 작전을 발전시킨 것임에 틀림없다. 완전초토화의 개념도 사실상 돈의 문제였고 얼마가 필요한지도 산정이 어렵지 않을 것이다. 그리고 그들의 경제력이면 큰 어려움 없이 준비를 마칠 수 있을 것이고 어쩌면 준비를 마친 것인지도 모르겠다. 우리가 모르는 사이에. 아니면 우리가 방심하고 있는 사이에. 낡은 사고의 틀에 안주하고 있는 사이에.

오래전 영변 핵시설에 대한 폭격 계획에서는 우리의 반격에 대한 남조선의 피해 규모를 산정했고 그 피해 규모가 바로 폭격 실시를 주저 않게 만든 가장 중요한 요소였다. 하지만 이제 그들은 아예 선제공격을 통한 피해 규모 최소화의 방안을 찾은 것이다. 핵시설의 제거와 함께 아예 공화국의 붕괴를 동시에 노리고 있는 것이다.

남조선과 미제의 양국 정상은 다시 LA로 옮겨 공동성명을 발표했다. 핵시설의 일체 동결과 사찰, 그리고 기 제조된 핵무기의 남조선 구입과 공개폐기 등의 내용을 장황하게 떠들어댔다. 많이 반복되었던 이야기들은 그렇다 치더라도 남조선이 구입 후 공개해서 폐기하겠다는 내용이 새로 들어간 것이었다. 신선하다고 할 수도 있을 이들의 공동성명은 그러나 후반부에 가더니 뉘앙스가 전혀 달라졌다. 그들이 시한을 못 박은 것이다. 단순한 하나의 독트린의 차원을 넘어 사실상의 최후통첩이었다. 그리고 그 시한을 넘기면 어떻게 하겠다는 내용을 담지는 않았으나 그들이 어제 보여준 네바다 무기 시험장의 성능 시험장면이 대신하여 이를 웅변해 주고 있었다.

5년 전 인사청문회에서 깨닫게 된 중요한 교훈 하나는 비록 청와대라 하더라도 언제든 존재할 수 있는 내부의 적을 조심해야 한다는 것이었다.

5년 전 그를 국방장관에서 낙마시킨 사건은 인사 문제와 깊이 관련된 사람이 아니면 결코 알 수 없는 문제였고 사실 문제라고 할 만한 사건도 아니었다. 그러나 진짜 문제는 사건 자체보다는 목적이 사건을 만든다는 것이었고 수단 방법을 가리지 않고 낙마시켜야 하는 목적이 있는 이상 나머지는 그저 재료의 하나일 뿐이었다. 심증은 있으나 물증이 없다는 말처럼 답답한 말은 없다. 그래서 이번에는 지난번의 교훈을 살려 몇 가지 창의적인 방안이 수립되었다.

첫째 미끼가 될 만한 다른 사람의 비리자료를 김 장군의 파일에다가 넣는 것이다. 그리고 그 정확한 비리 금액은 환전금액을 액수로 산정해서 민정수석실의 직원마다 아주 미세하게 다르게 작성해서 배부했다. 같이 비교하지 않으면 결코 알 수 없을 만큼만 다르게 하면 누구의 서류가 유출되었는지 쉽게 파악할 수 있을 것이었다. 의심이 가는 행정관이 없었던 것은 아니지만 물증이 없는 한 조심하는 것이 좋았고 장관 선임의 미끼로 사용하는 것이 훨씬 좋았다.

영원한 '갑'인 국회의원이 그것도 야당의원인 자신이 장관후보자를 신문함에 있어 같은 동료의원들이 취조해 나가는 그 사건이 바로 자신을 타깃으로 한 사건이리라고야 누가 생각이나 할 수가 있었겠는가?

진행이 되는 와중까지도 무언가 이상하다고만 여겼지 자신의 이야기라고는 조금도 생각지 않았고 생각할 수도 없었다.

장관후보로도 거론되었던 이제는 야당의원인 한 장군은 비록 자신의 것임을 시인하지는 않았고 그럴 필요도 없었지만 내심 얼마나 크게 놀랐겠는가?

자신이 장관후보자가 아닌 면책특권에 빛나는 국회의원임을 다시 한 번 감사함으로서 일을 마무리 할 수 있었고 이제 다른 생각을 할 엄두도 내지 못하겠지만 그래도 놀란 가슴을 쓸어내리는 와중에는 마음에 평안이 가득했다.

주변의 동료의원들이 오늘처럼 믿음직한 적은 여태까지 없었고 한없는 동지애를 느꼈다. 비리와 관련해 미안한 마음을 가져보려고도 했지만 여기서는 그런 것에 누구도 또 조금도 신경 쓰지 않는다. 그의 마음에는 참으로 좋은 동료들이라 믿어 조금도 의심치 않았다.

권 행정관 역시 사무실에서 모두가 보는 가운데 짐을 쌌으나 주변의 눈총은 조금도 아랑곳하지 않았다. 징계위원회가 곧 열릴 것이고 파면 결정이 내려질 것이라 믿어졌지만 그녀는 믿는 구석이 있었다. 자신을 비호하고 보호해줄 사람들이 얼마나 힘 있는 사람들인지 스스로 잘 알고 있었고 이 사건이 언젠가는 훈장이 되어 자신의 앞날에 배경이 될 것임을 조금도 의심하지 않았다. 스스로 자랑스러워할 만한 사항인지는 조금 더 따져봐야겠지만 자신의 장래에 결코 손해가 가지는 않을 것이다. 그저 아쉬운 것이 있다면 조직에 있을 때 더 자세히는 조직에 침투했을 때 더 열렬히 투쟁하지 못한 것이 유일한 아쉬움이자 미안함일 뿐이었다. 만일 같은 목적으로 특정 정권 때 심어둔 후배에게 무언가 조언을 부탁한다면 그녀는 틀림없이 조직에 있을 때 더 열렬히 투쟁하라고 독려하였을 것이다.

사명감이라는 단어를 여러 번 반복하면서….

그녀가 지금까지 그리하여 왔듯이.

그러나 그녀는 신변처리가 단순한 징계의 차원을 떠나 비밀누설이나 공무방해 외에 몇 가지 죄목으로 체포영장이 청구되자 당당하던 모습은 어디가고 야당 당사 안으로 숨어 버렸다. 당연히 레코드판은 또 다시 돌아가고 있었다. '야당탄압'이니 '민주주의의 사망'이니 귀가 닳도록 들어 이제는 더 이상 듣기도 싫은 그 이야기가 다시 한 번 지치지도 않고 반복되었다. 야당의 여러 의원들이 나와 사태의 중요성에 대해서 거품을 물고 떠들어댔다.

하지만 여당과 정부의 대응은 전과 달랐다. 법의 문제는 법원과 검찰에서 전적으로 알아서 할 문제일 뿐 일체의 논평을 하지 않겠다고 했다.

당연히 법원은 정권의 시녀로 전락했기에 법 집행을 용납할 수 없는 야당에 대해서 공권력의 신성함에 대해서 옹호해야 했으나 철저히 이를 피한 것이다. 아예 언급을 않기로 했다.

그럴수록 거세만 가는 야당의 공격에 대해서 공권력의 권위를 세우기 위해 물리력을 동원해야 한다는 여론과 여당내의 주장이 힘을 얻어가고 있었다. 법이 진정 만인에 평등이라면 야당이라고 해서 예외일 수는 없다고들 했다. 하지만 야당은 자신들의 오른 팔을 끝까지 사수하기로 했고 또 그래야만 했다. 오히려 사수를 위한 결의의 내용은 날로 강경해져만 갔다. 결의의 내용만 본다면 이제는 그들 스스로도 물러설 수가 없을 것이다. 임 의원과 일당들은 그들의 발표를 볼 때마다 배꼽을 쥐고 웃어댔다. 저토록 결의에 찬 성명들도 어느 한순간 언제 그랬냐는 듯 잊어버릴 그 순간도 생각해 보았다.

검찰의 대응은 속 터지는 것이었다. 당사를 포위한 것까지는 좋았다. 물리력 동원을 최대한 억지하는 것도 좋았다. 하지만 대한민국의 법집행이라는 것이 이토록 우스운 것인가? 체포영장을 소지한 수사관들이 대한민국 영토 내에서도 법집행을 위해 건물 안에 들어가지도 못하고 번번이 쫓겨 나오는 것이다. 다음날은 수사관들이 아예 멱살까지 잡혔다. 그리고 문제의 바로 다음날에는 영장집행을 위해 당사 안으로 들어간 수사관들이 오히려 포위를 당한 채 공공연한 협박을 받아야만 했다.

'파쇼의 개들'이었고 '미제의 주구'들이었기에 받아야할 마땅한 대우였지만 검찰은 서두르지 않았다. 시간은 그들의 것이었다. 온 국민이 이 장면을 목도하고 있었다. '법을 집행하는 자들과 법위에 있는 자들의 싸움' 그 이상도 그 이하도 아니었던 것이다. 처음에는 비등하던 여론이 번번이 힘없이 뒤돌아서야만 하는 법을 집행하는 자들을 옹호하는 쪽으로 기울기 시작했다. 그래도 검찰은 서두르지 않았다. 오히려 당황한 것은 야당이었다. 여론의 추이가 전혀 예상치 못한 것이었던 것이다. 그들은 홍보를 위해 다시 한 번 레코드판을 열심히 틀어야 했으나 대한민국 국민이 바보는 아니었다. 더구나 이제는 그들 스스로 성명과 결의를 통해 치고 다져진 배수진으로 인해 쉽게 물러서기도 어려워 이러지도 저러지도 못하는 상황이 되어버렸고 출구를 모색해야 하나 그마저도 쉽지 않은 상황으로 빠져들고 있었다. 당내에서도 더 이상은 무리라고 떠들어 댔지만 우리 사람들을 보호하지 않는다면 조직에 침투한 우리 사람들의 도움을 받기란 불가능해지는 것이다.

법보다 중요한 것이 있다는 것도 모르는 멍청이들이 당내에는 아직도 너무 많이 있었다.

'進退兩難'

이보다 더 좋은 한자어가 또 어디에 있는 것일까?

임 의원은 그들의 상황을 상상해 보면서 너무도 신이 났다. 3월초라 아직 차갑기는 하지만 야외에 나가 술이라도 한잔하자고 하고 싶었다. 이 좋은 계절에 시라도 한 소절씩 읊어 댄다면 얼마나 운치가 있는 밤이겠는가? 당연히 주어진 시어는 '진퇴양난'이어야 하겠지만.

그는 야당대표에게 전화하고 싶은 욕망을 꾹 참아가면서 오지 않는 잠을 애써 청하며 모처럼의 즐거운 밤을 만끽해 보았다.

온 국민의 시선이 체포영장의 집행에 몰려있는 사이에 국방장관의 취임식은 조용하게 치러졌다. 그리고 바로 국방장관이 취임하는 그 시간 대한항공 화물 전세기 한 대가 심양을 향해서 이륙했다. 인천공항을 이륙하고는 평소같이 서진한 후에 기수를 북으로 돌렸다. 평소보다 조금 더 한반도 영공으로 붙어서 운항을 하기는 했지만 티는 나지 않았다.

아주 조심해서 조금 더 붙였을 뿐이니까. 북위 39도를 넘어서자 대원들 모두에게도 긴장의 기운이 역력했다. 그럼에도 대원들의 표정에는 투지가 불탔다. 문이 개방되자 대원들이 하나씩 뛰어 내리기 시작했다.

단순히 낙하산을 펼치는 게 아니기 때문에 대원 하나하나의 출발 때마다 많은 배려와 주의가 필요했다. 두말 할 것도 없이 대원들 모두가 이에 대한 충분한 연습과 훈련을 받았다. 그 이름도 빛나는 707특수임무대가 누구인가? 특수부대 중의 특수부대, 특전사 중의 특전사가 아닌가?

패러글라이더를 이용해 북한에 침투하는 계획은 당초 전두환 대통령 때 고안이 되었다. 아웅산 테러사건에 대한 보복으로 계획된 벌초계획으로 알려져 있다. 휴전선 부근에서 수송기를 이용해 패러글라이더를 이용, 북한에 침투 주석궁을 폭파한 후에 귀환한다는 것이 작전의 개요였다. 물론 실행되지는 못했지만 패러글라이더로 야간 비행해서 수십 킬로미터를 이동해 북에 침투한다는 아이디어는 당시로서는 아주 평가할 만한 것이었고 지금에 있어서도 매우 유용한 전술이 아닐 수 없다.

그리고 심양행 전세기가 이륙한 그 날 밤, 청천강 변에 잠수함 하나가 조용히 떠올랐다.

214급 1번함인 손원일 함이었다.

청천강은 비교적 큰 강이고 북한의 다른 강들에 비해 직선이고 수심이 낮다고는 할 수 없지만 잠수함이 철교까지 가지는 못한다. 만에 하나 무리하다가 문제가 생기면 보통 낭패가 아니다. 여러 번의 정찰을 통해서 잠수함이 대기할 수 있는 지점은 찾아냈다. 청천강 철교는 평안북도 박천군 동남면과 평안남도 안주군 신안주면을 연결하는 철교로 경의선의 맹중리역과 신안주역 사이에 있고 청천강 하구의 해안에서는 상류로

27㎞ 지점에 위치하고 있다.

27키로라고 하지만 잠수함이 대기하는 지점으로부터는 약 12키로밖에 떨어지지 않는다. 거기서부터는 육로로 청천강 철교에 접근해야 한다. 물론 뚱땡이는 보트에 태워야만 한다.

뚱땡이와 그 일당들, 특히 노인네들을 데리고 육로로 이동한다는 것은 불가능한 일이다.

철교에 접근할 때에 보트를 이용해서 굳이 시선을 끌 필요는 없지만 내려올 때는 반드시 필요한 것이다. 일반 주민들은 아무런 관심이 없을 것이 틀림없다.

잠수함 대기지점과 철교 사이에는 초소가 세 개가 있다. 이들은 우리 요원이 감시하지 않으면 안 된다. 만에 하나 문제가 생기면 저들에게도 좋을 게 없겠지만 우리에게도 좋을 것이 하나도 없다.

4인 1조가 된 해군 특수전 요원들이 1개 초소씩 맡아 사전 배치되었다.

청천강 철교에 요원들이 배치될 즈음에는 해군 작전사 9전단의 214급 잠수함 나머지 3대가 특수전 여단을 태운 채 각각의 목표를 향하여 조용히 발진을 시작했다. 무수단이나 동창리는 해안가의 시설이기 때문에 항공기를 이용할 필요가 없었다. 이미 여러 차례의 사전 정찰도 마쳤다. 하지만 이제는 훈련이 아니다. 어느 훈련도 긴장되지 않은 경우는 없었다. 북의 영해를 통해 직접 침투하는 훈련이 간단한 일이겠는가?

그래도 훈련이 반복되면서 기지 안으로까지 침투를 마치고 귀대했을 때의 짜릿함이란? 홍 중사는 많은 위안을 떠올리며 긴장을 완화해 보려 했지만 막상 실전에 임하니 잘 되지는 않았다. 그래도 그들은 최정예 대한민국 해군의 특수전 요원 아닌가? 그래도 긴장은 잘 풀리지 않는다.

주변의 동료들을 바라보며 긴장을 풀어보려고도 했다. 항상 동료들이 함께하는 작전이라면 무엇이 두렵겠는가? 홀로 그것도 야간에 적의 영공을 활공해야 하는 공수부대에 비하면 자신은 행복하다고까지 해야 한다고 믿었다. 그렇다고 해도 별로 위안이 되지 않는 것은 사실이다.

밀려오는 긴장감을 참을 수 없어 오늘만 3잔째의 커피를 타기 위해 다시 일어난 홍 중사는 비로소 위안거리를 찾는데 성공했다. 같은 214급 4번함인 김좌진함에 타고 있는 동기 고 중사가 생각이 난 것이다.

그들은 대동강에 상륙하여 직접 평양으로 침투한다.

철통 같은 보안에 겹겹이 둘러싸인 군사시설들을 생각하면 절로 몸서리가 쳐졌고 그에 비해 자신은 얼마나 운이 좋은 것인가? 동창리 시설은 그에 비하면 정말 아무것도 아니었다.

합참의 지하벙커에는 장관을 비롯한 작전 지휘관들이 모두 일어서서 상황을 지켜보았다.

도저히 앉아 있을 수가 없었다.

'이 땅의 젊은이들을 사지에 보내놓은 것이다.'

'그것도 내 손으로….'

오래 전부터 준비한 것이었고, 반드시 해야 하는 역사적 사명이라 믿어 조금도 의심하지 않았지만 그렇다고 마음이 편할 수는 없었다.

대통령께서 미국순방을 마치고 귀국을 위해 LA에서 출발하셨다는 보고가 올라왔다. 벙커에 들르겠다는 참모진의 의견도 있었으나 그것은 좋은 방법이 아니다. 대통령께서도 양해를 하신 만큼 청와대에서 상황을 보고받으실 것이다. 몸은 미국에 있었지만 온 마음이 이곳에 있었음을 누군들 모르랴?

'모든 정상회담은 성공적'이라는 평범한 진리도 이번만은 예외였다.

70년 맹방이요 혈맹인 그들도 이번 방문만은 그 어디에서도 그러한 흔적을 찾을 수 없었다.

혈맹의 주석은 지도자 동지께 전혀 따듯하게 대하지도 않았고 이야기 자체를 들으려 않았을 뿐 아니라 적대감마저도 감도는 매우 당황되고 비상식적인 회담이었다. 군 수뇌들 역시 전혀 그들의 방문의도를 관철시킬 기회를 얻지 못했다. 회담이라는 단어조차도 별로 어울리지 않는 일방적이고 강압적인 요구만이 있었을 뿐이다. 떼놈들이 아예 작정하고 불러서 작정하고 해댄 것이다. 인권이 어쩌구저쩌구의 문제는 이미 하루 이틀의 문제가 아니다. 또 지도자 동지가 거절한 것도 아니었고 다 알아 들었고 실행하겠다고 즉시 약속했다. 하지만 그들은 들으려 하지 않았다. 자주 주권국의 국가원수의 약속을 이토록 믿지 못하는 혈맹에게 무엇을 바라겠는가?

그래도 지도자 동지는 인내를 가지고 설득했다. 특별히 이야기를 한 것은 없지만 혈맹국 주석의 요구에 최선을 다해 끄덕였다. 끄덕여 준 대가를 말할 수 있는 기회가 주어지기만을 학수고대하면서. 하지만 그 기회는 영원히 주어지지 않았다. 그들은 그들이 원하는 것을 주려고 부른 자리가 아니었던 것이다. 유일하게 매달린 동아줄이 사실은 썩은 동아줄이었지만 젊은 지도자도 오기는 있었다. 당장 자리를 때려 치고 나오진 않았지만 그의 맘속엔 이미 '우리끼리'만이 맴돌고 있었다.

떼놈들의 권유대로 남조선에게 핵무기를 파는 것이야 무엇이 어렵겠는가?

돈도 벌고 핵문제도 해결하고. 지도자 동지의 방중 이전에도 이미 비공식적인 루트로 제안을 받은 바 있는 사실이고 아주 진지하게 검토도 되었던 것이 사실이다. 문제는 그들이 사찰을 시작하면 공화국의 핵능력과 현황을 한눈에 알게 된다는 것이었다.

사실 또 그거야 아무러면 어떻겠는가?

충분한 가격만 받을 수 있다면.

하지만 문제는 거기에서 끝나지 않는다. 그들의 제안을 받는다면 그들이 바보가 아닌 한 다시는 핵 프로그램을 가동하기 어려울 것이다. 충분한 자금으로 다른 사업을 시작하자는 의견도 없었던 것은 아니고 구체적으로 자금만 있다면 시작해 볼만한 사업도 있었다. 정말 중요한 문제는 문제의 그 자금이 우리 마음대로 사용할 수 있는 자금이 아니라는 것이었다. 주민이라고 부르는지 백성이라고 부르는지 혹은 민중이라고 부르는지 몰라도 그들의 식량과 그들의 생존과 그들의 생활환경 개선이라는 목적에 국한하고 있었고 그들이 집행을 통제하겠다는 데에 문제의 핵심이 있었다. 우리민족 끼리도 이토록 믿지 못하는 집단하고 무슨 이야기를 더 진행한다는 말인가?

정말 중요한 문제는 그들이 무엇이라고 부르는 그들은 공화국 내에서는 조금도 고려의 대상이 아니라는 것이었다. 그들이 '이밥에 고깃국'에 잘 먹는 것은 좋은 일이다. 문제는 그것은 우선순위에서 한참 뒤의 일이라는 것이었다. 지금 조국이 위태로운 마당에 그런 것들이 정책결정의 고려요소가 될 수는 없는 것이다. 그리고 아마도 공화국이 존재하는 한 그것은 정책의 고려대상이 될 수가 영원히 없을지도 모르고 또 될 필요도 없을 것이다. 그리고 아주 어쩌면 그것은 영원히 고려의 대상이 되어서는 안 될 사안인지도 모른다. 그들이 배불리고 이런저런 것들을 생각하고 판단하게 될 상황을 생각해 보라.

그런 사태를 누가 감당한다는 말인가?

그들이 일일이 당과 지도자의 결정에 의견을 내고 가타부타를 시작하다니. 생각만 해도 치가 떨리고 상상할 수도 없는 일일 것이다. 그들은 반드시 굶주려야만 하고 하루 벌이를 위해서 다른 생각을 할 틈이 없어야만 하는 존재들일 뿐이지 다른 존재가 되어서는 결코 안 되는 것이다.

한편 떼놈들에게 있어서도 현실을 직시할 좋은 기회를 얻었다.

이들은 병들었다. 장님이고 앉은뱅이들이었다. 결코 혼자서는 일어서지도 못하고 앞을 보지도 못한다. 너무 깊이 병들어 스스로는 치유할 방법이 없고 오직 메스를 들고 환부를 도려내야만 한다. 그들에게 인권이나 복지에 대해 떠드는 것은 그저 무의미한 메아리일 뿐이다. 장님에게 '왜 앞을 못 보냐'고 윽박지른다거나 앉은뱅이에게 '일어나라'고 다그치는 것이 가한 것인가? 오히려 윽박지르고 다그치는 자가 더 이상하고 병든 자인 것은 아닌가? 이들은 결코 스스로 치유될 수 없다. 이들의 병은 너무 오래고 환부는 깊을 뿐 아니라 빠른 속도로 더 깊이 썩어 들어가고 있다. 지금까지 우리는 우방이라는 이름으로 이들의 환부에 그저 보기 좋으라고 연고만 발라 주었지 환부를 도려내고 치유를 해줄 생각은 조금도 하지 못했던 것이다. 우리의 연고가 이들의 환부의 상처를 더욱 더 깊이 썩어가게 만들어 버린 것이다. 너무 늦기는 했으나 이제라도 손을 대야만 하지 이대로는 안 된다.

회담의 결과에 대해 아무도 이야기해 주지 않았으나 결과를 모르는 사람은 아무도 없었다.

너무도 무거운 발걸음으로 앉혀 놓은 몸뚱아리들을 실은 열차가 무겁게 움직이기 시작했다.

무거운 짐 덩어리가 모두를 짓누르는 이 무거운 분위기 속에서는 오히려 잠이라는 도피처가 더 편안하게 와 닿았는지도 모른다.

열차가 출발하자 일행 모두가 일제히 잠에 빠졌다. 아마도 회담에 대해 더 이상 이야기하고 싶지 않아서리라. 그런 와중에도 호위총국장은 남몰래 안도의 한숨을 내쉬었다. 회담 결과야 실망스러운 것이었지만 그에게 있어 이번 방문이 최악의 사태는 아니었다. 미제국주의 놈들과 그의 하수인이 유엔에서 결의한 내용 때문이었다. 감히 누구도 입에 담을 수는 없었지만 그에게 있어서는 걱정을 않을 수 없었던 것이다. 압록강을 넘어 열차가 조국의 품에 안기자 비로소 그에게도 편안한 잠이 찾아왔다.

모두가 조금은 지쳐갈 즈음에 야당당사를 포위하고 있던 경찰들이 드디어 영장을 집행하기 위해 당사로 진입을 한다는 소문이 파다했다. 모든 당원들이 당사로 집결했다.

그들의 영원한 동지 권 행정관을 보호하기 위해서.

마침 그 시간은 야당의 지도부에서 사태의 출구를 모색하던 시간이었다. 그녀를 내주는 대신 몇 가지 조건을 내걸 생각이었다. 하지만 진입을 시도한다는 소문이 그들이 시도하던 모든 출구를 막아버렸다. 결사를 다짐하고 모두가 하나 되어 그녀를 보호할 것이다. 진입은 7시라고 하더니 9시로 미뤄지고 다시 한적한 밤11시라고들 한다. 물론 그것도 다시 늦춰질 것이었지만 아직은 사태를 파악하지 못할 것이다. 조금씩 지쳐가고 완전히 지쳐야 하고 그러기 위해서는 더 긴박한 경찰들의 움직임이 뒷받침되어야 하겠지만 그러기엔 아직도 시간이 많이 남았다. 야당에서는 서장도 찾았고 청장도 찾았지만 그들은 더 높은 곳에서 대책회의를 하느라고 의원들의 전화를 받을 수가 없었다. 다만 맞은편 건물 1층의 스타벅스에서는 임 의원만이 이 사태를 여유 있게 감상하고 있었을 뿐이다. 11시가 넘어도 진입은 이뤄지지 않자 긴장이 다소 풀어지는 분위기였다.

때를 놓치지 않고 임 의원이 핸드폰을 들었다.

같은 국방위의 노련한 5선의 김 의원을 목표로 했다.

"빨리 내줘야지?"

최대한 약을 올리도록 톤을 조절했다.

"길을 열어 줘야지!"

"길은 무슨 길이야? 수갑 차고 나오면 되지!"

"내부 고발자를 이렇게 다루면 어떻게?!"

"내부 고발자 같은 소리하고 있네."

"뭐야?"

"영장심사 해보면 알 거 아니야?"

"그냥 불구속으로 하라니까?"

"판사 못 믿어? 정권의 시녀여서?"

"왜 쫀쫀하게 여자애 하나 가지고 그래?"

"푸하하하… 왜 쫀쫀하게 빨갱이 년 하나가지고 그래? 빨리 내쫒지?"

"뭐야 이 씨발."

임 의원은 핸드폰을 내려놓았다. 당연히 끄지는 않았다. 구체적인 이야기는 듣지 않아도 된다. 그냥 그들이 흥분해서 떠드는 톤이 듣고 싶었는지도 모르겠다. 음악은 아니지만 대신 감상하며 커피 한 모금을 넘겨갈 때쯤 폰이 잠잠해졌다. 일찍 끊긴 것은 그래도 김 의원이 싸움닭은 아니란 뜻이리라.

폰이 끈기자 임 의원은 다른 어딘가로 전화를 걸었다.

당사를 포위한 경찰들이 교대를 하느라고 분주하고 어수선했다. 당원들은 교대된 경찰에 비해 다소 지치기는 했지만 그녀를 지켜야 한다는 사명감만큼은 조금도 식지 않았다. 이때 교대를 마친 경찰들이 당사 정문을 중심으로 양쪽으로 길을 내더니 경찰차 몇 대가 요란하게 도착했다. '경찰특공대'라고 쓰인 것을 당원들도 보았을 것이다. 완전 무장한 대원들이 차에서 내려 절도 있게 정열했다. 드디어 때가 온 것이다. 당원들 모두가 긴장했다.

야간의 북한 영공이 어둡다는 것을 모르는 사람은 없다. 칠흙같이 어둡다고들 한다. 그러나 오직 홀로 패러글라이더 하나에 의지하여 적진 한가운데서 더 깊은 곳을 향하여 칠흙 속을 활공하는 심정은 그 누구도 헤아릴 수 없다. 수많은 훈련을 겪은 최정예 멤버라 하더라도 그 어려움과 공포는 단순한 훈련만으로 극복되는 것이 아니다.

패러글라이더는 3시간 가까운 활공을 마치고 영변 핵시설 주변의 약속한 장소에 하나 둘씩 내려앉았다. 단순한 훈련만으로는 불가능한 첫 임무를 한명의 낙오자도 없이 마치고 모두가 모이자 이제야 한숨을 돌린 대원들은 숨을 죽이며 본부의 명령을 기다렸다.

압록강을 건너서 얼마나 된 것일까?

북한에서 열차는 천천히 달린다.

철도 사정이라고는 아무도 이야기하지 않지만 하여튼 천천히 달리는 것이 좋다. 아마도 한두 시간쯤 되었을 때 지도자 동지를 실은 1호 열차는 청천강을 통과하고 있었다.

모두의 긴장이 풀려 편안한 잠이 든 무렵이었을 것이다.

철교에 들어서서 강을 거의 건너갈 무렵 기관사가 아주 이상한 것을 발견했다.

철교 끝부분에 장애물이 설치되어 있는 것이 아닌가?

설마해서 눈을 씻고 다시 보았으나 틀림없는 장벽 형태의 장애물이었다. 너무 놀라 급제동을 걸었다. 충돌직전 장벽 앞에 멈춰서기는 했으나 아직도 믿어지지가 않는다.

'어찌 이런 일이….'

상상하기도 힘든 일이 일어난 것이다. 경애하는 지도자 동지 때의 용천 폭파사건 이래 오랜 기간 1호차를 몰아 왔으나 이런 일은 있을 수도 없고 있어 본 일도 없었다. 호위총국 동지들이 따지듯 달려왔다. 하지만 뭐라 이야기를 꺼내기도 전에 장벽을 발견하고는 사태를 직감했다.

'대체 어찌된 일인가?'

무전으로 상황을 파악하려는 순간 무언가 들리는 듯싶더니 이내 먹통이 되어 버렸다. 이때 철로에서 울려오는 규칙적인 소리가 열차 내의 모두를 긴장시켰다. 한순간에 모르스 부호라는 것을 알 수 있었다.

"상황을 짐작하고 있겠지만 기차는 완전히 포위되었다."

"열차를 움직이려는 어떠한 시도나 저항하려는 어떠한 시도도 용납지 않겠다."

"그 대가는 무엇인지 알 것이다."

"첫 번째 명령이다. 열차의 시동을 꺼라."

"5초의 시간을 주겠다."

'얼마의 시간이 지난 걸까.'

눈 깜짝할 사이인 거 같기도 하고 한참을 더 걸린 것도 같고 어마어마한 폭음이 들려오며 열차가 진동했다. 상상 이상의 공포와 함께.

이때 기관사는 거의 반사적으로 시동을 꺼버렸다. 상부의 명령을 기다릴 것도 없이.

"좋다. 잘했다."

"앞으로도 그렇게만 한다면 아무 사고 없이 모두가 만족한 결과를 얻게 될 것이다."

백전노장인 호위총국장 김명국 대장은 새파란 지도자동지 앞에서 거의 오줌을 쌀 뻔했다.

대체 어떻게 된 일이란 말인가?

백주 대낮에 공화국의 한복판에서 그것도 최고 존엄을 모신 자리에서….

있을 수도 없고 있어서도 안 될 바로 그 일이 눈앞에서 벌어진 것이다. 물론 그 역시 모르스 부호를 본능적으로 알고 있었다. 열차가 급정거하고 사태파악을 위해 맨 앞 칸으로 달려간 부하들이 연락두절이 될 때만 해도 설마 이런 사태이리라고는 짐작도 할 수가 없었다.

하지만 잠시의 혼란과 충격이 가시자 사태가 무엇이라는 것은 너무나도 명확했다. 돌아온 이성이 머리를 끊임없이 굴리게 했으나 어찌해야 할지 정리는 잘 되지 않았다. 정확한 상황을 알아야만 한다. 하지만 이런 저런 생각을 할 겨를도 없이 다시 철로에서 울림이 들려온다. 그리고 익숙해질 만한 그 울림이 혼란 가운데 이성을 차리려던 그를 다시 한 번 충격과 아노미에 빠뜨렸다.

대화의 상대로 그 자신을 콕 집어서 지명을 하고 있는 것이 아닌가?

'만일 그렇지 않으면?'

그 뒤에 항상 하는 말도 잊지 않은 채.

그것이 무엇이라는 것은 처해진 상황을 구태여 헤아려보지 않아도 다 아는 사실이다. 그리고 상대가 대체 누군지는 모르나 그것을 하고도 남을 놈들임에 분명하다. 그리고 이번에도 역시 시간적 여유를 주지 않았다. 30초의 시간을 준다고 했으나 30초가 경과했을 리가 절대로 없는 그 시간에 아까보다도 더 어마어마한 폭음과 진동이 열차를 흔들었다.

이 청천강 철교는 공화국이 자랑하는 전쟁에 대비한 내폭교량(耐爆橋梁)으로 6·25 때의 폭격에도 견디어냈다. 하지만 그건 육지에서 이성으로 생각할 때의 이야기고 처음 준공 후 100년도 넘은 이 철교가 과연 이러한 충격에 견디어 줄 것인지, 저 무식한 놈들은 그런 것들을 고려하고 있는 것인지, 너무도 야속하고 답답하기만 하다. 이런 급박한 시간에 '이 철교가 얼마 견디지 못한다는 것을 빨리 가서 알려줘야만 한다'는 이성도 뇌리를 스쳤다. 그리고 주변의 만류를 뿌리치고 그가 일어났다.

애송이 지도자 동지는 완전 이성을 잃었다. 생전 이런 어려움은 겪어보지 못했으니 어찌 보면 당연한 일이기도 하다. 또한 이는 당연히 내 책임이니 나를 원망하고 비난하며 수용소를 보내느니 총살을 시키느니 떠들어 대는 것은 그럴 수 있는 일이다. 하지만 가라했다 말라했다 횡설수설에다가 왜 통신이 안 되느냐며 같은 말로 부하들을 자꾸 협박만 해대는 것은 중요한 결정을 내려야 할 이때 짜증을 증폭시켰다.

'안사람(주석궁) 말고 바깥사람도 같이 열차에 있는데 체신을 차려야 하지 않는가?'

가장 압권인 장면은 절대 가지 말라고 소리 지르다 다시 울린 폭음에 빨리 안 가고 뭐 하냐고 소리 지를 때였다. 완전히 이성을 잃었고 울먹이기까지 했다는 것을 알 만한 사람은 다 알았을 것이다.

열차 문을 열려고 할 때 하지만 어떻게? 하는 생각이 잠시 스쳤으나 그들이 이미 친절하게도 난간을 설치해 놓은 것을 발견할 수가 있었다.

자신이 고령임을 고려했는지 손으로 잡을 수 있는 난간 손잡이도 함께….

모두가 긴장 속에 바라보는데 부디 손발을 떨지 말아야 할 것인데….

대장 같아 보이는 작자는 매우 정중하고 예의 바르게 대해 줬다. 하지만 어느 조직이나 좋은 놈 나쁜 놈이 있는 법. 옆에 서 있는 험상궂게 생긴 부하 놈은 싸가지 없는 종간나새끼임에 틀림없다. 조금만 이의를 달거나 질문만 던져도 가차 없이 싸대기가 날라 왔다. 대장이 가끔 말리기는 했으나 형식적이라는 것은 알 수 있다. 이미 독 안에 든 쥐인 셈이니 그들의 뜻대로 굴러갈 것이다.

'대체 이 사태를 어떻게 해야 하나?'

부하 놈은 독심술을 하는지 생각을 할 때마다 싸대기가 날라 왔다.

"거 좀 심하지 않소? 젊은 동무가."

'짝!'

어느 때보다 심했다는 것은 의심의 여지가 없다.

"니가 한 짓거리를 생각해 봐! 그게 할 소리야?"

'짝!'

이들이 요구하는 것은 단순하고 분명했다. 너무도 당연한 요구이겠지만 그것은 우리의 완전 무장해제였다. 결국 이들은 우리의 최고 존엄을 볼모로 잡으려 하고 있고 곧 그렇게 될 것이다.

'어떻게 이런 일이….'

이런 저런 방법을 모색해 볼 수는 있겠으나 어떠한 방법도 최고 존엄의 안녕에 영향을 미칠 수는 없는 것이고 선택의 여지가 없다는 것은 너무도 분명하다.

"시간을 좀 줄 수 있겠소?"

"네 10분 드리겠습니다."

뭐라 이야기가 나오려 했지만 하전사 놈의 표정을 보니 하지 않는 것이 좋겠다는 생각이 들었다. 생각이 들었다기보다는 본능이었는지도 모르겠다. 그리고 확실히 다리의 안전성 문제는 제기치 않는 것이 좋았을 것이다. 제대로 웃음거리가 된 것으로 미루어 이들이 사용한 것은 고도로 계산된 공포탄이었음에 분명하다. 열차로 돌아온 후 한참의 논의와 불가하다고 핏대를 세우는 많은 토론들을 들어야 했으나 결론이 무엇이라는 것을 모르는 사람은 없었다. 그저 책임을 전가하고 충성심을 보여보려는 얄팍한 술책이었으나 누가 뭐라든 나는 책임을 피할 수 없고 내가 수습을 해야 하는 상황이었다. 경애하는 지도자 동지는 완전히 패닉에 빠졌고 나를 비난하느라 여념이 없지만 그가 현실을 인정하는데 필요한 시간은 충분치 않았다.

최후통첩을 알리는 모르스 부호에 결단을 해야만 했지만 모두를 공포로 몰아넣은 그것이 공포탄이라는 말은 할 필요가 없었다. 패닉에 빠진 지도자 동지는 모르스 부호의 내용을 파악한 후에는 어서 속히 무기를 버리라고 소리를 질렀다. 창밖으로 던져지는 무기들을 바라보는 그들의 마음은 어땠을까? 대체 이들은 무엇을 원하는가? 공화국의 운명은 어떻게 되는 것인가? 공포탄과는 전혀 다른 형태의 공포가 뼛속부터 밀려왔다. 참모들이 쳐다보자 그가 끄덕였다. 어쩔 수 없다는 말처럼 비참한 말이 세상에 또 있던가? 창밖으로 던져진 아니 떨어뜨려진 각종 무기들이 청천강 강바닥으로 빨려들어 갔다.

"우리 요원이 접근하기 전에 마지막으로 경고한다."

"모든 무기를 버려라. 총과 화기류뿐 아니라 독침이나 칼 등 어떠한 형태의 무기도 발견될 시에는 탑승한 모든 이의 안녕을 보장하지 못한다."

"동무, 어쩌면 좋겠습네까?"

방법이 없다는 것을 모르는 사람은 없었다. 아니 무언가 묘안이 있어 말해 준다면 무엇과라도 바꿀 것이다. 하지만 방법이 없다. 최소한 지금으로서는 아무것도 떠오르지 않는다.

"모든 무기를 버려라."

총국장이 지시했다. 일부 가방들이 다시 강으로 동댕이쳐졌다.

"국장동지 기밀서류들은?"

지금 그건 내 소관이 아니다. 뭐가 어찌될지 모르는 판에 아무것도 결정을 내릴 수가 없다.

더구나 최고 존엄이 너무도 거슬리게 지랄을 해대기에 국장 스스로도 미쳐버릴 지경이었다.

"마지막으로 경고한다. 모든 무기를 버리고 바닥에 엎드려 손을 머리 위에 올려라."

"바닥에 엎드려 손을 머리 위에 올려라."

말이 다 끝나기도 전에 철로 밑에 있던 요원들이 전후좌우와 창문에서 쏟아져 들어왔다. 미처 엎드리지 못한 사람들을 총으로 위협하면서 똑같은 소리를 반복해 떠들어댔다. 이때 바로 옆 칸에서 총소리가 요란하게 울렸다. 아마도 누군가 꼴통 짓 한 것이리라.

"병신 같은 새끼!"

아까 그 하 전사가 열이 잔뜩 받아서는 그에게 달려왔다. 다행히 아까처럼 동방예의지국의 요원으로 할 수 없는 무례를 행치는 않았지만 열받은 표정만으로도 충분히 모두를 긴장시켰다. 그리고 그들이 사용하는 것과는 다른 형태의 무선 마이크를 그에게 내밀었다.

"누구도 저항하지 말라."

"총국장으로서 엄히 명한다."

"누구도 저항하지 말라 우리에게는 경애하는 지도자 동지의 안녕이 모든 것에 최우선이다."

요원들은 인질들을 분류했다. 넘버원과 군 수뇌 3인을 제외하고는 모두 다른 차량으로 보내졌다. 그리고 바로 다음 차량에는 당 비서들과 내각의 주요 인사들을 한자리에 모았다. 호위총국장만은 넘버원과 함께 있게 해달라고 사정하였으나 받아들여지지 않았다. 뒤 차량으로 밀려나면서 마주친 장군들을 보면서 그는 다시 한 번 가슴이 철렁 내려앉았다.

비록 군사적인 요청 때문에 하는 방중이기는 했지만 군 핵심인사 3명(총정치국장, 총참모장, 인민무력부장)이 모두 타고 있었던 것이다. 하긴 누가 이런 사태를 상상이나 했겠는가만은 경호와 안보 측면에서 커다란 패착인 것만은 분명하다.

하지만 또 스스로를 위로해 보면 사실 군 수뇌 3인이 무슨 의미가 있는가?

이미 넘버원이 입에 담을 수 없는 사건을 만난 순간 세상은 종말을 고한 것이다. 그가 들어설 때 그에게 쏟아지는 비난의 눈길은 정말로 참기 어려운 것이었으나 지금 그런 것은 조금도 문제되지 않는다.

대체 어떻게 한단 말인가?

요원들은 넘버원과 군 수뇌3인들을 열차에서 내리게 했다. 난간에 내려서자 임시로 만든 승강기 같은 것이 올라오고 인질들을 억지로 태웠다. 원로들은 너무도 민망해 하였으나 오히려 넘버원은 체념한 듯 순순히 따랐다. 승강기 밑에는 강가에서 요원들이 고무보트에 바람을 넣으며 주변을 살피고 있다.

'설마 이런 것을?'

넘버원은 저항하려 했으나 그럴 수 없다는 것을 곧 깨달았다. 일생일대에 이런 사건은 없었을 것이다.

"대체 날 어디로 데려가려 하느냐?"

아무도 답을 하지 않았다.

보트만이 물살을 가르며 속력을 높여 하류로 달리고 있을 뿐이었다.

앞 차량의 무언가 부산한 소리는 누군가가 타고 내리는 소리라는 것을 직감적으로 알 수 있었다.

'그렇다면 이들은 넘버원을?'

놀랄 틈도 없이 열차가 움직였다.

'이 동무들 대체 뭘 어쩌자는 것인가?'

'이토록 판을 크게 벌려서 완전히 나라를 뒤집을 것인가?'

사실 모든 시나리오가 완벽히 서지 않고는 이런 무모한 일을 시작했을 리가 없다.

'그렇다면 대체 이들은 누구인가?'

이성을 찾아야 한다는 당위에 의문이 꼬리에 꼬리를 물고 떠올랐으나 어느 것 하나도 정리가 되지를 않았다. 고령에 건강도 좋지 않은 터라 물이라도 한잔 얻어 마시면 정신을 좀 차릴 수 있으련만 괜히 구걸하는 꼴로 비쳐지기 싫었고 또 이들이 거절할 경우 주위의 시선도 두려웠다. 험상궂은 부하 놈이 그를 앞 칸으로 데려갔다. 대장이 물을 권하며 의자에 앉으라 했다. '이 얼마나 고마운 일인가?'

보트 다섯 대가 줄지어 하류로 내려가는 장면이 그리 익숙한 장면은 아니겠지만 그렇다고 해서 저들이 크게 관심을 가질 사항도 아니다.

첫 번 초소의 경우가 그랬다.

마치 한강에 보트를 탄 군인들이 아무리 많더라도 그들에게 관심을 가지는 이들이 몇이나 되는가?

너무도 당연히 인민군 복장을 갖추었으니 말이다. 첫째 초소를 지날 때에는 긴장한 몇몇 요원들이 손을 흔들었지만 초소의 군인들은 전혀 반응하지 않았다. 그래도 손을 흔드는 것은 좋지 않다. 그들은 손을 흔드는 것에 익숙하지 않다. 더구나 군인들끼리는 더욱 더 그렇다.

둘째 초소에는 호기심 많은 신참이 있었다.

신참이 고참을 불러서 지나가는 보트를 가리켰다. 요원들이 일제히 정조준을 하였다. 하지만 신참은 그들이 누구냐고 물었을 뿐이고 고참은 아마도 해상 저격여단의 요원들일 거라고 답했을 뿐이었다. 저렇게 폼 나는 부대가 있다면 자기도 가고 싶다고 신참은 생각했을는지도 모른다.

세 번째 초소에는 나름대로의 모범생이 근무하고 있었다.

초조한 마음에 보트의 속력을 높이자 그에게는 더욱 더 수상하게만 여겨졌다. 확인을 요하는 무전기를 들었으나 이미 요원들이 방해전파를 쏘고 있었다. 한참을 애써도 무전이 터지지 않았지만 무전이 먹통이 된 것이 그리 낯선 상황은 아니라는 듯 천천히 초소 안으로 들어가 다이얼을 돌렸다. 산 옆에서 꾀꼬리가 울었다. 분명코 꾀꼬리는 여름 철새여야 했겠지만 철없는 꾀꼬리의 울음 때문에 통신선이 그만 끊어져 버리고 말았다. 모범생은 한참이나 수화기를 두드렸으나 원인을 찾는 데는 분명 많은 시간이 걸릴 것이다.

대기하던 손원일 함에서 요원들이 나와 인질들을 배에 실었다. 인질을 싣자마자 함장은 합참으로 긴급전문을 띄웠다. 인계를 마친 작전 요원들은 보트를 돌려 뭍에 올랐다. 초소를 통제하던 다른 요원들과 합류하여 다음 작전으로 넘어갈 차례였다. 그들이 보트를 숨기는 동안 잠수함은 물속으로 천천히 자취를 감추었다.

함장이 띄운 긴급 전문은 합참에 실시간으로 전달되어 바로 상황실의 대형 화면에 떠올랐다.

‘ㅈㅜㅅㅏㅇㅜㅣㄴㅡㄴ ㄷㅓㄴㅈㅕㅈㅕㅆㄷㅏ.’

상황실 요원 모두가 환호성을 질렀다.

지휘부 몇몇의 눈가에는 눈물이 흘렀다.

합참의장이 장관에게 다가가 손을 잡았다.

장관도 그를 보며 고개를 끄덕였다.

장군 몇 명이 그들을 둘러싸고 등을 두들겼다.

대통령은 착륙도 하기 전에 전용기에서 보고를 받았다. 하지만 거기에는 환호성이 없었다.

직접 관련된 참모 한둘을 제외하면 아무도 상황을 몰랐고 또 몰라야만 했기 때문이었다.

보고서가 들어올 때에 대통령은 기자들에게 둘러싸여 방미성과를 설명 중이었다.

실장의 귓속말에 대통령은 양해를 구하고 기내에 마련된 집무실에 들어갔다.

실장이 모두를 내보냈다.

대통령은 드디어 다음 명령문에 서명을 했고 실장이 직접 명령문을 전송했다.

대통령은 문을 닫고 혼자 앉아 조용히 기도했다.

그는 무신론자를 자칭해 왔다. 따라서 교회 비슷한 곳에 가본 일도 없었다.

하지만 안다.

여지껏 그가 맞딱뜨린 그 어느 사건보다 크고 중요하고 절실히 원하는 바이지만 막상 그가 할 수 있는 일이라고는 없다는 것을.

만일 누군가가 있다면 이제는 그에게 겸허히 고개를 숙여야 할 때이라는 것을.

합참에 대통령의 다음 명령이 하달되었다.

모두가 제자리로 돌아가 장관의 명령만 기다리고 있었다.

장관이 근엄한 표정으로 합참의장에게 끄덕이니 합참의장이 명령했다.

상황실 분위기가 일순간에 숙연해졌다.

무수단과 동창리 앞바다의 해안에서 그리고 대동강 하류와 영변 기지 주변에서그리고 청천강과 평양을 향해 달리는 1호열차 안에서 대기하던 모든 요원들에게 일제히 명령이 하달되었다.

요원 모두가 돌아가며 명령문을 직접 읽도록 했다.

요원들은 각자의 눈으로 확인하면서 다시금 결의를 다졌다.

드디어 기다리던 바로 그 순간이 온 것이다.

함장은 한 명 한 명과 악수를 하면서 보트에 요원들을 태웠다.

그들이 떠나자 잠항을 명령하고도 함장은 요원들을 바라보느라 한동안 내려가지를 못했다.

"함장님!"

부장은 사다리를 내려가다가 멈춰 서서 최대한 부드럽고 다정하게 함장을 불렀다.

함장은 알았다는 듯 고개를 끄덕였으나 쉽게 눈을 떼지는 못했다.

부장의 재촉에 마지못해 자리를 뜨면서 함장은 명령문을 다시 한 번 읽어 보았다.

그가 들고 있는 명령문은 비단 요원들에게만 주어진 명령만은 아닐 것이라는 생각이 어렴풋이 들었다.

그가 해치를 닫으며 바라본 요원들의 마지막 모습도 바닷물에 그어낸 물줄기만큼이나 어렴풋이 사라져 버렸다.

함장이 사다리를 내려와 명령문을 부장에게 건네며 지시했다.

"가자!"

"작전관이 조함한다."

부장이 지시하자 작전관이 말을 받았다.

"수심 20! 속도 15노트, 키35도 잡아!"

작전관의 명령에 따라 여러 번의 복창과 함께 잠수함이 움직이기 시작했다.

"수심 20! 속도 15노트, 키35도 잡아!"

"수심 20! 속도 15노트, 키35도 잡아!"

함장에게 건네받은 명령문을 철하며 부장도 다시 한 번 읽어 보았다.

'ㄱㅏㄹㅏ! ㅁㅗㅅㅔ!'

아마도 어렴풋이 함장과 같은 생각을 했을 것이다.

단순한 네 음절의 명령문인지, 역사적 사명이나 시대적 소명인지, 혹은 하늘의 음성인지, 아니면 마음 깊이서 울리는 양심의 외침인지….

굳이 구분하는 것이 어떤 의미가 있는 것이겠는가마는 이 모든 것이 어우러져 왠지 알지 못하는 어떤 불가사의한 존재에 의해 주어진 힘과 확신 같은 것이 대원들 모두의 마음속에 용솟음쳤다.

몇 번의 변침을 통해 항로를 정남향으로 잡았으나 뇌리에는 오직 이제는 뭍에 올라 적진 깊이 들어가고 있을 요원들의 뒷모습만을 떠올리고 있었음에 분명했다.

적진 깊이 들어가는 특수전 요원들의 뒷모습과 명령인지 음성인지 사명인지 외침인지 모를 무언가가 묘하게 어우러지면서 그들의 마음을 어떤 불가사의한 힘이 사로잡았다.

함장도 부장도 작전관도 그리고 대원들 모두도 아무도 아무 말도 꺼내지 않았다. 아마도 꺼낼 수가 없었을 것이다.

서로의 생각이 무엇이라는 것을 모르는 사람 역시 아무도 없었으니까.

그리고 이 불가사의한 음성은 잠수함의 엔진음과 어우러져 아주 작지만 강력하게 넓은 바다 속을 퍼져 나갔다.

조용하면서도 멀리까지.

'그래 맞아. 가라! 가라! 가거라! 가거라! 어서 가거라!'

그리고 부디….